大熊要娶妻 3 完

文創風 874

清棠 著

目錄

第二十一章

這一天，新宅的雜事從白天一直忙到入暮，裁剪被套的、改衣服的、打床板的、做窗戶的……一堆人緊趕慢趕，就想讓婦人、孩子有塊木板當床、有被子，不至於凍著。下午的時候，熊浩初還找來打井人看地方，最後敲定一個角落準備第二天開挖。

一整天下來，林卉光是跑來跑去安排事情就累得夠嗆，晚上回家洗漱後倒頭就睡。

第二天一早，田嬸跟她叨叨說著院子裡晾著的紅薯冒芽了，她驚喜萬分，這比她想像中還要快。

她連忙起身幹活，將所有紅薯翻一遍，確定大半都或大或小地冒出了芽苞，才徹底鬆口氣，摸摸那剛抽出來還白生生的小芽，她想了想，轉進後廚，忍著些許噁心，吐了幾口唾沫混進水盆，再端出去澆水——血就算了，自己的唾沫自己忍了。

澆完紅薯，她還把盆涮了兩回，將水潑到菜畦裡，完了才覺得水盆乾淨些。

之後落霞坡若是能弄個竹筒引水，她到時或許也能偷偷動手腳，不說別的，讓紅薯產量高一點也好。

再說新宅那邊，這麼多人，用的暫且不說，吃是頭等大事。米麵家裡夠，菜就沒法子了，每日都得買才行，她跟熊浩初商量後，便拿了些銀錢給辛遠，讓他每日就地在村裡採買需要的菜和蛋。

安排好這些，林卉便鬆快了許多，每日只需要往新宅溜達兩趟看看有什麼要補的，剩下便沒她什麼事了，唯一還得操心的，就剩她跟熊浩初的親事……

熊浩初說到做到，第二天跟張陽一起，把鄭里正、林家幾位族老甚至林偉光一家都請來一起商量親事。

富陽村這次的事情鬧得不小，所有人夜裡都保持警醒，村裡養狗的人也多了起來。大夥當然擔心獨居婦女的安全，鄭里正把話一說，再有熊浩初確保一切都能準備妥當，族老們略一思考，便點頭了林卉的親事，日期也如了熊浩初之意，定在冬月初六。

林卉還沒有幾分真實感呢，轉頭就被熊浩初帶進縣城。

還是那座熟悉的酒樓、以及許久不見的符三，蕭晴玉跟一端莊婦人也同時在席。

林卉剛想打招呼，便被幾名不知道哪裡湧出來的婦人簇擁著推進旁邊廂房，從頭到腳量過一遍尺寸後，才被放出來。

被放出來的林卉猶自一臉懵，熊浩初摸摸她腦袋，得了她一個白眼。

蕭晴玉笑嘻嘻地看著她。「準備成親了，開不開心？」

林卉斜了她一眼，先朝她身邊的婦人行禮。「夫人日安。」這位應當就是蕭晴玉的娘了。

蕭夫人忙起身回了她半禮，微笑道：「林姑娘客氣了。晴玉這段時間麻煩妳照顧了，她性子不好，若是有什麼失禮之處，萬望見諒。」

林卉下意識看向蕭晴玉，後者朝她做了個鬼臉。她莞爾，回蕭夫人。「晴玉很可愛，怎麼會失禮呢。」

蕭夫人似乎鬆了口氣，剛想說話，符三便插嘴招呼她們。「再不久就是自己人了，何須這麼客客氣氣的？都坐下，坐下說話。」

蕭夫人這才作罷。

幾人相繼入座，蕭夫人率先看向熊浩初。「聽說你的親事定在下月初六，距今也沒幾天了，按理，我既然在此，應當吃了你的喜酒再走……」她語帶抱歉。「奈何事有不巧，京裡傳來消息，我父親病情不容樂觀，我明天就得帶晴玉回京了。」

林卉訝異。她還打算請她們母女吃頓飯呢，這就要走了？她看向蕭晴玉，後者低著頭，看不見她的表情。

熊浩初皺眉。「老大人的身體……」

蕭夫人嘆了口氣。「他這兩年身體一直不見好，如今約莫是……」

熊浩初緘默。

「好了，不說這些了。」蕭夫人端起茶杯，朝林卉跟熊浩初兩人道：「以茶代酒，賀兩位百年好合。」

熊浩初和林卉兩人忙端起杯子回謝。

林卉飲了茶，想到什麼，忙道：「晴玉還有些東西留在我那兒——」

「對啊！」蕭晴玉頓時坐直。「我還有好些東西在她那兒呢！」轉過來，朝自家娘親道：「吃過飯我跟林卉他們回去一趟。」

「也不是什麼貴……」蕭夫人頓住，無奈道：「行吧，妳想去就去吧。」

蕭晴玉頓時高興不少，蕭夫人轉過來向林卉說道：「又要煩勞林姑娘了。」

林卉搖頭。「夫人客氣了。」

蕭夫人笑著搖搖頭，打趣道：「還是林姑娘有辦法。這丫頭折騰了幾年，死活說看上熊大人，連熊大人都拿她沒轍……這回倒是託妳的福，她跑出來一趟，竟然不倔了。」

蕭晴玉噘嘴。

林卉莞爾。「晴玉不過是年紀小。」

蕭夫人嘆口氣。「可不小了，聽說比妳還大呢！哪家姑娘能留到這年歲？不過是仗著家裡……」她搖了搖頭。「待回到京城，我可得趕緊給她相看人家了。」

蕭晴玉怔住，下意識叫道：「我不要！」

蕭夫人臉一板。「不許再任性了。」

蕭晴玉咬了咬唇，憋了半天憋出一句。「我的丈夫，我自己挑。」

蕭晴玉的性子在那擺著，她這恍如賭氣的話一出口，大家都沒放在心上。

蕭夫人輕飄飄一句。「妳挑什麼挑？妳眼光倒是好，挑中熊——咳咳，」驚覺說錯話，她忙掩下不提。「為此妳都耽誤幾年了？還挑。」

蕭晴玉不吭聲了。

蕭夫人沒理她，轉回來朝身邊侍女招招手，後者順勢上前，將手裡捧著的盒子打開。她連盒一塊兒接過來，遞到林卉面前，道：「我跟夫君也算是浩初的半個長輩，今天第一回見妳，這對鐲子權當我們給妳的見面禮。」

手鐲水潤通透，幾絲綠意隱在其間，竟絲毫不顯雜亂，反倒襯得鐲子越發透亮，連林卉這種鄉下土鼈都能看出不凡。

她微微吸了口氣，急忙看向熊浩初。

後者竟似毫無所覺，還淡定地朝她點點頭。

這傢伙……林卉皺眉。收了這樣貴重的禮，以後他們拿什麼回？

那廂，蕭夫人還在說話。「這回出來匆忙，身邊沒帶什麼好東西，這件權當走個過場，待我回京後，再讓人送一份過來。」

還要送更好的？林卉立刻驚了，忙擺手。「不不不，這個足夠了、足夠了。」小心翼翼接過她手上盒子。「謝謝夫人。」

蕭夫人莞爾，許是察覺她心裡想法，她語帶安撫道：「這些只是死物，以我們兩家的交情，無須太過計較這些。」她看了眼熊浩初。「若是覺得收著燙手，我這邊還想煩勞妳一件事。」

林卉忙道：「夫人請講。」

「浩初突然辭官離京，又是孤家寡人一枚，京裡朋友都掛心非常。我受京城諸多好友囑託，讓我對浩初的情況探聽一二，如今知道你們即將成親，我回去也能有所交代。」蕭夫人聲音溫和。「只是口說無憑，待你們成親後，若是可以一起回京城見見朋友們，好安了他們的心，那便更好了。」

這……林卉摸了摸鼻子。「這個得看熊大哥了。」

這時代出遠門可不是好玩的，她一個姑娘家若是沒有男人陪著，哪敢跑多遠？蕭晴玉那種號稱一個人跑出來的，也還帶著一大堆下人呢。

兩人齊齊看向熊浩初。

後者點頭。「會的。」

雖然他面上看著冷淡，蕭夫人卻放心了，笑道：「那就好。」

林卉暗忖。去京城玩嗎？聽起來也不錯……

旁邊喝茶看著的符三見他們說完話，笑了笑，隨即又板起臉。「好了，禮送了，話也說完，該說正事了。」

也不需要旁人問什麼正事，他扭頭朝熊浩初就開始吐苦水。「我說大哥，你提前成親是好事，關鍵是東西沒買齊啊！早先說的是年後才要，我都慢慢準備呢，現在你突然跟我說提前，東西還不能差了……大哥你這是折騰我嗎？」

林卉無語。這是在說前些日子訂的家具啥的嗎？

不等她或熊浩初接話，符三緊接著又道：「不過嘛，要加緊也不是不行……」話鋒一轉。「聽說你那片山頭今冬要種紅薯？」

「對。」熊浩初看了眼林卉。「你嫂子已經育出薯苗，這幾天便會栽種。」

「嘿嘿，」符三搓手，跟著看林卉。「嫂子，這批紅薯做成薯粉全賣給我的話，我就不加收妳男人銀子，如何？這買賣做得過吧？」

林卉。「……」紅薯還沒種下去就打上主意……不過，就算把整個山頭的紅薯做成紅薯粉，又能值多少錢？符三這是給他們台階下吧？

熊浩初卻搖頭了。「這批紅薯，不賣。」

符三眉毛一豎。

「不過，可以換。」

「……說話能別大喘氣嗎？」符三白了他一眼，然後才問：「為何？」

「明年開春——或許不等明年，今年底米糧就會漲價，我家人口多，糧食不能少，薯粉你若是要，便拿米麵來換。」

「行。」符三一口應下。米麵對他而言，不過是小事。

林卉想到村裡好多人家都跟著在育苗，忙問：「是不是多少都收？」若是的話，她便能把村裡的紅薯全收了，做成紅薯粉。

潞陽比鄰嶋阜，熊浩初只能讓鄭里正提醒鄉親們今年別賣糧，別的也做不了什麼。明年會如何還不得而知，她收購鄉親們的紅薯換成糧食，屆時若是大夥有難，她有這麼多糧食也能便宜賣一些給他們。

「當然。」符三笑咪咪。「聽到你這問話，我心裡就透亮了……看來今冬的紅薯產量不低啊。」

林卉打趣。「反正你賣得動。」

「那當然。」符三毫不客氣。

熊浩初抿了口茶，提醒他。「你若是有餘錢，多囤點糧。」

符三登時皺眉。「我符三從不掙這些黑心錢。」

熊浩初搖頭。「你誤會了。」他放下杯子。「你的生意鋪得廣，從各地調糧買糧要比旁人來得快，若是我沒有估錯，嶠阜不等開春就會亂起來，屆時糧價必漲。你若手握大批糧食，看準時機投下去必能平穩糧價，糧價是民生，糧價穩了，百姓才穩。」他看著符三。「朝廷初定，百姓穩是重中之重，此乃大功。」

符三怔了怔，低下頭開始琢磨。

熊浩初轉向安靜聽著的蕭夫人。「嶠阜水災之事我已經送了信給蕭大哥，估計這幾天他便能知道，此間水深，事涉龍儲，我在信中已提醒他別在此事上站隊。大嫂回去後，讓他別摻和，只聽皇上安排。」

蕭夫人神情一凜。「好。」

「好你個熊浩初！」符三似乎轉過彎來，一拍手，興奮道：「這麼一來，指不定我也能得個賞賜什麼的，回頭再給我爹看看，他的兒子也不是滿腦子銅臭！」

蕭夫人失笑。「你跟你爹還在折騰嗎？」

符三咳了聲，含糊了句。「也就那樣。」然後立即轉移話題，朝熊浩初道：「你現在還挺會算計的啊，要是以前你腦子多轉幾圈，也不至於弄得辭官了。」

林卉睜大眼睛，問他。「你是得罪人了才辭官？」

熊浩初咳了聲，搖頭。「沒有的事，只是嫌煩而已——」

「呵，煩。」符三冷笑。「再煩，不比你現在被個小縣令搓圓揉扁來得舒服嗎？」

熊浩初。「……」

符三恨鐵不成鋼。「滿天下有幾個人能在你這年紀便得將軍銜？這樣的人才豈能就窩在鄉下種地挑水的？」他看向林卉。「嫂子妳得空也勸勸他，趁上頭還惦記著他，趕緊滾回去。」

林卉「啊」了聲。怎麼扯到她身上了？她看看其他人，乾笑道：「這個……」

熊浩初皺眉。「你為難她作啥？」他絲毫不以為意。「我是不打算再去蹚京城那趟渾水——」

「然後繼續在這裡被人折騰？」符三懟他。「你能打能扛，嫂子能嗎？」

熊浩初眉峰皺起。

蕭夫人適時插嘴。「浩初，你別怪我多言……如今朝廷剛剛安穩，尚武之風仍濃，你若是回去，定也能得到重用。」

林卉看看左右，忙打圓場。「沒事，那縣令也不能拿我們——」

熊浩初按住她，朝符三兩人道：「放心，我心裡有數。」頓了頓，他略微透了點底。「最晚明年就會見分曉。」

明年？結合鹹阜之事，符三跟蕭夫人對視一眼。

林卉也「啊」了聲，忙小聲問他。「你打算要回去當官了嗎？那新宅怎麼辦？田地怎麼辦？」不說別的，那宅子耗費她多少心血設計督造啊……

熊浩初摸摸她腦袋。「別擔心，咱們就住在這兒，哪兒都不去。」頓了頓，補充道：「偶爾也能出去逛逛。」比如京城。

林卉眨眼。

「你在打什麼鬼主意？」符三狐疑地看著他。

熊浩初微笑。「拭目以待便好。」

符三。「……」

他還想再問，掌櫃正好來問是否可以上菜，他只能擱下話題不提。待酒菜上來，熊浩初便把話題導回採買家具事宜，其間涉及樣式問題，皆會轉頭詢問林卉意見，再請唯一的長輩蕭夫人對著單子逐一查漏補缺，將各種細節推至完善，這頓飯便吃得有些久了。

好在事情總算捋順了，只等後續跟進，只是林卉的錢包預計又得扁下一些。她整個人因此有些不好了——熊浩初把錢全扔給她管，搞得她總有種自己掏錢把自己嫁出去的感覺！最重要的是，他們家快沒錢了！

現在準備種的紅薯，開春後又得換糧食，這意味著他們家一直都沒有別的收入。她好愁啊！愁得後面都沒仔細聽熊浩初幾人的話，腦子裡瘋狂開始盤算著怎麼掙錢……散席的時候，已經到了未時。

符三事多，甫一散席便匆匆離去。林卉跟熊浩初接著要去韓老府上探望林川，蕭晴玉不想去，嫌棄他們去韓老那兒又得磨磨唧唧地聊半天，便想自個兒去梨山村收拾行李。

林家院子裡就那麼點東西，林卉也不怕她端了走，自然隨她。

蕭夫人被她磨得不行，便也遂了她意。

蕭晴玉二話不說，帶上秀月、秀琴，坐上馬車便興沖沖地出發了。

蕭夫人搖了搖頭，朝林卉道：「瞧這丫頭，現在還是一副小孩兒樣。」不說遠的，面前的林卉看著就比她穩重許多。

林卉安撫她。「人各有不同，不過是性子如此。晴玉性子天真爛漫，不也說明蕭家家風好、生活順遂嘛。」沒有壓力的人，才有資格天真爛漫。

蕭夫人莞爾。「林姑娘真會說話。」

知道他們還有行程，她也沒再多留，只叮囑熊浩初要記得回京看看，便送他們離開。

出了客棧，林卉微微舒了口氣，熊浩初順勢牽過她的手，問了句。「妳性子穩重，是因為生活不順嗎？」

林卉斜他一眼。「我以前的生活順不順，你還不知道嗎？」

熊浩初沈默片刻，捏了捏她柔軟的掌心，低語道：「以後我們也養個活潑可人的女兒。」

林卉怔住。

這男人怎麼突然情話技能滿分了？

不過，她怔住不是因為這情話，而是陡然想到一點——

她還有幾個月才十六歲，即便已經滿十六，成親依然太早了，萬一、萬一……搞出人命怎麼辦？

熊浩初見她怔住，忍不住勾唇，摸摸她腦袋。「傻了？」

林卉抬頭看他。

男人幽深的眸子倒映著自己身影，沈穩的氣息縈繞身周，想到兩人相識以來，男人總是穩穩地站在她身後……

林卉咬了咬唇，拽住他袖子。「大熊……」

「嗯？」熊浩初微微側頭。

林卉剛想說話，旁邊經過兩個中年人，邊看著他們談笑，邊越過他們進入後面的酒樓。

「哈哈哈，年輕人，想當年啊……」

林卉登時臉熱，忙不迭放下手——

手背一熱，熊浩初已經握住了她的爪子。他看了看左右，拉住她走進一條巷子，沈聲問她。「可是有什麼事？」

林卉遲疑片刻，吞吞吐吐道：「成親、成親以後，可不可以……」她含糊地說了句話。

「什麼？」熊浩初沒聽清。

林卉兩頰暈上薄紅，看看巷子外不時走過的行人，她舔了舔唇，招手要他低下頭來。

熊浩初挑眉，依言附耳。

林卉忍著羞意，踮起腳湊到他耳邊，快速將擔憂的事情說出來。

熊浩初眉峰越皺越緊，再看她的臉，已經紅得跟抹了胭脂似的。

林卉說完話，立刻逃也似地退後兩步。
熊浩初卻沒被美色誘惑，嚴肅地盯著她。「當真？」
林卉胡亂點頭，眼神飄忽不敢看他。
熊浩初直接按住她腦袋不讓她亂動，又問了一次。「年紀小生孩子當真很危險？」
林卉對上他嚴肅的眸子，愣愣然應道：「啊，對啊，姑娘家的身體，起碼得十八、九歲才能長成。」其實最好還是二十歲後，可她估計面前這位古人接受不了這麼晚。
熊浩初盯著她片刻，嘆了口氣，鬆開她，站直身體。「我知道了。」
知道什麼？林卉眨眨眼。
熊浩初不再多說，握住她爪子，帶她走上大街。「咱家是不是沒什麼錢了？」
「啊？」突然轉移話題，林卉有點愣神，頓了頓才道：「扣掉符三過幾天要送來的家具物什，剩下大概不到五百兩了。」可見他們這段日子花錢有多狠。
「看來得趕緊掙錢了。」熊浩初邊走邊道。
林卉皺了皺鼻子。「必須要了，咱家現在負擔不小。」
熊浩初點頭。「我前些日子也跟符三取過經，目前有點想法。」
林卉意會。「你想跟符三一起做生意？」
「嗯。」既然提起，熊浩初乾脆詳細說。「我前段時間去鹹阜，除了買下人，也是聽說那邊多瓜果，連冬日都有產出，特地去看看的。咱們以前不是說要種梨子做果脯、果醬嗎？我想著都是瓜果，既然自己種來不及，那便去採買。」

林卉「啊」了聲，一拍額頭。「我竟然沒想到。」原料沒有可以採購啊！她竟然沒想到，看來她果然不是經商的料子啊……

熊浩初側過頭看她，面色柔和。「是妳找劉嬸她們做紅薯粉提醒了我。」

林卉懊惱。「要是我早點想到，現在估計都掙上錢了。」

熊浩初莞爾，捏捏她掌心。「不急，咱們沒窮到那份上呢。」他聲音沈穩，一字一句慢慢道來。「㘎阜那邊的瓜果多栽種在山上，水災對其影響較小，咱們去採買果子，也算是給那邊農人一條活路。」

心懷家國的男人真是充滿魅力……林卉忍不住回握他厚實的掌心。

想了想，她又補了句。「若是原料足夠，咱們甚至可以建廠，請㘎阜的一些災民過來幹活。」

「建廠？」

林卉便將現代的工廠模式低聲講解一遍，然後道：「這樣，比起當初那個農村合作社要規矩一些，產量跟品質也會更好。只是……」

「是不是有何難處？」

林卉點頭。「這個得考慮到銷量和資金流，要是成品賣不出去，銷量差，工人的月薪也會發不出來，那就……」

熊浩初無語。「只是這個？」

林卉皺眉。「準時發薪資很重要的，畢竟工人全靠薪資吃飯。」

熊浩初不以為意。「既包了他們的食宿，還不用賣身為奴，他們就夠感恩戴德了，薪資什麼的，不過是錦上添花。」

「……」前面的感動白給了，他活生生就是高高在上的資方代表！

不過，在這個時代，熊浩初這話也不無道理。畢竟這裡不是現代，不講究所謂的勞工權益，小老百姓只要有口飯吃、有安穩覺睡，便足矣。

熊浩初看著她。「我前些日子已經託舅舅的朋友幫忙帶一批果子回來，應當過幾天會到，到時要煩勞妳琢磨琢磨了。」

林卉自然點頭。「好。」

正好韓老宅子已經到了跟前，兩人遂暫停商議，上前敲門。

另一邊，蕭晴玉一行人搖搖晃晃到了梨山村。這回她不再裝模作樣，直接把馬車停在林家門口。

門是虛掩著的，也不知道田嬸在不在。

蕭晴玉定了定神，逕自推開院門，入目是滿地帶著星星點點淺綠的紅薯，她愣了愣。這紅薯苗還真長出來了啊……

腳上傳來動靜，她忙低下頭，只見小黑小灰聽到動靜出來，正興奮地在她腳下竄來竄去，跟在後頭的秀月、秀琴頓時緊張了。

「姑娘，當心！」

蕭晴玉擺擺手。「無事，小黑小灰不咬人。」嗯，她也沒說錯，富陽村那些都不是人。

「小心腳下，別踩到薯苗了。」說完她率先走向屋子。

屋裡安安靜靜的，蕭晴玉滿院子轉了一圈，也沒看見個人影，登時有些失望——也對，院子門都是掩著的……

她在這兒的時候，家裡只有兩種情況是關門的，一是只有她跟林卉在家，一是沒人在家。

蕭晴玉停下來，站在空蕩蕩的院子裡，突然有些茫然。

秀月、秀琴一直亦步亦趨跟在她身後，見她停下來，秀月忙問她。「姑娘，這天兒黑得快，咱們去收拾東西吧？」

蕭晴玉靜默片刻，擺擺手。「妳們去吧，我想要待會兒。」然後有氣無力地挪到屋簷下，一屁股坐下去，雙手托腮，望著大門方向發呆。

秀月、秀琴面面相覷，愣神片刻，秀琴便想湊過去問一問，秀月忙攔住她，搖了搖頭，朝屋裡房間方向指了指。

秀琴皺眉，秀月乾脆把她拽走。

院子裡安靜下來，蕭晴玉盯著台階下某處，她就是在那個位置摔——

「嗚嗚……」小黑小灰在她腳邊繞圈圈，見她不搭理，湊過來低嗚了兩聲。

蕭晴玉倏地回神。

拍了拍發燙的臉頰，她彎下腰，伸手摸了摸小黑腦袋，喃喃道：「你們也叫我別瞎想是嗎？」

小黑蹭了蹭她手掌，小灰跟著擠過來。

蕭晴玉彎了彎眼睛。「小灰吃醋啦？」順勢摸摸牠。

兩隻半大小狗登時激動了，爭相將腦袋湊到她手裡，蕭晴玉輕笑了下，外頭傳來噠噠噠的聲音，然後消失在門口。

蕭晴玉怔住，停下手望向院子大門。

院門不知道是被秀月還是秀琴掩上，加上她坐在台階上，角度低，更看不見外頭。

外頭很安靜，彷彿剛才的聲音只是錯覺，不對，還有畜牲哼哧哼哧的噴氣聲……

蕭晴玉陡然想起她家的馬車還停在門口，她遲疑地站起來，恰好外面人推開院門，兩人正好對了個正著。

站在門外的，不是張陽是哪位？

蕭晴玉臉一熱，忙撇過臉去。

張陽臉一僵，乾笑。「妳在啊……」他打了個哈哈。「我搬點東西就走，馬上走。」也不等蕭晴玉說話，回身把車架上的東西哼哧哼哧搬進來，胡亂往院門旁邊一塞，轉頭便要關門出去——

「站住！」蕭晴玉下意識喝道。

張陽背對著她，依然是平日的吊兒郎當語氣。「姑奶奶，又怎麼了？」

明明他平日都是這樣說話……蕭晴玉油然生出股委屈，咬了咬唇，道：「我要走了。」

「……哦。」張陽似乎想要轉回來，轉到一半又強行扭回去，開始左顧右盼。看起來就像是，急於逃跑。

蕭晴玉氣憤，跳下台階，往前走了兩步，怒道：「你就沒別的話說嗎？」

「啊？啊，」張陽恍然回神般，忙不迭補了句。「一路順風啊。」

蕭晴玉不敢置信。「……你就只有這句話？」

「不然還要說啥？」張陽撓了撓頭。「要不，送妳點土產？」

蕭晴玉。「……」她再次走前幾步，距離他剩下不足三尺遠。

張陽有點緊張，抬腳就想繼續往外走──

「不許動！」蕭晴玉再次喝住他。

張陽苦笑。「姑奶奶，這孤男寡女的，不合適。我還是先──」

蕭晴玉一咬牙，直接打斷他。「你──你欺負了我，不用負責任的嗎？」

張陽。「……」他遲疑了許久，終於忍不住側過身飛快掃了她一眼，然後立即挪開視線，姿勢彆扭地看向別處。「那是意外……我真不是故意的，我道歉，我已經道歉了啊！我還送了妳賠禮，妳不是接受了嗎？」

「我不接受你的道歉！」蕭晴玉怒道：「那幾個魯班鎖休想打發我！」

「……」張陽遲疑片刻，解下身上錢袋，往後一遞。「吶，全部給妳。」頓了頓，還補了句。「我就這麼多了。」

蕭晴玉氣急，兩步上前，「啪」地一下打掉他的錢袋子。「我不要你的臭錢！」

張陽倏地收回手，也沒管錢袋，攥著拳頭，然後問：「那妳想怎樣？妳說，能辦的我都給妳辦了。」

蕭晴玉咬牙，再次強調。「你欺負了我，你要負責任！」

這話已經說得夠直白了。

「……」張陽渾身緊繃。半晌，他的聲音低了下來。「妳都要回去了，咱們不……那只是意外，咱們都忘了，成嗎？」

蕭晴玉眼眶頓時紅了。「憑什麼？你欺負我，憑什麼讓我忘了？」到了這會兒，聲音終於忍不住哽咽。「我明天就要回京了，回去我娘就要給我找人家了……你就沒什麼要說的嗎？」

張陽攥在身前的拳頭青筋暴起，他語氣艱澀。「嗯，恭喜妳，好好過日子，別整天搗蛋——」

「你除了讓我好好過日子，就沒別的話了嗎？」蕭晴玉哽咽。「張陽，你混蛋！」

張陽咬緊後牙根，旁人看不見的拳頭裡，指甲刺得皮肉生疼。

蕭晴玉瞪了他後背半天，這廝就是不回頭。

「算了。」她深吸口氣，抹掉眼淚，自嘲般笑笑。「我蕭晴玉再不堪，也不至於上趕著……天下男人千千萬，我才不會吊死在你這棵歪脖子樹上，等我回到京城，我立刻找個男人嫁——」

「別說了！」張陽低喝，緊接著似乎覺得語氣太兇，立馬放軟聲音。「是我不好，妳別負氣，成親是一輩子的事，要找個對妳好的，不要隨便——」

「關你屁事！」蕭晴玉越聽越怒。「我就是嫁雞嫁狗，又跟你有什麼關係？你你你——連跟我面對面說話都不敢，你好意思對我的親事指手畫腳？還不要隨便，我就隨便怎麼樣？我回去就找個瞎眼瘸腿愛打人的嫁——」

「夠了！」張陽倏地轉回來，眸中帶怒直視她。「別拿自己的親事開玩笑。」

蕭晴玉怔住。

張陽對上她紅通通的鼻子和水眸，也怔住了，眼底飛快閃過抹痛意。「晴玉。」他喃喃般低喚了聲。

蕭晴玉雙眼驟亮。「你改——」

「妳別拿自己的事置氣。」張陽垂下眼睛，避開她熾熱的視線，低聲道：「我只是一個蹲過大牢的泥腿子，年紀又大……妳……不值得的。」

「……就為了這？」蕭晴玉再笨也聽出他話裡意思，她胡亂抹了把臉，轉涕為笑道：「你是不是傻子，我都不在乎這些，你在乎個什麼勁啊?!」

張陽怔了怔，搖頭。「妳還小，不懂這些。」他苦笑。「住的是破屋舊房，吃的是粗茶淡飯，也沒有下人伺候，跟著我只會受苦……」

「我不在乎——」

「我在乎！」張陽擰著眉。她出身嬌貴，如何吃得了這樣的苦？

蕭晴玉氣惱跺腳。「你這人怎麼這麼孬?!逞兇鬥狠、打架坐牢你倒是不孬，你你——

你要氣死我嗎？」

張陽垂下眼瞼。「這不一樣。」

「有什麼不一樣？你不是已經在掙錢了嗎？還是你覺得自己掙不了幾個錢怎麼著？」蕭晴玉怒斥一通，完了臉上泛起紅暈，嘟囔道：「再說，掙不著又怎樣，我還有嫁妝呢。」

「……」張陽抹了把臉，無力道：「我怎麼能拿媳婦兒的嫁妝過日子，那成什麼人了？」

「那就去掙啊！」蕭晴玉恨鐵不成鋼。「你又不是殘廢死了，掙個錢還不容易嗎？大不了我跟你一起掙！」

「不行！」

「憑啥不行？林卉都能掙錢，我算學比你們都好，憑啥我不行?!」

「……」這樣爭論下去沒有意義。張陽嘆了口氣。「我們說再多也沒用，妳父母會同意嗎？」

蕭晴玉咬了咬唇。「我去說！我爹這麼疼我，肯定會同意的。」

張陽怔怔地看著她。

「愣著幹麼？」蕭晴玉俏眉橫豎。「你倒是說話啊！」

粉臉桃腮，眸光瀲灩，連生氣都那麼朝氣蓬勃、活潑可人……小姑娘已經做到這般地步了，他一大男人，怎麼能畏手畏腳？

張陽一咬牙。「妳娘不是在城裡嗎？我去說！」

蕭晴玉一喜，繼而一頓，遲疑了。「可是我娘……我娘可能……」

「不太好說話？」話已說出口，張陽反倒像是放下了重擔。他看著面前為自己操心的小姑娘，神情柔和。「我若是能娶到妳，再如何刁難，也值了。」

蕭晴玉臉一紅，似嗔似怪般白了他一眼。「剛才是哪個傻子不敢說話的。」

張陽手指動了動，忍不住抬手。

蕭晴玉似有所覺，紅著臉移開視線，身子卻依然站在那兒。

張陽的手卻停在她頰側，輕輕一揩……微涼的濕濡，彷彿沁入心間。他心裡軟成一片，低聲道：「若是不成功，妳就好好聽妳娘的話，回京找個好人家——唔。」他捂住腹部退後一步。

蕭晴玉緊握粉拳，俏臉含怒直視他，威脅道：「你今兒要是沒搞定我娘，就接著搞！搞不定看我不捏死你！」

張陽。「……」得，他差點忘了這丫頭的刁蠻性子了！

他揉著肚子站直身體，剛想說話，便看見屋簷下正站著兩個震驚的姑娘，瞧那打扮，應當是蕭晴玉的丫鬟，他急忙退後兩步，與蕭晴玉拉開距離。

蕭晴玉一愣，繼而驚怒。「張陽你——」

張陽知她誤會了，連忙擺手。「不是不是。」然後指了指她後頭。

蕭晴玉愕然，不等扭頭察看，便有兩道身影衝過來，擋在她面前。

定睛一看，不是秀月、秀琴是誰？

「哪來的登徒子？」秀月抱著一大包衣物，卻彷彿抱著利器，瞪著張陽的氣勢絲毫不顯羸弱。「知道我們是什麼人家嗎？」

秀琴則朝外頭大吼。「大成，大成，姑娘遇到登徒子了，還不趕緊過來?!」

蕭晴玉。「……」

張陽。「……」

只是小誤會，蕭晴玉很快便將幾人鎮壓下去，然後上上下下打量了遍張陽，纖纖玉指往外一指。「趕緊去拾掇乾淨，一會兒跟我去見我娘。」確定了張陽的心意，她便恢復往日的大小姐脾性，指揮起他來毫不客氣。

張陽卻越看越歡喜，越看越覺可愛。壓下心裡的擔憂，他看看戒備地盯著自己的秀月幾人，撓了撓頭。「好。」

待張陽走遠，秀月眉頭皺得快要打結了。「姑娘……」

「打住。」蕭晴玉沒好氣。「我回頭還要聽我娘唸叨，妳饒了我吧。」然後看她們手上的東西。「東西都收完嗎？」

秀月張口欲勸——

「哎算了算了，我自己去看吧。」蕭晴玉嘟囔。「可別給我漏下什麼。」萬一張陽今天搞不定她娘，她肯定要繼續磨的，指不定要磨多久，還是帶走算了。

秀月兩人被指揮得團團轉，待屋裡收拾乾淨了，蕭晴玉又開始在院子裡打轉，試圖搗鼓點啥東西走——哼，林卉可是收了她五十兩銀子的，她才住幾天啊，不能讓她佔便宜。

翻遍院子，發現只有林卉倒騰出來的肥皂最值錢，蕭晴玉毫不客氣挑了兩塊顏色最好看、味道又好的直接帶走。

沒多會兒，換了身乾淨衣衫，又好好捯飭過頭髮的張陽便回來了。

蕭晴玉看到他才鬆了口氣，抱怨道：「怎這麼慢？」

其實並沒有多久，只是她心裡慌得很，生怕這人又慫了，跑了。

張陽看著她，沒拆穿她的話，只嘿嘿笑。「這不是弄得體面點嘛。」

蕭晴玉湊過去嗅了嗅——

張陽忙不迭退後。「怎麼了？」

「沐浴了？」蕭晴玉問他。還打了肥皂。那香味一聞，就知道是林卉出品。

「嗯。」張陽撓頭，頗有幾分不好意思。

蕭晴玉滿意點頭。「不錯。」大手一揮。「出發。」

一直擰著眉跟在她身後的秀月、秀琴這才鬆了口氣，忙不迭擁著她上了車——行李老早就收好了，就等蕭晴玉呢。

蕭晴玉上了車猶不放心，探出頭來往後看。

張陽已經解開他那驢車——驢子還在休息呢，察覺她的視線，順勢望過來，安撫般朝她笑笑，道：「妳們待會兒慢些，我這驢車走得慢。」

「好。」蕭晴玉忙轉頭吩咐秀月，讓趕車的大成慢一些。

很快，兩車一前一後駛出梨山村，往縣城去。

半個時辰後，兩車抵達蕭夫人所在的客棧。

蕭晴玉不等秀月兩人攙扶，跳下車便奔到後頭，奪過他手裡韁繩拋給後面的秀月，拽著他就走。「快點——噭，糟了。」她陡然驚呼出聲，急忙抽出帕子。

剛落地的張陽還沒反應過來，便是香風撲鼻。

蕭晴玉著急慌忙地拿帕子給他擦臉。「一臉的灰，方才就不應當讓你自己駕車的。」

「姑娘——」秀月、秀琴低呼。

張陽也忙不迭後退幾步，避開她的手，抬起胳膊，拿袖子胡亂抹了抹臉，安撫她道：「傻丫頭，不駕車難不成走著來嗎？那更邋遢了。」

蕭晴玉擔憂。「要不先找間屋子，弄盆水擦擦吧？」她娘可講究了，要是這麼髒兮兮地去見她，肯定要糟。

「沒事，塵土而已，拍拍就好了。」張陽擦完臉，開始拍身上的灰。

「姑娘！」

蕭晴玉看得急死，把帕子又遞過去。「你先擦擦頭髮啊——」胳膊被拽住，她皺眉擺手。「別催——」話音戛然而止。

張陽詫異，抬頭望去，只看到她朝客棧方向乾笑，他下意識跟著望過去。

一名中年婦人正面無表情地打量著他。杏色長襖、黃櫨裙襬素淨簡單，同色低調的纏枝花鑲邊低調雅致，再配上簡單的墮馬髻和金鑲玉釵子，端莊又優雅。

她身後還跟著兩名清秀的丫鬟，一主兩僕皆把視線放在自己身上，張陽心裡一咯噔。這是……

「娘……」心虛不已的蕭晴玉呼喚道。

還真是蕭家夫人？張陽連忙放下手，朝打量自己的婦人彎腰拱手。「鄙下張陽，見過蕭夫人。」

「娘，他是——」

「站外邊做什麼？」蕭夫人收回目光，神情淡淡道：「進來說話。」說著，領著侍女率先走進客棧大門。

蕭晴玉有點緊張，轉向張陽。「待會兒——」

「晴玉，進來！」蕭夫人的聲音從裡頭傳來。

蕭晴玉縮了縮脖子，扭頭去看張陽。

張陽笑了笑，低聲道：「一會兒妳別幫我說話，我自己說。」

蕭晴玉咬了咬唇。「好。」她的親娘她瞭解，她湊上去只會火上澆油。她擔心地再看他一眼，率先進了客棧。

想必接下來是場硬仗……張陽深吸了口氣，邁步跟上。

客棧幽靜雅致，大堂並沒有什麼人。

蕭夫人剛從外頭回來就撞上適才那一幕，表面神色巍然不變，實則內心已經掀起滔天巨浪。

回到自家包下的院子，她甩袖落坐，沈著臉看著門口方向。

蕭晴玉磨磨蹭蹭踏進院子，完了還一步三回頭，生怕那青年不進來似的。

蕭夫人臉都青了，侍女輕手輕腳端來杯適口溫茶，她端起來，一口灌下，砰地一聲扔回茶几。

侍女嚇了一跳，戰戰兢兢給她換了杯新茶，蕭夫人這回沒再喝，只是沈著臉盯著蕭晴玉。

好不容易，這兩人終於進了屋，還沒等她開口呢，蕭晴玉就巴巴湊過來。

「娘～～」她撒嬌般扶著蕭夫人胳膊。

蕭夫人下巴一點。「旁邊站著。」

「哦。」蕭晴玉二話不說，麻溜站到她身側，然後朝張陽使眼色。

張陽正眼觀鼻鼻觀心地束手站立，完全沒收到她的眼色。

蕭夫人也不說話。這裡沒有外人，她也不拘什麼禮節什麼規矩，逮著張陽從頭到腳、從衣衫料子到千層底，仔仔細細、認認真真地看了一遍。

越看越心涼。

張陽也乖覺，就這麼站著任她打量。

屋裡靜可聞落針，蕭晴玉來回看了幾眼，站不住了。「娘——」

蕭夫人伸手示意她閉嘴，然後直視張陽，問道：「你叫什麼名字？」剛才光顧著氣，都沒仔細聽。

「鄙人張陽，弓長張，潞陽之陽。」

「多大了？」

「今年……」張陽遲疑了下，老實回答。「二十有九。」

蕭夫人心裡雖有準備，依然倒抽了口涼氣。「你竟已這個年歲！」她忍不住厲聲質問：「我兒尚不足十八，你竟然——你是何居心？為何接近我兒？」

蕭晴玉用力捏住帕子，緊張地看向張陽。

張陽沈默半晌，道：「情之所至。」

蕭晴玉一怔。情之所至，情之所至……比之適才在梨山村的含糊其辭，這句話直白得讓人臉紅。雖然場合不對，她的唇角依舊忍不住翹了起來。

「情——」蕭夫人卻被狠狠噎了一下。「你年紀一大把，家裡也不知道幾房妻妾，竟還有臉在這裡說情道愛哄騙小姑娘？」

「娘！」蕭晴玉插嘴。「他年紀是大了點，可他還沒成親呢。」更別說什麼幾房妻妾的。

「閉嘴！」蕭夫人怒道：「我還沒找妳算帳呢！」

蕭晴玉撇嘴。

蕭夫人這才轉回來，繼續盯著張陽。「你說。」

張陽遲疑了下，拱了拱手。「不敢欺瞞夫人。鄙人前些年困於牢獄，兩月前方獲自由，目前還未成——」

「什麼?!」蕭夫人呼地站起來，不敢置信道：「你、你蹲過大牢?!」

激動之下，聲線都變了。蕭晴玉頓時縮了縮脖子。

反觀屋中間站立的張陽，依然穩穩的站在那兒，似乎對蕭夫人的激動毫無所動。他甚至還淡定地點頭接話。「是的，夫人。」

蕭夫人急喘兩下，「砰」地一聲倒回座椅，捂著胸口不說話。

蕭晴玉嚇了一跳，急忙幫她撫胸順氣。「娘！」

侍女們也呼啦啦湊過來，蕭夫人揮開蕭晴玉，然後朝其他人擺手。「我沒事……」看也不看女兒，扶著扶手坐起來，盯著張陽。「你知不知道我們是什麼人家？」言外之意，他這種流氓地痞，配嗎？

張陽的視線依舊定在地板上，聞言只是搖頭，道：「恕鄙人眼拙，我並不知道貴府如何富貴。」他老實道：「我認識晴——蕭姑娘的時候，只以為她是熊浩初的遠親表妹。」

蕭夫人狐疑。「你不知道我家情況？」她冷哼。「不知道就能哄騙我們家晴玉嗎？但凡有點良心，你這種年紀，也不該招惹我家晴玉！」

蕭晴玉辯解。「他沒——」

「夫人言重了。」張陽處變不驚。「我入獄之前，朝廷初立，世道尚亂，未有婚配乃是常事。待我出獄，朝廷律例已改，按照朝廷律例，男弱冠女十六便得成家，否則便由縣裡牽頭進行婚配。若無意外，十六以下的姑娘皆已訂親結親，除非縣裡主簿能為我找來無夫寡婦，否則，無論我年紀如何，我未來妻子，必定都是十六歲往下的姑娘家。」他頓了頓，抬頭直視蕭夫人。「我與蕭姑娘，並無任何違制之舉，夫人這哄騙一說，言重了。」

蕭夫人坐直身體，瞇眼道：「你倒是好口才。」

張陽不卑不亢。「夫人謬讚了。」

蕭夫人一噎，蕭晴玉抿嘴偷樂。

蕭夫人彷彿後腦勺長了眼般扭過頭來瞪她。蕭晴玉瞬間收起笑，頓了頓，她討好地朝蕭夫人笑笑。「娘～～他不是壞人，他沒有哄騙我——」

蕭夫人大怒。「不是壞人！蹲過大牢的不是壞人，世上哪還有壞人？」

蕭晴玉嘟嘴。「他又不是作奸犯科進去的。」

蕭夫人愕然。「不是作奸犯科是為哪般？」

「他是——」

「讓他自己說！」蕭夫人斥道。

「……哦。」蕭晴玉看向張陽。

張陽順勢拱手接話。「不敢欺瞞夫人。前些年戰亂，鄙人為了討生活，跟一群兄弟……咳，做了些劫富濟貧之事，咳，還劫了批南下上任的官員……」他不好意思地摸了摸鼻子。「後來便被朝廷拘役。」

蕭夫人。「……」

蕭晴玉小心翼翼瞅了她兩眼，小聲道：「娘，這不就是我爹以前——」

「妳閉嘴！」蕭夫人一拍茶几，震得几上茶盞跳了跳。

蕭晴玉閉上嘴。

蕭夫人深吸口氣，終於正眼看他。

眉目清朗，身高體健，進門後一直不卑不亢，談吐也算過得去……身上衣物除了有些灰塵，倒也算得上乾淨整潔。

半晌，她似乎冷靜許多。想到在客棧外頭看到的一幕，她深吸口氣，轉換話題道：「那如今你在做什麼？家裡長輩兄弟幾何，各自有何生計？」

「……」張陽沈默了。

蕭晴玉有些急了。「你說話啊！」

張陽抬眸，深深看她一眼，再次對上蕭夫人，坦言道：「鄙下不才，身無長物，家裡僅有農田兩畝、舊屋一間，近日在搗鼓一些小買賣。父母、長姐、姐夫皆已過世，世上親人僅剩長姐留下的一兒一女。」他頓了頓。「雖然我現在還沒有掙到太多錢，但是長姐留下的兒女，鄙人將來定是要幫扶的。」

總結一下，就是：沒家人、沒錢、還有兩個拖油瓶。

蕭夫人不敢置信，忍不住又問：「那你做什麼買賣？」幫扶親姐家孩子不是問題，甚至算得上仁義。問題是，他看起來不像是那等寬裕人家，幫扶得起嗎？

張陽如實回答，最後道：「一天約莫掙個幾十文，若是肥皂收得多，十天半月能多掙半兩。」

幾十文！多了才多掙半兩？

蕭夫人覺得自己又快要喘不上氣了，再次揮退圍上來的丫鬟和蕭晴玉，尤其是後者——她怎麼生了個這麼傻的丫頭？

她恨不得掐死這丫頭算了，省得氣死自己！

親生的，這死丫頭是親生的！蕭夫人心裡不停告訴自己。然後哆嗦著手端起茶盞，狠狠灌了兩口，滿腔怒意依然壓不下去——

「啪！」

茶盞摔在張陽腳下，碎瓷片、茶葉、水漬灑了一地。

「娘！」蕭晴玉嚇得大叫，再一細看，張陽還好好站在那兒呢，她才鬆了口氣，抱怨道：「好好說話不行嗎？幹麼摔杯子——」幸好沒砸在張陽身上。

「妳給我閉嘴！」蕭夫人厲聲斥道，然後指著張陽。「這種人，無才無權無產，還一把年紀，加上一堆麻煩……妳、妳是不是要氣死我啊！」

蕭晴玉不服。「妳不是說要讓我挑個自己喜歡的嗎？」

「那妳也不能挑個這樣的！妳是瞎了眼嗎？啊？」

「我不管，我就喜歡他！」蕭晴玉梗著脖子。

「我不同意。秀芳、秀華，把她拉下去，收拾收拾，馬上回京！」

候在一邊的兩名侍女遲疑了下，看向蕭晴玉。

蕭晴玉見勢不妙，提起裙襬一溜煙跑到張陽身後，完了還探頭出來，朝她娘叫囂。「我把身子都給他了，妳要是不讓我嫁給他，我就剃了頭當姑子去！」

張陽。「……」

蕭夫人呼地站起來，顫著手指著她。「妳——妳——」

哭笑不得的張陽連忙解釋。「夫人息怒，晴玉只是瞎嚷嚷而已，我倆之間什麼都沒發生過。」情急之下，連蕭姑娘都忘了說。

蕭夫人這才鬆了口氣。

蕭晴玉大怒，朝他後背就是一拳頭。「你幹麼？你是不是想賴帳不管我了？」

張陽吃痛，避開兩步，朝她搖頭。「別鬧，我先跟妳娘好好說說。」

「你看她都不同意。」蕭晴玉急了。「你就不擔心她轉頭立馬把我帶走，隨便把我嫁掉嗎？」

張陽安撫她。「別急，我條件不好，夫人生氣也是對的，待我把話說完，她若是不同意，我必定追到京城去，不會讓妳另嫁他人的。」

蕭晴玉撇嘴道：「一路去京城多貴啊，萬一你半道跑了怎麼辦？」

張陽啼笑皆非。「不會的，我既然打定主意要娶妳，就不會放棄。」

蕭晴玉的臉色這才好看些。

張陽轉回來，朝蕭夫人拱手。「夫人受驚了，蕭姑娘的性子您應當瞭解，您把她教得很好，她並不是這般輕浮隨意的姑娘，我也不是那等不講規矩的登徒子。我來這裡，是經過慎重考慮的。」

這麼一番打岔下來，蕭夫人的驚嚇、憤怒已經下去許多，狠狠瞪了眼那扯後腿的女兒一眼，她緩了口氣，問：「我不論你有什麼想法，你跟我們家晴玉就是百般的不相配。這門親事，我絕對不會同意的——」

「夫人，可否讓鄙下說幾句話？」

……

第二十二章

林卉跟熊浩初在韓老家吃完晚飯，回到家太陽還沒下山，林卉剛跳下車，院子裡便衝出一人。

「卉丫頭、大熊，你們回來啦！」

林卉詫異，笑道：「舅舅，你還沒回去啊？吃過晚飯了嗎？」

「吃過了吃過了……咳咳，這個，」張陽搓著手，笑得有幾分不好意思。「有點事想找你們幫忙。」

林卉不以為意。「啥事這麼急，您說。」

「那個，我想問問，有什麼來錢快的法子？」

「啊？」林卉詫異。「來錢快？」

熊浩初正在搬車架上的東西，聞聲望過來。

「也不是急事，就是……」張陽撓頭，乾脆直言。「我要在一年內，掙到一萬兩。」

一萬兩！

林卉簡直嚇死了。「舅舅，你是不是犯了什麼事？」要拿錢去贖啥的。

熊浩初神情嚴肅。「怎麼突然要這麼多錢？」

張陽擺手。「沒事沒事，不是遇到麻煩了。」他撓撓頭。「我這是要娶媳婦用的。」

熊浩初挑眉，若有所思地看著他。

林卉則大吃一驚。「舅舅你要娶哪家姑娘？哪家姑娘這麼金貴要一萬兩？」

張陽嘿嘿笑，有點尷尬道：「就是，咳，就是晴玉啊。」

林卉不敢置信地叫道：「舅舅你不是跟晴玉不對盤嗎？」這兩人什麼時候搞在一起的？

熊浩初彷彿早有預料，直接問：「你去見她娘了？」

張陽摸了摸鼻子。「是啊，剛見完回來的。」然後回答林卉。「那什麼，此一時彼一時嘛。」

林卉無語，但略一琢磨便反應過來，她一拍掌。「所以前幾天，你們倆都奇奇怪怪、躲躲閃閃的，我還以為你們吵架了，合著是因為……害羞啊？」她擠眉弄眼。

張陽有點尷尬，打了個哈哈。「孤男寡女的，整天碰面不大好，我那是避嫌，對，避嫌！」

熊浩初見他倆聊得起勁，無奈，只得開口把話題扯回來。「是蕭夫人要你出一萬兩的聘禮嗎？」

「對。」張陽點頭，接著咋舌。「那什麼，他們家是不是很有錢啊？怎麼禮數這麼多，聘金這麼高……」

林卉跟熊浩初對視一眼，然後問他：「你不知道晴玉家什麼情況？」

「怎麼了？」張陽丈二金剛摸不著頭腦。「她家難道有什麼問題？總不會是公主吧？」要是公主，還能看上他這樣的地痞流氓嗎？

「雖然不是公主，也差不多了。」林卉扭頭看向熊浩初，問：「能說嗎？」

熊浩初點頭。

又是京城過來，又是富貴人家……張陽心生不祥預感。「總不會是什麼大官吧？」

林卉明快點頭。「晴玉她爹是從二品加授將軍銜的奉國將軍。」從二品將軍的女兒，於他們這樣的人家而言，跟公主也沒什麼差別了。

張陽倒吸一口涼氣，傻在那兒。

林卉同情地拍拍他。「所以，舅舅，你這一萬兩聘禮，真的算是便宜了。」畢竟對於這樣的人家，錢真的不是問題，身分地位才是第一要素。

張陽張了張口，一時竟不知道說什麼好。

「不過，」林卉咋舌。「一萬兩耶，舅舅你竟然也敢答應下來，你有信心一年掙到一萬兩嗎？」

張陽乾笑。「這、這、這不是想到有妳嘛。」

林卉。「……」

她長得像是能賺一萬兩的人嗎？

張陽乾笑。「妳做了肥皂又做紅薯粉，肯定比我會掙錢……」他撓了撓頭。「實在不行，我就去借點錢，買一大堆紅薯做成紅薯粉，再賣出去。」

林卉無語。他這是嘗到了轉賣商品的甜頭，竟然還想把紅薯的採購生產都包下來——等等，原料採購、加工生產、還有最後銷售，這不是……林卉怔住。

張陽轉頭跟熊浩初聊上。「你有這麼顯赫的親戚，還從京城回來做啥？」頓了頓，自己又樂了。「不過，回來也好，要不是你回來，我還找不著這樣的媳婦呢。」想到蕭晴玉那又凶又可愛的模樣，他忍不住心裡甜滋滋的。

熊浩初搖頭。「我是跟她爹有些交情，算不上親戚，只是蕭姑娘獨自跑到這邊，省得旁人多想，才謊稱是遠房親戚。」

張陽「啊」了聲。「不是親戚啊……」繼而撓頭。「不是親戚便不是吧，既然你跟他們家相識，回頭記得幫我說說好話啊，別的不說，可別讓他們偷偷把晴玉給嫁了。」

熊浩初莞爾。「舅舅別擔心，蕭姑娘那性子，他們強迫不了。」想了想，又道：「約莫是會趁這一年時間好好勸她。」順便帶她多見些未婚的公子哥兒啥的吧。

張陽自然省得其中機關，一擺手。「不管如何，既然她娘開出這樣的條件，我先做了再說。」

那頭，一直低頭沈吟的林卉聽到這句，好奇道：「舅舅，要是你一年內掙不到一萬兩，你就放棄嗎？」

張陽虎眼一瞪。「放棄啥？媳婦兒是能放棄的嗎？」話鋒一轉。「不過，要是掙不到嘛……」

林卉盯著他。

張陽虛握拳頭，掩唇輕咳，含糊道：「反正劫掠之事我也幹了不少，不差這一單的。」

言外之意，掙不到錢，就直接去搶人。

林卉。「……」

熊浩初眉毛一挑，贊同道：「可行。若是舅舅需要幫忙，儘管開口。」

張陽樂了，拍拍他肩膀。「謝了啊！」若是有熊浩初幫忙，這事兒成功率更高了。

林卉無語，提醒他們。「蕭家是將軍府，連晴玉都會耍幾下拳腳功夫呢。」

張陽樂觀一擺手。「咱又不是要圍攻將軍府，再說，人手不夠的話，我還有一幫兄弟呢！」

林卉翻了個白眼。「你還不如趕緊想法子掙一萬兩呢。」

「一萬兩……老天又不會掉銀子下來，這條路我大概是沒指望了。」張陽撓頭。

「那還想不想掙錢？」

「當然想啊！不管怎麼說，我也得多掙點給晴玉當聘禮，不能讓她出嫁的時候丟臉。我還想蓋間大房子，再買兩個下人，讓晴玉別跟著我受苦。」張陽搓手。「所以，丫頭啊，妳說，我去收紅薯做紅薯粉可以嗎？要是——」

「可以。」

「要是不夠的話——哎？」張陽傻眼。「妳說什麼？」

「我說可以。」林卉笑咪咪。

「……」

接下來他們說了什麼，除了他們三個，再無旁人得知。

許是被氣著了，蕭夫人讓人給熊浩初留了個口訊，第二天一早便帶著女兒離開了。

蕭晴玉走了，張陽消沈了兩天，便開始忙碌起來，每日在縣城及各村匆匆來去，村裡人原本都習慣託他買賣東西，這會兒陡然少了個幫忙跑腿的，便覺出不方便，有些還跑來林家問情況。林卉無奈，只得隨意找了些藉口應付過去，完了便不管了。

她這邊也忙著呢，擔心拖晚了，紅薯苗不好扦插，每天都做些不太一樣的水去澆紅薯苗，導致紅薯自從冒芽後便一天一個樣，長得飛快。

同時新宅那邊，有匠人、有村裡漢子，再加上辛遠一行人，這房子打造的進度便快了許多。

尤其辛遠一行人，到了熊家後有新衣穿，有厚實的棉被蓋，每天能吃上熱呼的三頓飯，還頓頓管飽，不過兩天工夫，整個精氣神就起來了，幹起活來那叫一個賣力，不光熊宅的活兒，連林卉家的家務都被包了，林卉除了掌勺、針線和給紅薯苗澆水，別的活兒是一點也沾不上了。

她猜測這是熊浩初的意思，也就不拒絕，只在飲食上多費心，讓他們儘量吃得豐盛些。

這沒過幾天，熊宅便大致弄妥，剩下沒住人的空屋也不急著倒騰，除了老劉幾名匠人，其餘人等便全部轉戰落霞坡——燒乾淨的土坡需要整地、翻地。

這段時間，熊浩初也沒閒著，每天進城採買，除了日常瑣碎，大部分都是成親所需物品。

林卉跟熊浩初兩人都不懂這些，好在家裡多了辛遠夫婦，兩人年紀在那兒擺著，兒子都娶兒媳婦了，對這些自然瞭解頗多，熊浩初便領著他們天天進出縣城，將成親需要的東西逐一採買回來。

他們小定之時，熊浩初是送了一隻牝鹿和一根素雅銀簪子。當時他的銀錢還在符三那邊，身上沒多少錢，加上不知道林卉品性，便打聽了村裡嫁娶行情，再加厚幾分，湊了個小定禮。

如今他自然不願意委屈了林卉，便大肆地買。管錢的林卉肉疼極了，一直唸叨著家裡沒錢云云，他便說一輩子只這一次，先花了再說，林卉拗不過，只得把錢給他了。

於此同時，符三從別處採買回來的家具物什也逐一送進新宅。

很快，便來到了十月二十八。早就住進新宅的熊浩初換上新衣，領著下人，帶著一大堆東西，浩浩蕩蕩前往林家下聘。

林家早早就敞開大門，林川、張陽自不必說，林家族老及其親眷、鄭里正夫婦、趙氏並林偉光一家子……全都喜氣洋洋圍坐在堂屋裡說話。

考慮到林卉的情況特殊，早在商議親事時，族老們便決定由他們給林卉主婚，再者，托林卉、熊浩初的福，梨山村今年上上下下都掙了不少，能給他倆幫襯，大夥樂意得很。

下聘是三書六禮中的重要一環，故而日子一到，他們早早就過來等著了，一群人在大廳裡聊得熱火朝天，身為主角的林卉則被劉嬸等人押在裡屋梳妝打扮呢，沒多會兒，外頭便傳來喧譁聲。

林川雙眼一亮，跳下板凳就往外頭衝。「熊大哥他們來了！」

屋裡說話的眾人一頓，紛紛起身迎出去。

院子外，辛遠已經站在院門外自報家門，並道出下聘之求。

屋裡出來的諸人忙喜笑顏開請其入門。

韓老笑呵呵地帶頭進門——他是熊浩初請來當儐相的長者，進了門便開始吟唱賀詞，抑揚頓挫地將來意唱了出來，一身新衣的熊浩初緊隨其後。

等韓老唱完來意，作為代表的林氏族老回了唱禮，這聘禮便可送進門。

跟在後面的辛遠開始報聘禮。

「聘餅一擔，活魚兩尾，雞兩對，豬肉五斤，四色糖果一盒……」

一大堆的東西陸續送進堂屋，本來還算寬敞的堂屋一下被塞得滿滿當當的，加上參禮的、觀禮的、看熱鬧的，足有上百號人，鬧哄哄湊在一起，吵得大夥說話都得靠吼的。

熊浩初看看左右，擠開人群，湊到邱嬸面前問道：「卉卉呢？」

屋裡頓時響起一片口哨聲、喝彩聲。

「訂親了就是不一樣，都改口叫卉卉了？」

「我這老臉都覺得臉熱嘍~~」

「呵呵，年輕人嘛~~」

熊浩初眉毛都沒動一下，只等著邱嬸。

邱嬸笑呵呵。「還在房裡呢，你劉嬸、唐嬸她們在幫忙打扮著——」

「出來了出來了！」有人喊了句。

熊浩初忙跟著望過去，頓覺眼睛一亮，不說他，大夥都驚豔不已。

甫一出門便受到萬眾矚目，林卉愣了愣，笑道：「怎麼了？」

她上輩子是普通姿色，掉人堆裡都找不著那種，穿越過來後，林家連銅鏡都沒有，她對自己的容貌便沒有太大認識。

劉嬸幾位長輩說下聘之時是雙方賓客第一回見新嫁娘——成親的時候新嫁娘要蓋蓋頭，大部分人都見不著。所以這回肯定得好好裝扮裝扮，故而她才會被劉嬸等人拉進屋裡去倒騰。

她其實也沒做什麼，只是換了件未上過身的藕荷色新衣裳，把丱髮換成垂髫分肖髻，再抹了點唇脂顯得氣色好些，僅此而已。

看在旁人眼裡，那著實是驚豔不已。

不說她那繼承自母親的秀麗五官，光是她那詭異體質帶來的凝脂雪膚，就讓她比村裡其他日常需要勞作的姑娘好看了不只一星半點。如今換上淺色裙裳，再把平日顯得幼齡的丱髮解掉，換成更顯嬌憨的垂髫分肖髻，自然讓大家看呆了。

尤其是熊浩初，眼也不眨地盯著她。

這麼多人，林卉也不好說他，只能面紅耳赤地垂下眼瞼，雙頰含春的模樣，讓熊浩初眼睛都看直了。

跟在她後頭出來的唐嬸笑著打趣。「咱家卉丫頭漂亮吧？瞧熊小哥，眼睛都直了。」眾人哄笑。

熊浩初回過神，輕咳一聲。「唐嬸說笑了。」又看了面若桃花的林卉兩眼，才轉過來，朝眾人道：「過幾天我和卉卉喜宴，大家都來喝一杯。」

「必須的。」

「你不喊我們都要厚著臉皮去呢。」

「就是就是。」

你一言我一語，熱熱鬧鬧的，也把眾人的注意力引走了。

林卉鬆了口氣，忙不迭招呼劉嬸她們到廚房——她前一天帶著熊宅那邊的幾名媳婦做了許多紅糖蒸糕，要去拿出來給大夥，讓大家也甜甜口、沾點喜氣。

蒸糕切成小塊，拿籃子裝好，提著便能出來派發，香甜的蒸糕還點了好些紅棗碎，吃起來香甜綿軟，不光小孩愛吃，大人都吃得滿足不已，好幾名婦人都來詢問這糕點怎麼做。

走完禮節的韓老繞著院子轉了一圈，正好遇到他們派蒸糕，接過來嚐了一塊，眼睛一亮，自動自覺摸到廚房裡。

正在廚房裡切糕點、煮茶水的田嬸嚇了一跳，好在林川也提著茶壺進來裝水，看到他，忙放下東西躬身。「先生。」

田嬸一聽他叫先生，就知道是誰，忙不迭放下刀，拘謹地屈膝行禮。

「免禮免禮。」韓老忙停住腳步，掩唇輕咳，左右看了看。「那個蒸糕……」

林川會意。「先生稍等。」立即跑到另一邊，翻出一個碟子，又跑回來田嬸身邊。「田嬸，幫忙裝幾塊。」

田嬸忙給他切了好幾塊。

「謝謝田嬸。」林川眉眼彎彎，轉頭將滿滿一碟子蒸糕遞給韓老。「先生，給。」然後囑咐他。「先生，姐姐說您不能吃太多甜的，會傷牙的。」

韓老剛接過碟子就被唸，登時有些尷尬。「不會不會，我幫忙端出去，呵呵，我只是幫忙端盤子。」忙不迭端著盤子轉出去。

林川小大人般嘆了口氣。「先生肯定又躲起來吃蒸糕了。」

人小鬼大的模樣，讓田嬸忍俊不禁。

韓老端著蒸糕走出廚房，迎面遇上一名與林川有兩分相似的漢子，正是林偉光。

旁的人都在堂屋裡說話，劉嬸幾個正在給眾人派蒸糕，飯廳這邊反倒安靜得很。不過今兒是林卉的好日子，外頭隨便一個，說不定都跟林家姐弟沾親帶故的，長得有些像倒是沒什麼，故而韓老只朝他微微頷首，便端著碟子坐到飯桌上，捏了塊糕點悠哉悠哉地開始品嘗。

林偉光搓了搓手，湊過去搭話。「先生，聽說您是林川的先生是嗎？」

韓老頓了頓，看向他，點頭。「正是。」

「咳咳，是這樣的，我是林川的叔叔。」林偉光頓了頓，強調道：「是嫡親叔叔。」

「哦？久仰了。」韓老壓根不認識他，隨口答道。

林偉光卻以為他從林卉姐弟嘴裡聽說過什麼，忙道：「若是旁人說過我什麼，您別放在心上，那都是、那都是……誤會。」

韓老微笑。「倒是不曾聽林川姐弟提起。」

林偉光原本以為林卉姐弟會說他壞話，心裡還憤憤不平，現一聽……這姐弟是壓根沒提他們一家子？他心裡忍不住便有些彆扭。

「咳，那些不重要。」他壓下那一絲絲彆扭，搓了搓手。「是這樣的，我家裡還有兩個兒子，都是聰明伶俐的。我想著您總歸是要教林川，不如，把我那兩個兒子也一塊帶上吧？」

韓老怔住。「教你兒子？」

「束脩不是問題。」林偉光嘿嘿笑。「林川的束脩多少，我也給多少。」

韓老。「……」

林偉光巴巴看著他。「您放心，我兒子都懂事得很——」

「先生、叔叔。」提著茶壺出來的林川，響亮地喊了句。「你們在聊什麼？」

林偉光嚇了一跳，看了眼韓老，低喝道：「嚷嚷什麼，沒大沒小的。」

林川笑笑，還沒答話，視線一轉，突然朝著堂屋方向開口。「熊大哥，是不是要添水？」

「哎喲！」林偉光一激靈。「我家灶台還沒熄火呢，我得回去看看了！」話音未落，他便鑽進廚房，從後院繞道跑了。

韓老順著堂屋方向瞅了眼，那兒壓根沒人，登時轉過彎來，笑罵了句。「小機靈鬼！」

林川笑嘻嘻。「先生謬讚。」

韓老笑著搖搖頭，嘆了口氣。「你這娃兒還真是對我胃口……」

林川見他似乎有話要說，順手將茶壺擱到桌上，爬到他旁邊長凳上乖乖坐好。

韓老摸摸他腦袋。「川川啊，計劃有變，你先生我估計得提前回京了。」

林川瞪大眼睛。「啊？這麼快？」他有些急了。「先生，你不是說要留下來跟我們一塊兒過年的嗎？」

大定下聘，群眾觀禮，說到底，還是為了彰顯男方財力，還有表示對女方的重視。而在習俗上，越多人觀禮，就預示著新人未來的生活越興旺，故而不管禮厚禮薄，各家下聘都是呼朋引伴、親友齊聚，圖的就是這一吉兆。成親之時，女方曬嫁妝之舉也是同理。

林卉、熊浩初也不過是俗人一枚，自然不能免俗，這滿院子的遠親近鄰便是結果。

如今，熊浩初跟林卉都是村裡人盡皆知的富戶，他們的喜事，眾人自然格外關注。

這會兒，眾人已經將敞開擺著的聘禮逐一賞過，那些雞啊蛋啊糕點啥的不說，都是照他們這兒的習俗辦的，除了比他們買的貴一些、齊全一些，也沒什麼可看的。

他們主要欣賞的，是那些昂貴之物，比如那幾箱上好綢緞、那滿滿一箱的脂粉脂膏，最令人驚嘆的，是那一匣子的珠寶首飾，簪子、珠釵、手鐲、步搖、耳飾、瓔珞……金的、銀的、珍珠的、玉的……各式各樣，堆了滿滿一匣子。

眾人咋舌不已，早就知道熊浩初有家底，但沒想到竟然如此富裕。林卉這輩子用得上的首飾，怕不是都在這兒了吧？一時間，大夥的心情複雜不已。

再看林卉的回禮，長褲兩條、鞋子一對、芋子一對、果子一對、花生一籃……除了這些吉祥物什，還有一對小巧的石榴玉墜子——也是比旁人家的豐厚了許多，尤其那對玉墜子。

林偉光一家子眼睛不停往上面掃，若不是旁邊還有辛遠等人看著，指不定還會上手摸。雖然林卉的回禮遠遠比不上熊浩初，可這只是大定回禮，嫁妝還沒出呢，光熊家送的這些，林卉的嫁妝就羨煞旁人了。

林卉一出房間就被盯著不放，其中還有些姑娘又妒又羨地盯著自己，挑了挑眉，逕自略過這些同齡人，領著劉嬸她們去把蒸糕提出來派發。

等她派完糕點，又跟一些長輩說笑幾句，客人便陸續離開了——畢竟不是喜宴，吃了蒸糕便該各回各家了，然後她才撿了空閒跑去收拾東西，辛遠幾人還虎視眈眈地守在聘禮擔子旁邊，生怕哪個不長眼的順手摸走什麼。

林卉將手裡的提籃遞給他們。「別緊張，先吃點東西——」她瞪大眼睛看著那匣子金光閃閃，倒抽了口冷氣，急忙問辛遠。「這是大熊買的？」他哪來的錢？

辛遠搖頭，看看左右，壓低聲音道：「這是老爺以往存在錢莊的，符爺前兩日才取來。」

竟然有私房錢！林卉暗哼一聲，面上不動聲色，將糕點遞給他們。「我知道了，你們先吃點東西。」

辛遠遲疑了下，看看周圍，看熱鬧的賓客皆散得差不多，還沒走的也都聚在外頭，屋裡只有熊浩初跟里正幾人在另一邊說話，才微微鬆了口氣，接了過來。「多謝姑娘。」

其他幾人也紛紛躬身道謝。

林卉微笑點點頭，道：「廚房裡還有許多，待會兒你們帶回去給大家都嚐嚐。」

「好。」

林卉便不再多話，回頭偷偷瞪了眼熊浩初，轉身出了院子。

劉嬸、唐嬸等幫忙的人還在那兒，還有好幾位叔伯，圈聚在牆根下不知道在說啥。

林卉湊過去一看，竟全是在看長了芽的紅薯。

「真的就這樣發芽了！」

「難怪朝廷要推廣，果真賤生。」

「卉丫頭不是說那什麼……扦插就能生？朝廷難道不知道嗎？」

「我猜是不知道，否則怎麼只告訴我們怎麼種？」

「哎呀，卉丫頭那天一說，我便挪了一些出來澆水，卉丫頭的這些都冒老長的芽兒了，怎麼我家的還沒冒？」

「我也是，我也是，我家的也沒有。」

剛湊過來的林卉登時提起一顆心。

「哎呀，我也澆了一些，我家的昨兒就冒芽了。」

「我家的也冒了，嘿嘿，你們幾個是不是沒擱在太陽底下曬啊？卉丫頭說天兒冷，得保溫——是這麼說的吧？」

「對對對，所以我都小心著呢，每天上午曬東邊，下午轉到西邊，前兩天就冒芽了。」

你一言我一語的，聽得林卉一驚一乍的，很快眾人便發現她，拽著她開始打趣。

林卉乾笑著聽他們說話。

好不容易，觀禮的、幫忙的人都離開了，熱熱鬧鬧的大定總算是過去。

她呼了口氣，轉頭就去找熊浩初算帳。

剛跟鄭里正等人商量完事情，熊浩初就被林卉拽進屋裡——聘禮已經抬進她屋裡了。

「說，那些首飾哪裡來的？」林卉把人逼到牆根，瞇起眼質問道。

熊浩初挑眉。「就為這？」

「什麼叫就為這？」林卉杏眼一瞪。「你交到我手上的錢才多少，不夠買那一箱子首飾的。」

熊浩初莞爾。「我的現錢真的都交給妳打理了，這些是我娶媳婦的老本，老早就攢下來了的，就是留著這時候用的。」攢了好幾年，也就那麼點，他還嫌少呢。

娶媳婦的老本……林卉臉熱，忙轉移話題吐槽了句。「當官都這麼掙錢的嗎？俸祿很高嗎？」朝廷不是剛立沒幾年嗎？哪來這麼多錢發高薪？

熊浩初搖頭。「不是俸祿。」他遲疑片刻，才道：「這些是打仗時得來的。本來應該更多些，但是京城花銷大，我又不懂經營，家裡沒人管著，很快便花得七七八八了。」

林卉咽了口口水。「原來有多少？」

熊浩初估摸了下，道：「幾萬兩還是有的。」

「……」

彷彿從她神情看出些什麼，熊浩初無奈拍了拍她腦袋。「想什麼？那都是前朝蛀蟲們囤下來的不義之財。」

林卉皺了皺鼻子。「誰知道你是不是做了什麼貪贓枉法的事情。」

「嗯？」熊浩初俯身，湊到她面前。「貪贓枉法？」

林卉乾笑。「開玩笑，開玩笑而已。」一邊說還試圖往後退。

熊浩初唇角一勾，猿臂一伸，林卉只覺身體一輕，再回神，她已經被這廝抱到屋裡唯一的桌子上。

她登時低呼。「你幹——唔——」瞬間被堵住了話語。

半晌，熊浩初鬆開她，貼著她嫣紅的唇瓣低語。「我不光貪贓枉法，我還貪圖美色。」

「……」林卉捶他。「說什麼亂七八糟的。」

熊浩初低笑。

低沈性感的嗓音近在耳邊，身體又被男人有力的臂膀擁著，林卉面紅耳赤，不自在地推了推他，低聲道：「快放我下來，辛叔他們還在外頭等著你呢。」

「不急。」熊浩初低下頭，親了親她烏黑的髮絲，托起她的腦袋，道：「妳今天很漂亮，讓我多看看。」

林卉的臉更紅了，側過臉避開他灼熱的視線，嫌棄道：「我平時不漂亮嗎？」

「也漂亮。」只是平日可愛多些，今天則更顯風情……熊浩初看著面前粉紅粉紅的精緻耳朵，順勢親了上去。

「啊！」林卉一個激靈，差點蹦起來。可腰上還被某人鎖住，這一蹦，反倒直接把自己送進某人懷裡。

熊浩初輕笑，按住她腰肢，慢條斯理地繼續低頭享用。

林卉被騷擾得渾身冒煙，熊浩初逐漸向下。

她難耐地扭了扭腰，可憐兮兮地求饒。「大熊……」

「嗯？」低沈的嗓音從頸側悶悶傳來。

林卉壓下到嘴的呻吟，低聲提醒。「咱們還沒成親……」

熊浩初紋絲不動，悶聲道：「還有幾天就成親了。」

林卉咬唇。

彷彿察覺她的緊張，熊浩初低笑，終於稍離她的凝脂玉膚，安撫道：「放心，今天就是嘗個甜頭，」他輕笑。「還有幾天，我還是等得起的。」

眼看這人又要貼上來，林卉一咬牙，用力推開他。

熊浩初一個不防，登時被推得後退半步，下意識喚道：「卉卉？」

林卉脹紅了臉瞪他。「不是說好了成親也不能、也不能……那什麼的嗎？什麼等幾天？過了幾天你也得繼續等！」

熊浩初。「……」他皺眉。「咱們說的只是暫時不生孩子。」

林卉眼神左閃右避，就是沒好意思看他，聞言嘟囔道：「那不就是不能做……那什麼嘛。」

熊浩初挑眉。「那什麼是什麼？」

林卉羞窘，一拍桌子，低嚷道：「你明知道我說的是什麼！」

熊浩初低笑，俯身附耳。「卉卉，不生孩子也有不生孩子的玩法，過幾日，我慢慢教妳。」

玩法？

經受過現代網路各種資訊洗禮的林卉腦海裡瞬間劃過皮鞭、蠟燭……登時大怒，抬腳就踹過去。「變態！沒想到你是這樣的人，要玩什麼你自個兒玩去，老娘不伺候！」

「……？」

陡然挨了媳婦兒一腳，熊浩初懵了。他說什麼了嗎？

見她意欲逃跑，他不及多想，一把將其拽進懷裡鎖緊，然後問：「什麼是變態？」

林卉踢他。「就你這樣的！你——你以前是不是四處浪蕩？是不是天天逛窯子？」不然怎麼還沾上這些奇怪的癖好？

「……妳還知道窯子？」熊浩初對她的踢打不痛不癢，只對她所說的詞大皺眉頭。

林卉脹紅臉。「誰、誰不知道了！要是不知道，哪天被賣了都不知道往哪兒哭呢！」

熊浩初盯著她。「那為何覺得我天天逛窯——」腦中什麼東西一閃而過，再回想一遍適才兩人的對話，他陡然心領神會，登時滿頭黑線，問她。「妳以為我適才說的是什麼東西？」

林卉再次踢他一腳。「我不想知道！」

熊浩初順勢把她搗亂的腿夾住，沒好氣道：「我說的只是夫妻之間『正常』的魚水之歡，妳這小腦袋瓜想到哪裡去了？」

林卉的腰還在他胳膊裡，腿又被夾住，整個人都無法動彈，再一聽，立馬愣住，抬頭仔細看他。「你真的沒有什麼特殊癖好？」

熊浩初敲她腦袋。「妳哪裡學來這些亂七八糟的東西？」

他那力氣，就算只是輕輕一敲都夠嗆了，何況他這回含怒之下，微微加了點力道。林卉吃痛低呼。「疼啊。」好吧，看來是她誤會了。

熊浩初頓時心軟，改敲為撫。「妳呀……」

林卉噘嘴。「誰讓你說些亂七八糟的話。」

熊浩初俯下身，視線直直看進她眼裡，又問：「妳哪裡學來的東西？」聲音低沈又嚴肅。

林卉縮了縮脖子。「就、就……」她絞盡腦汁，也想不到該用什麼理由去解釋。

熊浩初神色嚴肅地盯著她，頗有一種她不說清楚就不甘休的架勢。

林卉偷覷了他一眼，心一橫眼一閉，直接撲進他懷裡，圈住他脖頸，湊上嘴巴，乾脆俐落地堵住他的問話——

發生了啥自不必說。林卉只知道，整個下午，她的嘴巴都是腫的，舌頭更是快麻掉了，喝水都火辣辣的疼。

她又心虛又生氣，轟走熊浩初後躲在屋裡半天不出來，直到林川來敲門。

林卉忙扔掉沾水的帕子，拍了拍臉，覺得自己應該沒有什麼不妥了，才打開門。「怎麼了？」

「姐姐，」林川低著頭，套著千層底的小腳在地上劃啊劃。「咱家還有錢嗎？」

「嗯？」林卉蹲下來。「你要買什麼東西嗎？」

「先生下月就要走了……」林川悶悶不樂。

林卉大驚。「韓老要走？不是說年後才走嗎？」

「他說——」

「因為喊阜。」熊浩初的聲音冒出來。

林卉心裡一跳，還未動作，便被攙扶起來。

「捨得出來了？」低沈的嗓音帶著戲謔。

林卉大窘，白了他一眼，趕緊將話題拉回來。「韓老跟喊阜有什麼干係？」

林川也巴巴看著他。

「韓老的兒子在通政司，昨日剛來信，信中對喊阜之事竟然一無所知。」熊浩初語氣淡淡，彷彿在說著什麼事不關己的事情。「接下來幾月，京城定然有變，他得趕緊回去。」

林卉懂了，看來離不開政治因素。然後她開始愁了。「韓老走了的話，我們得趕緊給川川另找個先生了。」她壓根不認識什麼讀書人……

林川雙眼一亮。「姐姐，咱家是不是還有錢？我還能唸書是嗎？」

林卉摸摸他腦袋。「當然。唸書不是一天兩天的事，怎麼能半途而廢呢？咱們再找個先生便是了。」

林川欣喜，緊接著又沮喪下來。「可是，我想要先生繼續教我……」

林卉嘆了口氣。「先生也有自己的家人，他得回去陪他們。」

旁邊聽他們說話的熊浩初沈吟片刻，問林川。「你唸書，打算唸到什麼地步？」

林川撓了撓頭。「先生剛才也問了我這個問題。」

林卉忙看他。「然後呢？」

林川挺起胸脯。「我想考功名，想當官。」

林卉「喲」了聲，讚道：「志氣很高啊。」

林川嘿嘿笑，頓了頓，又道：「可是先生說我還小，不管以後學到哪個地步，現在要先學會做人。」他撓頭。「不是在說唸書的事嗎？」

林卉跟熊浩初對視一眼，都明白韓老話裡涵義——他是借林川的口告誡他們，林川還小，找的先生不需要多淵博多厲害，人品才是最重要的。

道理她也知道……林卉嘆了口氣。

「別著急，回頭託舅舅朋友、符三他們都幫忙留意，總會找到合適的。」

「也只能這樣了。」

姐弟倆都有些消沈。

第二天，林川再次回城裡——既然韓老準備回京，下回再見就不知道是猴年馬月，就算不為了學業，林卉也希望他多去陪陪老人家，還準備了許多韓老愛吃的，比如滷肉、蒸糕等等，一併給送了過去。

熊浩初則領著周強幾人進了後山——不是落霞坡那個小土坡，而是再後邊些的梨山峰。

梨山村地形很好，村子背靠梨山群峰，山裡流出來的溪流終年不斷，不管吃用還是耕種，都夠了。

只是吧，各家各戶用水，全靠肩挑手提，離溪流近些的還好，那些離溪流遠的，就受累了。再者，除了吃用，還要澆灌田地，也正是因此，這時代才如此看重壯勞力。

前些日子，林卉提了這個竹筒引水之事，熊浩初琢磨了兩天，又找老劉幾名匠人商討了可行性，怎麼引水、疏通，最後怎麼導引到溪流都想好了。

別看竹筒引水水量小，但梨山峰峰頂終年積雪，流經他們村的溪流都能一年四季不斷流，他們從峰裡引下來的水流，更不可能斷流，若是不管不顧，坡下的田地可就得遭殃了。所以，這水流都得匯流到溪裡去。

這麼一來，耗費的工夫可就大了，林卉乾脆提議把村裡人全拉進來，大家一起倒騰。

熊浩初等人登時轉過彎來。

故而，他們前腳進山，後腳鄭里正就敲響了村鑼——新宅建好後，熊浩初便還給他了。

大夥一聽說要挖溝渠、塘坑，都不樂意了。

「我們就住在溪流邊，哪需要那麼費勁。」

「就是，不都是梨山上的水嗎？引下來不還得自己挑，幹麼費那麼大勁？」

「哎呀我家紅薯都出苗了，這個月我家還得再翻塊地，多種一茬紅薯呢，哪裡得空啊？」

……

七嘴八舌，議論紛紛。

鄭里正又敲了兩記銅鑼，喊道：「都別嚷嚷，讓我把話說完，不說別的，你們成天給地裡挑水累不累？有些靠山的人家，挑水就得老半天了，這竹筒引水要是順利，咱們的地裡都不用挑水，或者挑水也不需要挑老遠了，這樣你們也不樂意嗎？」

有人站出來。「里正，我家的田就靠著溪流，這事是不是跟我無關？」

「再近不也得挑水嗎？」鄭里正沒好氣。「這水流是要引進溪裡的，要是經過你家的田，你連挑水都省了好不好。」

眾人面面相覷。

「真有這麼神奇嗎？」

「就那竹筒子，能裝多少水啊，別不是誆我們幹活吧？」

「嘿打住打住，大熊跟卉丫頭兩人這麼厚道，肯定不會的。」

「對，這麼久以來，他們欠過咱們一個銅板嗎？」

剛才說話那人尷尬了。「我、我……不是說他們誆我們，我就那麼脫口而出而已，沒那個意思。」

「行了，」鄭里正又讓他們安靜下來。「大熊昨兒已經跟我詳細說過怎麼弄。來，我給你們解釋解釋……」

好說歹說了半天，大夥也是一知半解。

站在人堆裡的林卉無奈，站出來道：「要不，我給你們講講吧？」

說得口乾舌燥的鄭里正大喜。「卉丫頭妳也知道怎麼弄？」

林卉點頭。「大熊跟劉叔他們商量的時候，我也在旁邊呢。」這是男權社會，把功勞扔給熊浩初他們，更能信服人，也省得她還得解釋怎麼知道這些東西。

鄭里正忙不迭點頭，招手讓她上台階，把場子讓給她。

林卉將早早放在旁邊的木板架子拉過來，招呼他們。「來，我畫給你們看看。」

淺杏色的板子上刷了層桐油，看著就平滑光亮。眾人好奇不已，不知道她會如何演示。只見林卉掏出一根炭條，直接在板子上勾畫起來，黑乎乎的炭條瞬間在上面著色，簡筆畫的高山、土坡、田字格的田地……

「咳。」林卉清了清喉嚨，敲了敲板子。「看這裡，假設這裡是梨山，這塊是落霞坡，竹筒引水呢，就是從這裡……」

板子是架在祠堂的台階上，遠些的人也看得見，她又特意放大音量，儘量讓大夥都聽見——至於聽不見的，自有這些聽見的人去講解。

三言兩語，她簡單直白地把這水流的走向、竹筒引水的優點一一講解出來。

眾人聽明白了，熊浩初是打算把山裡的水流引下來，在落霞坡下弄個小池塘接著，再挖幾道水溝，讓山泉水從田間流過，最後匯入溪流。

而鄭里正的意思是，村裡人需要挖池塘之外，還得順著地勢挖田溝。

「說著輕巧啊，這水量有多少啊？別忙活好幾天，連道水花也看不見啊。」有人質疑道。

也不需要林卉回答，鄭里正直接把話接過去。「不說別的，咱村裡這條溪，這麼些年有乾過嗎？」

「里正，這怎麼一樣啊？咱們村裡這溪流雖然叫溪，也有兩、三丈寬，都能淹死人了。可另外用竹筒引山泉下來，能有多少水啊？」

鄭里正道：「再小那也是水，還是不斷流的，一天兩天流不到田裡，十天八天總能流到吧？」

眾人依然有些遲疑。

「老六，」鄭里正問東邊一位中年漢子。「你家四畝地，澆一遍地得花多長時間？」被稱為老六的漢子憨憨地撓撓頭。「怎麼著也得一上午。」

鄭里正攤手。「這不就得了？要是每天能省下半天工夫，什麼事兒做不了？連肥皂都能多熬幾塊，一個月下來，少說多掙幾兩銀子。再不濟，多開幾畝荒地不也划算嗎？」

好像……確實是這麼個理，眾人動搖了。

「還有，這個竹筒引水大熊他們勢必會做，咱們要是現在不摻一腳，回頭他把水流隨便往山溝溝裡一洩，咱們以後只能光看著眼饞了。」

他說的山溝溝，是落霞坡跟梨山之間的山溝溝，要是真把水流往那兒引過去，跟他們確實是毫無相干了，眾人面面相覷。

鄭里正多瞭解他們啊，立刻乘勝追擊。「再說，咱村這麼多人，要挖的池塘、水溝都不深，一、兩天工夫就能搞定，現在田裡沒那麼多活，大熊那兒的活也收尾了，何不趁這個時間趕緊弄好？你們好些人家不都打算再種一茬紅薯嗎？好不好用，馬上就知道了。」

接著是族老站出來幫腔。「這田地啊，澆水是一等一的大事。咱們村裡種的大多是水稻，你們年輕不知道，問問那些去過南邊村子的人，那邊的水稻，可都是水田裡種出來的。咱們的水稻產量，則是全靠家裡的漢子天天挑水撐著的，壓根沒法弄水田，可要是這個竹筒引水可行，指不定以後咱們也能弄個水田試試。」

這話一出，漢子們本還猶豫呢，本來只是旁聽的大小媳婦們便站出來了。

「就這麼辦了。」唐嬸第一個表態。「我家聽里正的，一起搗鼓這個竹筒引水。」

唐嬸的漢子哭笑不得。「妳知道啥——」

「行了行了，」唐嬸一擺手。「別的不說，里正跟大熊、卉丫頭他們比我們懂多了，聽他們的總沒錯。」

「對，」又有一名嬸子站出來。「要是能省下工夫，多好啊，夏天的時候就不用這麼熬人了。」

「我也覺得，反正只是一、兩天，咱也不差那一、兩天工夫。大牛，你去吧。」

「老張你趕緊的，帶上兒子一塊兒去。」

「對對，老李，你挑水的時候不是天天嚷嚷著累嗎？趕緊的，把這事兒辦下來。」

……

得，漢子們還在猶豫呢，各家媳婦紛紛拍板了，但有一個提出疑問，便有他媳婦給壓下去。站遠些的適才沒聽清，也擠進來問情況，一有遲疑的苗頭，便有那大嗓門的把他媳婦兒喊過來。

吵吵嚷嚷，亂成一片，卻彷彿成了女人們的場子，鄭里正哭笑不得。虧他還以為這事得看漢子們的態度……

不管如何，這事應該是穩了。

他轉過來，問林卉。「卉丫頭啊……」

林卉正看著村裡大叔大伯們的笑話偷樂呢，聽到他說話，忙不迭收起笑容，正經地看向他。

鄭里正沒發現她的小表情，逕自打量她身邊的板子。「妳這板子不錯啊，回頭要做點什麼，還能畫在上面讓大夥參詳什麼的……哎，對了，妳怎麼會突然搗鼓這玩意出來？」

林卉不好意思笑笑。「林川不是去學字了嘛，我閒著沒事就跟他學幾筆，每次他回來就給我寫上一板子，我就照著這個學嘛。」

沒錯，她特地把板子扛過來，壓根不是為了畫那麼一個簡筆得不能再簡筆的示意圖。她是為了將自己識字的事，在大夥面前過一條明路，省得以後給人留下把柄。

果不其然，鄭里正驚了。「妳跟著林川學字？」

林卉點頭。「不光字呢，我還跟著蕭姑娘學了點算學和記帳。」反正學沒學，他們也不知道。

搬了長條凳坐在旁邊的族老們聽見他們的話，好奇湊過來。

「不錯啊，卉丫頭越來越有出息了。」

「呵呵呵，要不要教教村裡娃兒啊？」

林卉聽著不對路，忙擺手。「三伯公、二叔公，可都別笑我了，我只是跟著川川識幾個字，哪裡能教人呢？」

讓她教娃兒的二叔公捋了捋長鬚，笑呵呵道：「怎麼不行？妳就是只會兩個字，也比大夥強，兩三天教一個字，十年八年下來，也比旁人厲害了，總比啥也看不懂的強。」

鄭里正連連點頭。「二叔說得在理。」然後笑著打趣。「現在就等妳了，好好學，回頭我讓大夥給妳交束脩。」

林卉哭笑不得。

略過此事不提，吵吵嚷嚷的村漢子們最終還是敗在婦人的鎮壓下，決定一起倒騰這竹筒引水。

鄭里正也不含糊，當場就開始安排分工，林卉還把幾名匠人請過來，讓他們幫忙參詳參詳。

如此，梨山村首次水利工程計劃便轟轟烈烈地開始了。

村民要做的，就是在這個位置下挖一個小池塘，以防夏日雨水多的時候，太多水流倒灌進田裡，傷了稻苗糧種，然後在各田區之間挖三道溝渠，讓水流轉到溪流裡。

有位族老拄著枴杖跟著大夥一塊來看地，聽了半天，皺眉道：「咱這邊夏天雨水多，這小竹筒能撐得住嗎？」

鄭里正笑呵呵。「現在是先做竹筒架子，要是成功的話，咱們以後可以做個水車。」

族老瞪大眼睛，想了想，豎起拇指讚道：「可以，還是小鄭你可靠！」

眾人自然也聽見這番話。水車啊，那可是那些富貴村落才有的玩意，就算沒見過，也聽老人家提過……若是他們村真建了水車，以後是不是每家每戶都能多種幾畝地？

這麼一想，大夥頓時勁頭更足了，要挖的地兒一圈出來，大夥便哼哧哼哧地開挖。

這事有鄭里正挑了大梁，林卉轉了一圈便回去忙活自己的事了。

第二十三章

快要成親了，林卉得按習俗給熊浩初做一身新衣——即便他原來的衣物都是她打理的，眼看離成親就剩下幾天了，她得抓緊時機。

為了引水一事，熊浩初他們這次進山要待好幾天，不光要把線路理出來，還得就地取材，把竹筒沿線的木架給搭上。

林卉一直惦記著，既擔心他們遇上野獸，又擔心他們吃不好睡不好，更擔心他們在各種坡地上作業會遇到意外……林林總總，所幸她也忙，好歹能分散些注意力。

另一邊，張陽也很忙。他跟林卉、熊浩初兩人借了足足一百兩，開始到處收紅薯，還借了熊宅裡幾間空屋來堆紅薯。同時他還鼓動村裡婦人多做肥皂，不管多少，只要品質過關，他照單全收——其實梨山村各戶做肥皂已經做出經驗，不是添加香油就是添加胭脂，連肥皂形狀也一個賽一個的漂亮。

有他拿著銅板動員，又是實實在在的掙錢，大夥自然樂意多做，加上天公作美，接連半個多月都是豔陽高照，很快，肥皂的產量便翻了一倍有餘。

張陽將肥皂攢一堆，全部拉去鄰縣販售，不到半天工夫就全賣光了，價格還翻了一倍，回程前，他又大著膽子收了一大堆特產回來轉賣。這來回一趟，淨賺十幾兩，喜得他眉開眼笑，準備接下來全力攻克周邊縣城，把做生意的本金賺回來。

一家人各自忙碌，很快，便到了熊浩初進山的第三天——梨山村的水利工程、連帶落霞坡上的竹筒架均已完成，就等熊浩初等人把山泉水引出來了。

這邊弄妥當，不需要林卉留在村裡幫著拿主意了——比如能不能在落霞坡上動工，比如水道架在哪兒之類，她便領著新過來幫忙的方達明夫婦開始再去採買補充沒備夠的家用品。

這天，林卉進城採買了一大堆東西，杯碗茶具、油燈、銅盆……全是雜七雜八的日用品，原本這些是買去給熊家使用的，熊浩初讓她先放林家，過兩天跟嫁妝一塊兒出門。

回到村裡已經過了午，林卉跳下車，跟著方達明媳婦一起轉到後邊。

「明嫂子，這些東西先放我屋裡。」林卉邊說邊伸手去搬車上東西。

「哎呀，這些東西沈得很，別動別動。」方達明媳婦，也即是她口中的明嫂子嚇了一跳，忙不迭阻止她。

方達明拴好牛車繩子，也過來幫忙。「姑娘，妳歇著就是，這些太沈了。」

林卉無奈。「我還是有些力氣的。」她有那麼嬌弱嗎？

新宅那邊剛穩妥下來，熊浩初便點了還算能幹及年輕些的方達明夫婦過來她這邊住著，一是為了陪她，二是給她打下手，加上原來的田嬸，這院子裡就住了四個大人。如此，熊浩初才放心進山。

明嫂子見她還想動手，愁得不行。「姑娘您這樣可不行，這些下人的事，交給我們就行了。」

林卉無語。她還是不習慣這種身分上的差異啊……

方達明已經抬起一筐子東西，哼哧哼哧往屋裡搬。

明嫂子催她。「姑娘，您先去歇會兒吧。您要是動手，回頭老爺看見了，定要責罰我們。」

林卉好奇了。「他還會罰你們？」

明嫂子啞口，乾笑一聲。「那倒是沒。」她不好意思地笑笑。「只是老爺那身氣勢忒嚇人，被他瞪一眼我就心慌。」

林卉。「……」

正說話呢，遠處傳來喧譁聲，林卉沒放在心上，繼續說：「待會兒你們拿些油燈過去，早幾天都忘記了，你們也不提一下。」

明嫂子笑。「天黑了不都歇息了嗎？要油燈幹麼？」

「留著總比沒有強，萬一晚上丟個針眼線頭啥的，不得找回來嗎？」

明嫂子被她逗笑了。「姑娘真會開玩笑。」

「我——」林卉頓住。

外頭隱隱約約的傳來怒罵，還混雜著尖叫聲，她聽著不對，忍不住凝神細聽。

「……不歡迎……」

「……垃圾……」

「……滾出去……」

明嫂子也聽見了，她站得靠外邊些，比林卉看得多。林卉只看到她臉色一變，還沒來得及問，便被她拉著往裡頭跑。

「他爹，快出來！有強盜！」明嫂子急喊道。

林卉茫然不已地被拽進院子，就見方達明抄起鋤頭氣勢洶洶跑來，扔下一句「把門拴上，我去看看」便跑了。

明嫂子聲音有點哆嗦，喊道：「你注意著點，要是不行，趕緊去宅子那邊找人手。」說完，她「砰」地一聲關門、落栓，將門後幾個籮筐推過來堵在大門後，緊張兮兮地推著林卉進屋。

一連串變故，打得林卉一臉懵逼。

「怎麼了這是？」林卉下意識跟著走。「哪來的強盜啊？」

明嫂子一臉緊張。「我看見很多人一路打打砸砸地過來，不對勁，咱們先別出去。」快手把她推進屋，關門落栓，然後急慌慌跑去關窗。

林卉不以為意。「明嫂子別怕，咱們村子別的不說，漢子還是有的，莫名其妙的人來搗亂，肯定討不了好——再說，哪裡有光天化日之下闖村子裡犯事的強盜，大概只是些混混罷了……」

明嫂子緊張地搖搖頭，又點點頭，道：「不怕一萬，就怕萬一。當初我們村子田地被淹，但人大多沒事，撐一撐，再借點錢，說不定也能撐到開春。哪知沒幾天就有強盜進村，逮著人就殺……」她打了個哆嗦，苦笑道：「我們村可是縣裡數一數二的大村落，眨眼工夫就被殺了個大半，對方也只是來了幾十人而已……」

林卉怔住。殺人？

明嫂子抱歉地看了看她。「姑娘您別緊張，說不定只是我太緊張了……不過，外頭也確實是亂的，那些人瞧著兇神惡煞的，咱們還是在屋裡待一會兒吧，要是沒事，咱們再出去也不遲。」

林卉掃了眼關著門顯得昏暗的屋子，點了點頭。「不礙事，我們先等等。」畢竟是好心。

明嫂子扯了扯嘴角，然後擔心地湊到門縫邊往外看，雙手合十，渾身哆嗦，嘴裡直喃喃道：「兒子還在那邊……佛祖保佑……菩薩保佑……」

林卉暗嘆了口氣，峨阜那邊看來情況很糟……

「哎喲！」

身後響起叫聲，兩人都嚇了一跳，同時扭頭望去。

剛從廚房轉出來的田嬸看看她們，再看看門，不解。「大白天的，怎麼把門窗都關上了？」烏漆抹黑的，害她撞了一下。

林卉和明嫂子。「……」

過了許久，外頭才傳來新宅那邊的人手張興盛的聲音。「姑娘，沒事吧？」

林卉三人對視一眼，迅速開門出去。

辛遠、張興盛幾人都守在外頭，手裡不是拿著鐵鍬就是扛著鋤頭，神色也滿是忿忿。
「姑娘，沒受驚吧？」辛遠快速打量她一眼，拱手問道。
「沒事。」林卉搖了搖頭，看向外頭，問他們。「到底發生什麼事了？」
辛遠神色凝重。「是富陽村的人過來鬧事。」
林卉皺眉。「又是他們？他們要幹麼？」
辛遠神色凝重，倒是性子急些的兒子辛成先告狀。「姑娘，富陽村的人把我們前兩天挖的溝渠、搭的竹筒架子都破壞了。」
林卉愣了愣，怒了。「這幫人是衝著這個來的？」
辛遠臉色也不好看。「我看像。他們來了很多人，我瞅著有一百多個，而且一進村就分開幾路，分別往咱家那土坡跟村民田地那邊衝，一路看到溝渠就把土堆扒拉進去，看到竹筒木樁就踹倒……」
這些溝渠跟竹筒昨天傍晚才完成，挖出來的土堆還沒來得及弄走呢，被這些人一搗亂，他們差不多算是白忙了。
這幫垃圾。林卉低咒了聲，然後忍怒問道：「鄭伯伯他們呢？怎麼由得他們撒野？」
辛遠氣憤道：「這個點，大夥都在歇著呢，再加上他們分開幾批進村，把咱們的注意力都引走了……哪想到他們竟然是盯著咱們村的水道！」
林卉深吸一口氣。「現在他們人呢？」她應該相信里正他們，里正他們絕對不會輕易——

「跑了！鐵柱他們還打算追過去，被里正喊回來了。」辛成畢竟年輕，壓不住怒意，朝旁邊吐了口唾沫。「這幫兔崽子忒噁心人，怎麼能放——」

辛遠忙呵斥了他一句。「姑娘在這呢，像什麼樣子？」然後朝林卉告罪。

辛成被罵得一激靈，急忙住口，朝林卉躬身告罪。

林卉擺擺手。「現在不是計較這些的時候。」她凝神思索片刻，問：「現在那些被破壞的水道怎麼辦？」

「大牛他們已經在疏通了，里正也把族老們叫到祠堂，應當是在商量對策。」

林卉輕呼了口氣，沒有放棄水道就好——也不知道大熊他們在山裡弄到什麼程度，水流什麼時候下來……總得先試試。

「這事先看看鄭伯伯他們怎麼說吧，我們先去看看水道。」林卉心裡憋屈。「落霞坡的地如果都翻好了，就讓盛嫂子他們都過來這裡幫忙，把水道儘快弄好。」

「好！」

幾人再無贅話，分頭行動。

不到半盞茶工夫，眾人又齊聚落霞坡。

一路過來，林卉已經看到田地裡那些被弄得亂七八糟的水道，以及正在重新架構的竹筒，村民們也皆是義憤填膺，手裡鋤頭舞得虎虎生風，一副化憤怒為力量的模樣。

落霞坡因為地處邊緣，富陽村的人到的時候，村裡已經反應過來，便沒有遭受太多破壞。

林卉略掃了眼坡地，見情況還好，便只留下三、四個人清理落霞坡，然後領著其他人去給村民幫忙，連她也拿了個簸箕幫忙清理土堆——有了前車之鑒，村裡人決定及時把土堆處理了，都是土，直接往周邊田裡撒就是了。

正忙得熱火朝天，忽聽落霞坡那邊傳來激動的呼聲，眾人狐疑地停下動作望過去。很快，張興盛跑到山坡邊緣，朝坡下幹活的眾人高喊。「水來了水來了！我看到水了！」他手舞足蹈，指了指落霞坡上頭。「那水到了半山腰，周強他們還在搗鼓，待會兒就能通到坡上了！」

坡下眾人怔住。

下一瞬——

「哇！真的能從山裡引水出來！」

「還搗鼓什麼，趕緊去看看！」

「走走，我也去看看！」

幾人欣喜若狂，扔下東西便往落霞坡上跑，邊跑還邊往後頭招呼。「坡上來水了，快去看熱鬧啊！」

後頭人登時跟著扔下東西往前跑，不多會兒，村裡人都衝到落霞坡上。

落霞坡北邊靠著梨山一側比較陡峭的峰體，中間還隔著條不足丈寬的溝壑，周強等人正在山峰上朝他們揮手，然後雙手掬水往他們這處潑。

秋日下午的陽光明媚溫暖，照在那潑灑出來的水珠上，分外顯眼，眾人激動不已。

「真的有水！真的引出來了！」

「嗨，我就知道能行，不枉我們折騰幾天！」

「那咱以後是不是都不用挑水了？哈哈哈哈～～」

……

眾人在這邊欣喜若狂，林卉卻緊張地盯著對面。

周強等人已經開始動作了，他們適才所在的位置還是比較靠近山裡林子，再往外，有一塊坡地。

林卉看到他們往身上綁繩子，開始小心翼翼朝坡地上走，她登時提起一顆心，然而想到熊浩初的神力，她又微微鬆口氣──是了，以大熊的力氣，確實是適合當在後頭拽著的主力。

大夥也看到周強等人往外走，手裡皆拿著鐵鍬，忍不住倒吸了口涼氣，屏氣凝神地看著他們。

周強一步一步走出來，似乎回頭跟後面的人手說了幾句話，其中一個人停下來，踩了踩，然後送出鐵鍬，哼哧哼哧地開始挖坑，周強則繼續往前走，走兩步，還蹦兩下，似乎在確認地面是否穩固。

他站得實在太靠邊了，眾人捏了把冷汗，生怕他一個站不穩──

正在蹦躂的周強突然腳一滑坐倒在地，「咻」地往崖下滾去──

「啊！」

坡上眾人嚇得同時大叫，峭壁上的周強卻陡然一頓，穩穩停在坡上——離邊緣估計還不到半公尺遠。

眾人齊齊鬆了口氣，有些人立刻聯想到熊浩初。

「看來是熊大哥在後頭拽著。」

「哎呀肯定是了，換了別個，哪有這麼大的力氣啊？」

這邊正七嘴八舌，對面停下來的周強把鐵鍬往地上一插，麻溜站起來，完了還朝落霞坡眾人揮了揮鐵鍬。

眾人。「……」

對面的周強接著幹活，埋木樁、填土、敲打……

最後，林子裡探出一根破開的長竹筒，慢慢地架到打出一個凹槽的木樁上，竹筒很長，探出來差不多足有半丈多。

眾人屏氣凝神，彷彿過了很久，又彷彿只是瞬息，水流從竹筒尾端飛流而出，在高高的峭壁上灑出一道白練。

銀光閃爍，熠熠生輝。

「水！真的是水！」

眾人歡呼！

林卉也喜笑顏開。她還記得剛來這裡第一次下地挑水，肩膀都被磨破皮的痛苦，雖然後來有了熊浩初幫忙，她再也沒挑過水，可這份艱辛已然刻進骨子裡。

雖說現在有了下人，但是能讓大夥、甚至全村人都輕鬆，豈不是更好？

有人突然反應過來。「哎，不對，那山泉水全往山溝裡流了啊，怎麼接過來？」

「……」

大夥面面相覷，正猶豫呢，對面的周強雙手圈住嘴，朝這邊大吼。「喂——」

眾人望過去。

「傻愣著幹麼呢？趕緊弄竹筒接水啊——」

眾人恍然。對啊，山溝溝還不足丈寬，對面架在矮木樁上的竹筒已經有半丈長了，只要這邊再遞出半根竹筒……

「快快，竹筒呢？」

「昨兒就準備好了，放哪兒了？」

「在這裡！」有人大叫，扛起竹筒架子邊的粗長竹筒飛奔過來。

「樁子，樁子呢？快點把樁子打起來！」

「鐵鍬呢？」

「位置不對，得打過來一點！」

「拿竹筒量一量，別打完了接不上水。」

一片慌亂。

不到半個時辰，一排木樁子便依次打在落霞坡旁邊，足有成人手掌寬的巨大竹筒架上去，慢慢往外推，原本平直的竹筒插進激流湧下的水流中，瞬間被墜得彎了一彎，嘩啦輕響，水流瞬間匯入他們這邊的竹筒。

清涼透澈的泉水嘩啦啦沖刷過竹筒，大部分流向坡下，一條細流則慢慢流入落霞坡上的田溝裡。

「來了來了！」

看到泥土慢慢被潤濕，眾人興奮得跳了起來，呼啦啦跑下山去看坡下情況。

林卉幾人留在坡上晃了一圈，確定各個方向的溝溝道道都通暢了，才跟著下去。

竹筒水架那兒，大夥亂糟糟地聚在那裡，每個人都忍不住湊上去摸摸那涼涼的山泉水，有些還掬水洗臉洗手，連村裡長輩也紛紛在晚輩的攙扶下過來湊熱鬧。

因富陽村人跑來搗亂而沮喪憤怒的氛圍一掃而空，這會兒，所有人皆是喜氣洋洋。

臨近傍晚，熊浩初一行才回到村裡。

如今他已經住進新宅，還有這麼多的下人，加上婚期將近，他便不再到林卉家吃飯。等他從山裡出來，兩人只是碰了一面，林卉確定他身上沒磕沒碰的，再問了幾句山裡情況，兩人便分開了。

故而，等熊浩初知道富陽村的人過來找麻煩的事，已經是第二天早上。還是鄭里正把他找來，問他可有解決之道，他才知道的。

「……我們村連著兩回被欺負，總不能就這樣輕輕放過，可城裡官老爺明裡暗裡幫著富陽村，我們……」鄭里正嘆了口氣，洩氣道：「這眼看著好日子要來了，怎麼攤上這樣的禍害？」

熊浩初面沈如水地聽完全程，擰著眉思索片刻，點頭道：「我知道了，這事我來處理，你們暫時別輕舉妄動。」

「那你有什麼法子？有什麼需要幫忙的，不妨說出來，看看大夥能不能幫把手。」

「不用。」熊浩初搖了搖頭，不再多說。

辭了欲言又止的鄭里正，他逕自朝落霞坡上走。

辛遠等人已經在上面忙活，看到他來，忙接連朝他行禮。

熊浩初擺擺手，問迎上來的辛遠。「如何？」

辛遠知道他是問什麼，忙開始彙報。「上邊部分的土已經被潤濕了，下邊還不行，估計水量太小了。」

熊浩初點頭，又問：「卉卉那邊的紅薯苗出來了一些，她有沒有說什麼時候能下地？」

「姑娘說隨時都可以，只是這時節，早晚已經涼了，我們得先打棚架。」

「她跟你們說怎麼搭了嗎？」

「說了，前兩日都在挖溝渠做竹筒，還沒來得及弄。今早興盛幾個已經去砍竹子了，稍晚就會拖回來，到時我們直接在這邊削竹片搭棚架。」

「嗯，不用急著全部搭好，搭一個就扦插一壟，忙不過來讓陳芳她們也來幫忙。」陳芳是張興盛的媳婦。

落霞坡占地足有二十幾畝，若是就靠林卉那批紅薯育出的苗來扦插，鐵定是不夠，只能先弄一壟是一壟，長出來的薯苗又能接著扦插。

辛遠躬身。「是。」

「卉卉那邊的東西都買齊了嗎？」熊浩初接著問起林卉的嫁妝等物什。

「買齊了，符三爺那邊的家具、喜服說是今天下午送到，屆時會直接送到姑娘那邊。」

「到時你親自去接，看看有沒有遺漏的。」

「是。」

熊浩初繞著落霞坡轉了一圈，確定沒啥問題，便跟身後的辛遠說：「這裡交給你，我有事離開一趟，若是卉卉問起，便說我去城裡找韓老說點正事。」

「好。」

交代好事情，熊浩初便下山離開，眨眼便不見了身影。

「辛叔，」張興盛湊過來，小聲問道：「老爺背著姑娘……是要去幹麼？」

「噓！」辛遠嚇了一跳，忙喝止他。「不要命了，主子的事情也敢打聽?!」

張興盛撓頭。「這不是……只有我們倆嘛。」

辛遠瞪他。「不管跟誰、在哪裡，都記住一點，你現在是下人，哪有下人聊自己主子是非的？謹言慎行！」他神情嚴肅，壓低聲音道：「咱家主子肯定不普通，往後勢必會有許多不凡際遇，你這性子得改改，否則不是給主子惹事，就是給自己招禍。」

張興盛縮了縮脖子，喏喏道：「知道了。」

林卉還有三天就要出嫁，整理清點嫁妝、給熊浩初和林川做新鞋新衣，忙得連新宅那邊都顧不上，更別說富陽村那事，故而，她壓根沒注意熊浩初有沒有過來。

熊家新宅那邊，辛遠跟張興盛一直等到亥時，才看到自家主子的身影。

「主子！」辛遠拿著火把拉開一條門縫，看到門外高大身影，頓時驚叫出聲，忙不迭將門拉開。

「主子。」原本手裡還拿著根棍子，一聽他喊人，張興盛忙將棍子擱下，躬身行禮。

門外帶著一身夜露的熊浩初渾身氣息肅殺得嚇人，兩人彎腰行禮，壓根不敢直視他。

熊浩初越過他們進門，逕自開口問：「卉卉今天問起我了嗎？」

一提及林卉，渾身的氣息似乎都溫和了不少。

辛遠微微鬆了口氣，忙回答。「回主子，問了一句，已經照您的吩咐回答了。」

「嗯。」熊浩初腳步不停。「她今天忙活什麼了？」

辛遠快步跟上，同時低聲道：「聽達明說，姑娘今天都在忙針線活，下晌接了家具跟衣服料子後，又忙著清點，聽說她忙得差點連飯都顧不上吃呢。」

熊浩初腳步一頓，冷聲問道：「達明媳婦呢？死了嗎？」

後頭的張興盛輕手輕腳關門落栓，追上來，聽見他這聲呵斥，登時縮了縮脖子。

辛遠也有點緊張，急忙替方達明媳婦解釋。「說了說了，只是姑娘那性子……」哪裡是聽人勸幾句就聽的。

熊浩初重哼。「一個人勸不住，不會找別人幫嘴嗎？」

辛遠忙彎下腰。「是，回頭小的定會跟他們幾個好好說道。」

熊浩初怒意微斂，繼續大步向前，辛遠急急追上去，低聲問：「主子，您用過晚飯了嗎？要不要讓人做點？」

熊浩初想了想。「給我下碗麵條。」

「好。」

辛遠忙朝後頭的張興盛擺擺手，後者意會，忙不迭往後院跑去——要說下廚，肯定得找管廚房、善廚事的鄒大嫂子。

辛遠一路跟著熊浩初抵達正房。

「備水，我先洗一洗。」熊浩初一進門便開始扯衣領。

「哎，小廚房裡一直溫著呢，我這就去提來。」辛遠點亮燭檯，轉身便出去準備。

不過片刻，他跟張興盛便把正房澡間裡的浴桶倒滿了溫度適宜的水，還放好了肥皂、澡巾和換洗衣物。

熊浩初套著長褲走進來，看見一切準備妥當，依然有些冷肅的神情才微微斂下幾分，然後揮手讓兩人出去。

兩人聽令退出。

待熊浩初沐浴出來，張興盛恰好端了一大碗公湯麵過來。

熊浩初估計餓了許久，坐下便開始吃。

辛遠輕手輕腳給他倒了杯溫茶，用的還是他進城隨手採買的大茶碗——好的餐具、茶具，還得等林卉進門的時候帶進來呢。

茶碗落桌的輕響驚動了熊浩初，他似乎想起什麼，停下筷子，抬頭朝辛遠道：「找個嘴嚴的把我那身衣服洗了。」指了指面前大碗。「這些扔這兒，明天再來收。」

辛遠怔了怔，忙應聲出去。

因為熊浩初說了要嘴嚴之人，他沒敢找別人，只能偷偷把自己媳婦叫出來，端了水，找了間空屋子，躲進裡頭浴間洗刷。

屋裡黑，辛遠拿著火把守在一邊。

辛遠媳婦姓喬，大夥都叫她喬嬸，大晚上的她被叫起來洗衣服，便有些嘀咕。「好好的，為什麼要大晚上洗衣服啊？」裝了盆水，將熊浩初的外衫褲子摁進去，浸濕。「明兒洗不也一樣嘛。」順手拿肥皂抹了抹，開始搓起來。

「我哪知道主子怎麼想的，反正主子怎麼吩咐妳就怎麼——」

「啊！」喬嬸短促驚呼，然後拚命甩手，驚慌道：「他、他爹……」

「怎麼了？」辛遠打了個哈欠。「趕緊的，我睏了。」

「血！」喬嬸臉色煞白，將手上搓衣服搓出來的泡沫往他面前遞，低呼道：「主、主子的衣服上面——有血！」

火光中，她手上細密的泡沫不是白色，而是詭異的暗紅色。

這兒絲毫沒有任何風，辛遠卻覺得背後陡然生出一股涼意。

「怎、怎麼辦？」喬嬸哆嗦著手。

辛遠回神，一咬牙。「趕緊洗了，洗乾淨點。」

喬嬸甩掉手上泡沫，顫著聲音問道：「還、還洗嗎？」

辛遠瞪她，壓低聲音訓道：「妳是不是傻了？咱們是下人，主子的事就是咱們的事，要是主子出事，咱們也討不了好！妳現在日子不是好過許多嗎？」

喬嬸哭喪著臉。「我是想過平安日子，不是想、不是想……過這種提心吊膽的！」

「……」辛遠沈默半晌，嘆了口氣。「我看主子淡定得很，說不定是我們想多了……咱們先把事情做好再說。」

也只能如此。

兩人提心吊膽把衣服清洗了一遍，喬嬸不放心，兩人又摸出去提了兩桶水回來，把衣服再次清洗兩遍，確定乾乾淨淨的，才鬆了口氣。

把衣服晾好，喬嬸忍不住跟辛遠感慨。「咱家這下水溝可真給力，倒了這麼多桶水下去，除了洗衣服這塊地，其他地方都是乾爽的。」

「聽說這都是姑娘的主意。」辛遠想了想，補充道：「姑娘是有大智慧的人，以後妳就聽她的，準沒錯。」

「用得著你說嗎？」喬嬸瞥他一眼。「還沒嫁過來呢，連這院子怎麼蓋、怎麼搭都管上了，別看咱家主子在外面嚇人，姑娘一句話還不是乖乖答應。」

辛遠一想也是，他遲疑了下，忍不住問：「妳說，主子今兒是去幹什麼了？臨出門還特地讓我們瞞著姑娘，難道姑娘能猜到他去幹什麼？」

「這我哪知道？」喬嬸這會兒已經淡定不少，隨手在衣襬上擦了擦。「你不是說咱們做下人的別多嘴嗎？反正咱們聽令行事，主人若是有什麼事，咱們也聽天由命吧！」

辛遠嘆了口氣。「確實如此。」

說完話，兩人便靜悄悄摸回自己屋子歇息。

因著這件意外，兩人心裡都懸著事，翻來覆去大半夜才睡著。

第二天外頭傳來說話聲，兩人一激靈，急忙爬起來。

迅速在天井處洗刷完畢，辛遠抹了把臉便急匆匆出去，剛走出後院，便撞上扛著木頭回來的趙東，他連忙問道：「老爺呢？」

趙東打了聲招呼。「辛叔，起來了啊？」然後道：「老爺一早就去找里正了，不在家裡呢。」

辛遠登時緊張了。「去找里正幹麼？」

趙東扶了扶肩膀上的木頭，笑道：「我怎麼知道老爺要去幹麼啊，反正又不是去殺人放火，管他呢。」

辛遠心裡嘀咕。他就是怕這個啊……

辭了趙東，辛遠神色匆匆向鄭里正家跑去，正好在路上就堵到了熊浩初一行人，他們一行人人數不少，全是青壯年，還人手一根棍子或扁擔。

辛遠驚疑不定地看著他們，急匆匆越過眾人，湊到熊浩初跟前叫了聲。「老爺。」

熊浩初看到他，眉也不動，只道：「卉卉說今天能把田龍弄出來一道，你去幫著，別讓她累著了。」

「哎，曉得了。」辛遠遲疑。「老爺，你們這是要去哪兒？」

周強湊過來，舉了舉手裡棍子，道：「辛叔，我們要去找富陽村的人算帳呢。」他輕哼一聲。「竟然跑來我們這兒搗亂，饒不了他們！」

辛遠大驚。「富陽村？」他剛來梨山村那天，村人不是才跟富陽村的人幹了一架嗎？還沒討著好，怎麼今天又要去？

熊浩初語氣沈穩又淡定。「沒事，我們就過去晃一圈，你看好家裡就行了。」

辛遠還想再說，熊浩初便領著人走了。

看著一群人浩浩蕩蕩離開，辛遠想了想，撒腿往林家跑去。

林卉正在給院子裡的紅薯澆水，趕在扦插前讓它們更壯實些，聽到氣喘吁吁跑過來的辛遠的話，嘆了口氣。「我知道，他一早就過來跟我說了。」

辛遠神色凝重。「姑娘妳怎麼不勸勸老爺，他也只聽妳說的話了。」想到昨夜裡那件帶血的衫子，他的心就提了起來。

林卉攤手。「連鄭伯伯、二叔公他們都贊成啊，我有什麼辦法？」她能勸住熊浩初，勸不住這些長輩啊，再說，她也被富陽村的人氣著呢，其實也不太想勸。

辛遠啞口，半晌憂心忡忡道：「萬一縣衙再幫著富陽村的人怎麼辦？」

林卉擺擺手。「大熊說他昨天跟韓老商量過法子了，這段時間縣衙的人沒工夫管咱們這些小事了。」

辛遠一怔。

「有大熊在，他們去富陽村吃不了什麼虧——來，咱先忙正事。」林卉將盆裡的水迅速潑完。「待會兒這些苗子剪下來後，咱們送上山先種一壟試試。」

「……好。」也只能如此了。

辛遠抹了把臉，認命地走進院子，準備幫忙幹活。

紅薯苗已經長成了，林卉是要剪苗分枝，準備拿到落霞坡——落霞坡已經翻好地，灌溉也不成問題，連做矮棚的竹篾網架都做好了，紅薯苗也該下秧了。

看到林卉兩人揹上來的一筐紅薯苗，大夥都有點緊張。

「就這樣埋下去？」

「不需要根鬚嗎？」

林卉搖頭，捏了根薯苗，在田壟邊蹲下，徒手在鬆軟的泥地裡挖出一個小坑，把薯苗葉片朝上埋進去，再撥了點土讓其立住，完了朝他們道：「再澆點水，晚上把網架架上，上面搭蓋點禾稈保溫就夠了。」

幾人猶自猶豫。

林卉拍拍手。「好了，趕緊把這些苗栽下去吧，這網架還得多弄幾個，禾稈不夠的話，就去割點野草，原理是一樣的。」

眾人面面相覷。

辛遠瞪眼，笑罵道：「愣著幹麼？姑娘還會誆咱們不成？趕緊的。」

眾人嘿嘿笑，偷覷了眼無奈的林卉，急忙忙抓了一捧薯苗各自散開。

林卉也沒在意，略看了看，見他們都沒啥問題，便湊到水源邊洗洗手，準備下山去等消息。

辛遠再次跟上來，林卉也沒管他。自從富陽村半夜鬧過一回後，熊浩初便不放心她一個人溜達，去哪兒都得有人跟著，不是辛遠就是喬嬸、明嫂子，她也習慣了。

下了山，林卉也沒停，直接奔到祠堂那兒。

祠堂前，鄭里正正背著手走來走去。「怎麼這麼久還沒回來？快，讓小虎去村口看看。」

另有人勸道：「小虎這不剛回來嘛，再說，還早呢，再等等唄。」

鄭里正停下，看了眼日影。「上回差不多是這個點回來了……是不是他們又遇到什麼意外？」眼角一掃，看到林卉，忙迎過來。「怎樣？大熊回來了？」

林卉眨眨眼，搖頭。「沒呢，我剛從山上下來的。」

鄭里正有點失望，擺擺手，轉回去繼續等。

林卉掃視一圈，跟上回相仿，都是出去漢子們的家人們焦急等著。她暗嘆了口氣，順勢找了塊曬著太陽的台階坐下一塊兒等。

辛遠巴巴跟在她身邊，沒有消息，大夥都有些沈默，氣氛嚴肅又凝重。

林卉原本就提著心，坐沒一會兒也跟著胡思亂想起來。大熊要是受傷的話——不，他力氣這麼大，應該不會傷到哪兒，只是萬一不小心弄死那些人……

「回來了，回來了！」幾名小孩往這邊跑，嘴裡嚷嚷道。

眾人呼地一下站起來，然後呼啦啦全湧向村口，林卉忙不迭跟上去。

沒多會兒，大夥便在村口迎上熊浩初一行，等看清楚他們，所有人皆愣住了。

富陽村的漢子們一個個鼻青臉腫不說，還全被捆成粽子，被熊浩初等人用繩子拽著拉回來，加上梨山村出去的一大幫漢子，浩浩蕩蕩的，看著就嚇人。

鄭里正顫著手指著這些粽子，聲音有些哆嗦。「大、大熊，你們這是……」把人拉回來是要幹麼？嫌兩個村子還不夠結仇嗎？

熊浩初隨口「哦」了聲，道：「他們說前兩日跟咱們鬧了點誤會，爭著要過來給我們修路賠罪，人家既然這麼大度，我們也不好拒絕，就把他們領回來了。」

鄭里正一口氣被噎在嗓子眼，登時說不出話來。

他們村往城裡的路都好些年沒修了，坑窪多，平日還好，遇上雨天，那簡直沒法走，這樣的路，確實該修了。

只是，大家眼睛都不瞎，他這樣睜眼說瞎話好嗎？

再打量一遍那群敢怒不敢言的粽子們，梨山村眾人默然。

咳，好吧，心裡確實很舒坦——唔，錯覺，肯定是錯覺，他們怎麼會幸災樂禍呢？他們是這樣的人嗎？

不管是不是，熊浩初已經讓人把粽子們捆在祠堂裡，完了讓大夥回去吃飯歇息，一個時辰後開工。

眼看他轉身要走，鄭里正急忙拽住他，把他帶到一邊。「你在搞什麼？」他語氣有些著急。「你把他們綁回來做什麼？」

熊浩初神色如常。「無事，他們不敢找麻煩。」

鄭里正氣急敗壞。「他們敢不敢另說，縣衙先得來找我們麻煩了。」

熊浩初似乎輕哼一聲，道：「他們短期內沒工夫管這邊。」

旁邊的林卉皺了皺眉。

「先讓這幾個人待在這邊幹活，吃用我這裡負責。」熊浩初繼續道。

「這、這……」現在可不光吃用的問題啊。鄭里正整個人都不好了。「他們都綁成這樣了，哪裡幹得了活？」一解綁，人不就跑了嗎？即便鬆綁幹活，不得有人看著？大家活兒這麼多，幹什麼不好，去看著這些個流氓地痞？

熊浩初搖頭。「他們不敢跑。」餘下便不再多說，招手讓林卉跟他回去。

鄭里正憋氣，跟同樣啞口的族老們面面相覷。

待離祠堂遠了，林卉便問熊浩初怎麼把人帶回來了。

熊浩初一臉無辜。「妳不是常說，要想富，先修路嗎？富陽村既然壞了我們村的田溝，又天天閒得偷雞摸狗的，我便把他們帶回來給我們修路。」

林卉沒好氣。「我是問這個嗎？我是問他們怎麼願意過來？」

熊浩初眼底閃過笑意。「他們也沒同意啊，這不全都是綁回來的嗎？」

林卉。「……」

熊浩初安撫她。「別擔心，他們要是敢跑，多揍幾頓就好了。」

……這話還不如不說，說了她更擔心了。「哪有那閒工夫天天盯著他們啊？」

熊浩初摸摸她腦袋。「別擔心，這些地痞還不如我以往那些兵，折騰不了幾天的。」

跟在後頭的辛遠聽到這話，登時張大眼睛——兵？他家老爺以往……

林卉兩人都沒在意他。

林卉嘆了口氣。「算了，你既然都打定主意了，自己看著辦吧。」都把人綁回來了，總不能白忙一場，給那群人一個教訓也好，不然回頭他們還是會過來搗亂。

想到這裡，林卉又警告他。「可得把這些人看緊了，不能讓他們在咱村裡鬧事。」她知道並不是人人都渣，可富陽村的人給她的印象實在糟糕。

熊浩初眼底閃過抹厲色，冷聲道：「他們不會有這樣的機會。」

林卉嘟囔。「你把他們弄過來幹活，還管飯，總覺得太便宜他們了。」

熊浩初再次摸摸她腦袋，轉移話題道：「去我那兒吃飯？」他前幾天進山搭水路，緊接著又去了縣城，已經好幾天沒跟她坐一塊兒吃飯了。

林卉遲疑。「我還沒跟明嫂子他們說一聲呢……」

辛遠忙站出來。「姑娘，小的去說一聲就成了，您儘管去！」話音未落，人已經跑遠了。

林卉。「……」

熊浩初勾了勾唇角。「現在可以走了。」

林卉斜了他一眼，甩頭率先往新宅方向走去。

熊浩初莞爾，信步跟上。

畢竟快要成親，加上祠堂還有那一堆人，兩人只是一起吃了頓飯，便各自忙活去了。

林卉自不必提，熊浩初則轉回祠堂那邊，也沒等其他人，單手拽住麻繩，直接把富陽村一串粽子拽出來，往村口大馬路上拉。

富陽村的人罵罵咧咧，拚命掙扎。

可惜，在熊浩初面前，他們的掙扎彷彿蚍蜉撼樹，絲毫沒有意義，慢騰騰被拽著走到了村口。

這麼多人、這麼大動靜，村裡人自然都看見。

熊浩初一行剛到村口，周強等人便追了過來，每人都帶了鋤頭、鐵鍬之類的工具，另一手還拿著扁擔、竹棍等。

「大哥，真的就這樣把東西給他們嗎？」周強有點擔心。「萬一他們拿了咱們的鐵鍬……」反抗怎麼辦？

其他人也跟著看他，眼中都帶著同樣的擔憂。

熊浩初不以為意。「你們不也帶了傢伙嗎？咱們能抓他們一回，就能抓第二回。」

周強撓頭。「這不是預防萬一嘛。」

熊浩初勾了勾唇。「忘了嗎？他們還餓著肚子。」這樣還怕打不過嗎？

周強眨眨眼，嘖了。「嘿，我怎麼給忘了。」

旁邊的人也跟著恍悟。「這麼一看，咱們確實不用怕。」

「不怕！沒餓肚子都能把他們拿下呢！」

「那麼……嘿嘿，就開工吧！」

眾人摩拳擦掌看向那群粽子，不等熊浩初下令，他們便一哄而上，給這幫粽子解綁。

「幹活了幹活了！」

「告訴你們，別給哥兒幾個找麻煩，不然有你們好果子吃！」

「別想跑，跑了也給你們綁回來！」

富陽村的人見他們來鬆綁，一個個安分得不得了。

熊浩初面無表情走過來，站在富陽村最鬧騰的幾人旁邊。

劉嬸的大兒子，也就是張在福猶自嘿嘿笑。「熊哥，待會兒讓他們先去挖碎石——操！」

他剛鬆開一人，就挨了對方一拳頭，氣得他怒罵出聲，正準備揮拳打回去，身前已經沒了人影。

定睛一看，那人已經被熊浩初一拳撂倒，正躺在地上痛叫呢。

張在福咽了口口水，再去找熊浩初，發現就這麼一會兒工夫，他已經把好幾個人揍倒在地了。

「再搞怪，我就把你們的腿……」熊浩初抓過一名村民的竹棍，單手一捏，「啪嚓」一聲，小兒臂粗的竹棍直接被從中捏碎。

這麼粗的竹子，平日都是破開兩半磨平滑了當扁擔使的，尋常人別說捏扁，砍斷都得費老鼻子勁，只能順著竹子紋理削開，熊浩初這一下，豈止是力量大……

看著那碎掉的斷口，富陽村眾人沈默了。

梨山村的漢子們正準備抄起傢伙再幹一場，眨眼工夫，這些傢伙就被熊浩初鎮壓了，登時有些無語。

這會兒都過午了，富陽村的人不光沒吃午飯，上午跟梨山村的人幹了一架，又綁著走到這兒，心理上已經弱了一籌。原本商量好了趁鬆綁幹活的時候群起反擊，結果還沒動手，村裡最狠的幾個便被一拳頭撂倒在地，再看那漢子手裡彷彿捏泥巴般的竹棍……富陽村的人慫了。

接下來就順利了許多。

熊浩初直接把人帶到村口附近的溪流處——這邊溪水淺，對面便是一座小山坡。過了溪流，熊浩初讓他們在山坡腳下挖了許多濕泥，再用周強他們弄來的籮筐把濕泥揹回村口大路上。

濕泥帶了水，揹起來死沈死沈的，富陽村的人自然不樂意。可不做還不行，熊浩初等人提著扁擔、竹棍虎視眈眈地盯著他們，稍有拖拉，便要挨上一棍子。

幾次下來，這些人都老實了，滿臉的敢怒不敢言，乖乖聽令幹活，讓鋤地就鋤地、讓挖泥就挖泥、讓鑿碎石就鑿碎石……

到下晌，富陽村這些漢子全都累得腿肚子打抖……梨山村的人，忒不是人了！熊浩初他們在村口折騰富陽村的人，村裡人也輪流跑出來看熱鬧，連鄭里正、族老等人也忍不住出來。尤其族老們，甚至搬了小馬紮坐在村口，邊聊天邊看他們幹活。

「哎呀，多少年沒看過修路了，可見世道是真好了啊！」

「二哥你這話損得喲~~回頭富陽村的人聽見，又得生事了。」

「還能生啥事？二哥不說這話，他們不也來鬧了好幾回嗎？要我說，大熊這回做得好，就不該慣著他們！」

「呵呵呵，這些年輕人也不知道懂不懂修路，又是濕泥又是碎石的……大熊是在折騰他們嗎？」

「我看不像，大熊有這麼缺德嗎？」

「呸，缺德啥？這些惡人就該折騰折騰，省得沒事老來我們這邊惹事。」

幾個老頭坐在村口閒聊，站在旁邊的鄭里正卻一直長吁短嘆，愁得鬍子都快被他扯光了。

林氏二叔公瞅了他一眼。「我說小鄭啊，事已至此，你愁啥也沒用，不如好好歇下心來看個熱鬧。」

鄭里正哭喪著臉。「二叔公啊，這可不是鬧著玩的，要是知縣打定主意要護著富陽村，咱們可討不著好——」

正說話，前頭傳來畜生「噠噠」的腳步聲和木輪子滾動的軲轆聲，鄭里正心裡一咯噔，急忙抬眼看去，諸位族老也跟著舉目眺望。

熟悉的驢車慢慢映入眼簾，上面青布衫灰褲的人，正是張陽。

看到族老跟鄭里正都守在村口，張陽拽住韁繩，停下驢車跳下來，然後拉著韁繩走過來，吹了聲口哨，問道：「喲，老叔們、老鄭，今兒啥節日，都來接我呢？」

鄭里正白了他一眼。「想得挺美的。」往溪水邊指了指。「在看他們幹活呢。」

張陽順著方向望去，便看到地勢低的溪邊人頭濟濟，熊浩初、周強等熟面孔都拿著棍子站在旁邊，看著另一堆人挖石子。

「這是在幹麼——呃，」張陽看清中間那群人，登時怪叫一聲。「那些不是富陽村的垃圾嗎？他們怎麼——」怎麼像是在幹活？

鄭里正點頭。「沒錯，大熊他們把人抓回來幹活了。」

張陽瞠目，半晌，他豎起拇指。「大熊，厲害啊！」

鄭里正沒好氣。「厲害啥，這是給我找事——」他陡然頓住，問他。「你剛從城裡回來？」

「對啊。」張陽嘿嘿笑。「剛從洪陽縣回來。」又賣出去一堆肥皂，狠狠掙了一筆，給林卉買了些東西添妝，他心情好得很。

「那你回來的時候，縣裡有沒有什麼動靜？」

諸位旁聽的族老們皆豎起耳朵。

「啊？」張陽丈二金剛摸不著頭腦。「什麼什麼動靜？」

「就縣衙的動靜。」鄭里正提醒他。「上回咱們去富陽村，不是被縣衙給帶去了縣城嗎？」

「對啊！」張陽一擊掌，朝溪那邊一努嘴。「今天怎麼沒事？縣裡的官老爺們不管了？」

「嘿，我這不是在問你嗎？」鄭里正無語了。

張陽撓頭。「我不知道啊，我又沒去打聽——哎，不對，我去給相熟的掌櫃們送東西的時候，還真聽了些閒話。」

鄭里正等人緊張地看著他。

張陽壓低聲音。「聽說，縣令家裡鬧鬼了！」

「……？」眾人茫然。

張陽伸出手，五指張開。「我聽說，縣令家裡的下人們，昨天都被斷了一指，而且還是在大白天不知怎麼斷掉的……最重要的是，這麼多人的斷指，最後是在縣令老爺的床上發現的！好傢伙，鋪了大半張床呀，聽說縣令當場被嚇昏了。」

鄭里正等人面面相覷。

張陽嘖嘖稱奇。「傳得可玄乎了，聽起來跟真的一樣。」他嗤笑。「大白天的，斷了手指還不知道咋斷的，怎麼可能？也不知道這縣令大人又要作什麼夭了。」

鄭里正幾人面色各異，還未細問，林卉帶著明嫂子等人過來了。

看到張陽，林卉忙打了聲招呼，再問幾句這兩天的情況。

其實她對這位舅舅的安全是不擔心的，先不說他身手好，舅舅自己就是匪寇出身，心知自己出入都帶著貨物和銀錢，很容易成為賊寇目標，每回出遠門都是跟著鏢局兄弟們一塊行動。當然，梨山村到縣城駕車不過半刻鐘，沿途還有許多鄉村，則沒有這種憂慮。

故而她只是簡單問問順利否、東西都賣出去了嗎之類的問題，便算過去了。

她這邊話一停，張陽便反過來問她。「大熊怎麼回事，好端端怎麼把這些人帶回來？要平整馬路，村裡人自己來不也行嗎？」

林卉有些無奈。「他是覺得這些免費勞力不用白不用。」

呃，話是這麼說……張陽又問：「不怕這些人反過來鬧事嗎？」

林卉不答，轉頭問鄭里正。「鄭伯伯，那些人有鬧事嗎？」

鄭里正一怔，搖頭失笑，道：「這個倒是沒有，現在還真是乖得很！」

林卉朝張陽聳肩。「瞧。」

張陽無語，再看她身後幾人，又看看她背後，轉移話題道：「你們揹著什麼東西呢？」

林卉「啊」了聲，忙把背簍放下來，道：「下午蒸了點饅頭，等會兒給富陽村那些人吃的。」

「這不早不晚的……不對，」張陽皺眉。「怎麼還要給他們準備吃的？」

林卉搖頭。「當然要，他們本來就沒吃午飯，幹的又都是力氣活兒，要是把人累倒了，誰來給我們修馬路？一日三餐都要備。」

張陽傻了。「聽起來他們要待很久啊？」

啊。

鄭里正也驚住了。「大熊真打算把人押在這幹活？」這修馬路可不只是一天兩天的工夫了。

熊浩初可是他們村的大戶，這麼些人的飯食確實不是什麼大問題，住的就更不用擔心了。

林卉微笑。「大熊會負責。吃的不用擔心，住的話，大熊那邊也有的是地方。」

鄭里正看了眼驚嚇的族老們，轉回來。「把人押在這裡這麼多天，他們吃住怎麼辦？」

「對。」林卉點頭。「中午大熊是這麼跟我說的。」

「這些都好說。」鄭里正擔心的可不止這些。「這麼冷的天，大熊那兒才把辛遠幾個的被褥啥的備好，這又來一大堆人，不是給自己找事嗎？」

林卉搖頭。「大熊那兒有間屋子挨著廚房，只要廚房生上火，屋裡就不冷，他們晚上在那邊歇息便行了，連被子都省了。」

鄭里正瞪大眼睛。「就、就是妳說的那個什麼……暖牆？」

林氏二叔公也湊過來。「卉丫頭，妳說的那個玩意，真有這麼暖和嗎？這種天，連被子都不用蓋？」

林卉忙解釋。「現在這天兒還不冷，他們大老爺們不怕凍，有暖牆就夠了，老人小孩或者體弱的，還是得蓋被子。」

二叔公捋了捋長鬚。「聽妳這麼說，我都想去熊家試試了。」

林卉哭笑不得。「二叔公別開玩笑了，大熊那兒連個空床鋪都沒有，您過去躺地板嗎？」

「也不是不行。」另一族老摸摸下巴。「要是這暖牆這麼靠譜，回頭咱們家裡也改一個出來。」

林卉乾笑。這暖牆……村裡這些舊宅子可不好改啊。

他們正說著話呢，熊浩初等人又攆著富陽村一眾回來了。

一下晌都在涉水挖石揹泥的，這群人身上已然沒有一塊乾淨的地方了，再加上餓了一中午，一個個滿臉疲態，揹著的滿筐濕泥更彷彿重逾千斤，走得比那耄耋老者還蹣跚。

看到林卉，熊浩初渾身冷肅霎時消退，快步走到她身邊。「弄好了？」

「嗯。」林卉指了指地上背簍。「蒸了五簍的饅頭，應該夠了。」

「夠了。」不夠也沒事。他的表情如是說。

林卉還想再說，便看他轉回去，朝卸下濕泥的富陽村眾人招手。「過來吃東西。」

富陽村眾人面面相覷，都有些遲疑。

熊浩初皺眉。「不吃？那就繼續——」

「我吃！」有人反應過來，立馬嚷了句，也顧不得手上髒兮兮，扒開眾人衝過來。

熊浩初一個跨步，擋在林卉面前。

那名漢子梗著脖子嚷道：「幹麼？想反悔嗎？我告訴你，別的就算了，有——」

熊浩初冷聲打斷他。「站這等著。」

那名漢子一愣，熊浩初看向其他人，其他人看看林卉腳邊的籮筐，再看看他，神色間都是遲疑不定。

周強無語。「餓傻了是不是?其他人呢?讓你們吃東西還磨磨蹭蹭的。」

看來是被折騰狠了，林卉暗忖，乾脆也不耽擱，直接將蓋在背簍上的乾淨棉布揭開，拿了兩個白生生的、足有成人手掌大的饅頭遞給熊浩初，後者順手遞向那名帶頭衝過來的漢子。

那名漢子顧不上手髒，一把搶過來，囫圇將饅頭往嘴裡塞，眼睛直盯著熊浩初，彷彿生怕他反悔似的。

熊浩初壓根沒管他，朝後頭人群點了點下巴。「還有誰要吃?」

眾人面面相覷，下一瞬，所有人蜂擁而至。

「我要吃!」

「我也要!」

「我要四個!」

熊浩初順手將林卉往後推了推，然後單手提起筐子，大喝道:「都站好。」

張陽也站過來。「急呼呼的幹麼，沒看到有好幾籮筐嗎?」

周強等人反應過來，將人拽著排隊，亂糟糟的狀況才好上一些。

然後熊浩初才開始發饅頭，一人兩個，領了就往旁邊吃去，沒多會兒，村口這塊空地上就響起各種狼吞虎嚥的聲音，還有幾個吃太快噎得直打嗝的，林卉看得都有些不忍了。

兩個饅頭看著大，但對於成年漢子而言，也不過是填個底，這些人很快便把領到的饅頭吃完，眼巴巴地看著熊浩初幾人。

這回無須熊浩初再說話，張在福、周強等人便主動把背簍都提溜過來，讓吃完的再次排隊，繼續領下一波。

林卉他們這回蒸了很多饅頭，但一人最多也只分了四個，剩下的饅頭被熊浩初分給坐在旁邊看熱鬧的族老們。族老們也毫不客氣，接過來便開始慢條斯理地撕著吃，還邊吃邊點評。

「卉丫頭你們家這饅頭不錯啊，是不是還放了糖？」

林卉點頭。

「喲，老四你這嘴巴厲害啊，我只覺得好吃。」

「嘿，你這是吃太快了。」

他們幾個耄耋老者慢條斯理撕饅頭、嚼饅頭，把那些個富陽村的人饞得不行——大老爺們餓了一天，四個饅頭哪裡夠？

熊浩初可不管他們，吃完饅頭，拍拍手。「繼續幹活。」

富陽村的人登時炸了。

「你們不要太過分了！」

「對，我們只是踢了你們一些小土溝，至於這麼斤斤計較嗎？」

「砰！」

熊浩初直接將領頭嚷得最兇的幾個踹倒在地，林卉瞅著都覺得疼。

然後這幫傢伙再次慫了，再然後，就被攆去幹活了。
林卉目送他們離開，轉回來問鄭里正。「怎麼不見他們村的村長？」她還記得那位囂張的曹里正呢。
鄭里正瞪她。「妳應該問妳家大熊！他直接把人腿打折了，妳還想怎麼見？」
「啊？」林卉嚇了一跳。「沒事吧？」
「聽他說，應該是死不了。」鄭里正對那姓曹的也沒甚好感，他才不關心這人如何，他只擔心後患。
林卉也聽出幾分了，撓了撓腮，乾笑道：「這姓曹的最可惡了，他要是能躺一段時間，我們還清靜呢！」
鄭里正沒好氣。「妳以為就他一個人腿折了嗎？強子說了，富陽村裡鬧事的那些人躺了好幾個了！要不，妳以為那群人為啥這麼乖？」難不成真是嚇一嚇就夠了嗎？
林卉。「……」好吧，她對自家未婚夫的兇殘程度一無所知。
眼看鄭里正還打算繼續吐槽，林卉乾笑著，隨便找了個藉口腳底抹油了——看來熊浩初應付這些富陽村的人是沒問題的，她才不要留在這裡被唸。
當晚，熊浩初把富陽村眾人拉回自己宅子，只給洗了手，再一人喝兩碗稀粥，然後全部安置在廚房邊的屋子，吩咐辛成、張興盛兩人的媳婦輪流給廚房燒火，別讓旁邊屋子的人凍死了。

第二天照舊幹活。除了幹活，洗漱都不行，睡覺是暖烘烘的暖房，一日三餐是稀粥加饅頭，兩天下來，富陽村這些人就老實了。

第三天，熊浩初直接把人分成兩批，一批人拉到村口，將那些鋪在馬路邊曬乾的濕泥拉回來，磨成粉。另一批人則被拉到落霞坡側邊，也就是新宅後頭，讓他們用新宅剩下的磚石堆了一個窯。

待兩邊都好了，將濕泥粉混上石灰粉，扔進窯裡煅燒。

然後熊浩初託張陽去周邊村子、縣城裡找鐵匠，弄了許多廢渣回來，混進煅燒好的泥粉裡。

沒錯，他在弄的就是簡易版的水泥。

林卉看到他建窯的時候就已經有點懷疑了，水泥粉一出來，她直接驚呆了。她只是曾經隨口提了一句，這人、這人就直接弄出來了？

最後成品出來，她二話不說直接裝了一小碗，拿水攪拌後，混上砂石，隨手倒在林家某個角落，第二天，那塊地方果真硬了。

熊浩初敲了敲那塊地方，滿意地點點頭。「不錯。」

林卉抱怨道：「你要做水泥怎麼也不說一聲，我只是聽過一些而已，壓根不知道能不能成功，你搞這麼大陣仗，萬一沒做成怎麼辦？」

熊浩初不以為意。「就是耗點米糧而已，鐵礦廢渣也不值幾個錢，試試無妨。」

突然有點可憐富陽村那幫人了。林卉嘟囔。「那也花了好幾天工夫啊。」

熊浩初站起來。「事情成了就行了。」他勾起唇角。「這玩意成了，事情就成一半了。」

「啊？」什麼事？修路嗎？林卉面上如是問。

熊浩初卻搖了搖頭。「好了，這事以後再說，現在，還有更重要的事情要做。」

林卉隨著他往外走，問道：「還有什麼事？」

熊浩初頓住腳步，扭頭，瞇眼看她。

林卉被看得縮了縮脖子。「怎、怎麼了？」

熊浩初索性轉過來，把她逼至牆角，沈聲道：「我們，該成親了。」

林卉一愣，這兩天被富陽村的人挪走了注意力，都忘記這事了。

熊浩初給了她一個爆栗。「竟敢忘記。」

林卉捂著額頭，心虛道：「我才沒有，不是後天才是正日子嘛！再說，還有辛叔他們呢。」什麼都準備好了，也不用特別記著。

熊浩初低頭，在她唇上不輕不重咬了口，低聲道：「這兩天才最難熬……」

林卉。「……」

第二十四章

這些日子，張興盛等人忙著翻地、做保溫的棚架、把紅薯苗下地等活兒。其他眾媳婦們也沒閒著，她們把正院主屋加東西廂房、前面倒座房的陳設都安排好了，除了正房的家具、箱籠、被褥會在林卉嫁妝送來時才補上，其他的，比如正房的簾子，廂房、倒座房的床褥被子等都已經弄得舒舒服服的，就等著招待客人了。

辛遠則專注各種採買，特地請回來的廚房師傅跟點心師傅已經提前到位，喜宴當天的菜色很快便擬定，然後辛遠便開始採買食材，雞、鴨、蛋等自不必說，直接跟村裡各家收購，蔬菜瓜果也是，統一定了，讓他們在喜宴當日一早採摘了送到熊家。連當天需要的人手，也提前打好招呼。

除此之外，還有各種剪紙、好酒、糖果——甚至熊浩初還讓他給家裡每人又做了身新衣，讓當天新宅及所有人都新新亮亮的……零零碎碎，一直忙到好日子前一天。

這天剛過午，梨山村這邊便陸續有馬車駛進來。

韓老、符三兩人自不必說，除此之外，還有曾經跟熊浩初去過鹹阜的鏢局朋友等人，還有一些村裡大夥都沒見過的外地人。

臨近成親，林卉便沒再去新宅那邊，自然不知道來了哪些客人，此時的她正在家裡……

保養。符三抵達梨山村的時候便先來拜訪林卉，同時還帶來一名婦人和一名瞧著比林川大幾歲的小姑娘。

這婦人夫家姓曾，自稱曾嫂。因家人都在前些年的戰亂中去世了，只剩下一女兒曉芸。寡婦獨女，日子難過，她索性便自賣自身，帶著女兒到大戶人家謀生。

符三說這是熊浩初託他從別處買回來的，擅藥懂醫，還懂接生，送給她搭把手。

林卉剛開始還覺得奇怪，要說下人，他們家已經夠多了，若是衝著懂醫藥這一塊，她自己就懂幾分，也沒必要再請一個人回來——等等，難道是因為她懂接生？

她立即想到自己曾跟熊浩初說過，年紀太小的女人生孩子風險比較大……

所以，熊浩初這是在未雨綢繆？

林卉越想越覺得可能。

符三畢竟是外男，不好久留，跟她交代清楚曾嫂的情況，再把曾嫂母女的賣身契交給她後，便離開了。

林卉先蹲下來跟小姑娘打了聲招呼，問了兩句情況，小姑娘著實害羞，曾嫂也有點緊張，林卉察覺，忙笑著轉移話題。「妳們這兩天先在明嫂那屋子歇息，待會兒我讓她收拾收拾，住回新宅——熊宅那邊。」

曾嫂福了一禮。「是。」

「妳們先坐會兒，我去找明嫂子說說。」林卉擺擺手，轉進後院將明嫂子喚進屋裡說明，讓她先收拾行李，自己則順便接手了她的工作——洗菜擇菜。

她這邊剛擇到一半，曾嫂就鑽進了後院。

林卉詫異停下手，笑道：「明嫂子在收拾東西了？」

這名頗有些嚴肅的婦人看到她正在擇菜，立即皺起眉頭，待聽見她的話，先不忙說別的，福了福身，稟告道：「回姑娘，是的，奴婢的行李也已交給曉芸，待明嫂子收拾妥當，她自會收拾。」

林卉點點頭。「好，廚房裡還有些早上煮的豆漿，待會兒妳去弄點給孩子喝，曉芸這個年紀正是長身體的時候，多喝豆漿好。」

曾嫂似乎有些訝異，頓了頓，再次福身。「是。」

林卉失笑。「不用太過拘謹，我們家裡沒有那麼多規矩。」

「姑娘這話，奴婢並不同意。」曾嫂神情嚴肅。「恕奴婢直言，奴婢過來之前，也是打聽過主家情況的。」

林卉眨眨眼。怎麼突然說起這個了？

「姑娘過兩日便要嫁入熊家，熊大人的情況，想必姑娘比奴婢還要清楚。」曾嫂雖然語氣嚴肅，態度卻極為恭謹。「熊大人雖已乞休，可熊大人的年紀、底子在那兒擺著。不管是為了熊大人自己，還是為了二位將來的孩子，你們將來斷不可能只停留在潞陽小小的梨山村裡。姑娘，您覺得奴婢說得在理嗎？」

林卉坐直身體，沈吟片刻，然後朝她點頭。「在理。」

從林川的經歷，她就覺出幾分了。因他每月都會回來兩次，順便教她識字，一來二去，她多少能看出韓老的教育方式絕非一般腐儒可及。

她自己就是讀過書的人，一路唸到大學，學過的科目、遇到的老師比這個時代的大部分人都多，她能看出不同之處。可惜韓老就要回京城了。這段時間，她四處託人找先生，只是到目前為止，找遍了潞陽也沒找到滿意的先生。

她並不是要林川學到如何厲害的程度，她只是以己度人，覺得孩子應該全面發展，不能只局限於詩詞歌賦，尤其是林川還處在啟蒙階段，不說別的，算學、律法總要會一點吧？

結果，只是把這兩條件擺出來，便有那迂腐書生直搖頭，直呼這是旁門左道，豈能因小失大，丟了經義詩賦。

林卉沒法，只得暫且擱置，打算等成親後再慢慢找吧。

林川算是她半道撿來的弟弟，她尚且如此費心，若是自己的孩子，定然也不會輕忽。

故而，即便她不一定會離開梨山村，但世事難料，曾嫂這話確實在理。

聽她這麼說，曾嫂似乎鬆了口氣，臉上便微微帶出一分笑意。「姑娘理解那便好。」然後一板臉。「既然姑娘知道其中道理，那這規矩就必定得立起來。」

林卉茫然。

「聽說熊家有十幾名下人，加上奴婢母女，應當也有二十人了。若是姑娘有了孩子，下人還會再增加。

「您身為當家主母，以後要管如此多的下人，倘若不把規矩立起來，下人隨意慣了，便會偷懶耍滑，甚至還能拐著彎指示主子……僕不分，日後必定生亂。」

曾嫂面容沈靜，雙目直視林卉，沈聲道：「背主弒主之事，也不是不曾見過。」

林卉悚然。

曾嫂見她似有所悟，神情放緩，再次福身。「是奴婢逾越了。」

「不，妳說得很對。」林卉肯定道。確實是她疏忽了。這裡確實不同於現代社會，究其根本，她不了解古代封建社會的奴隸制是怎麼回事，只想著有人給自己幹活，讓自己舒舒服服的是很好。可曾嫂說得對，人手多了，管理就是一門學問，她不能繼續這樣。

她嘆了口氣。「回頭我好好想想，弄個什麼章程出來。」看來這位曾嫂，應當是大熊特地給她找回來的管家娘子了。

她的態度讓曾嫂徹底鬆了口氣，臉上便多了幾分笑意。只聽她道：「不著急，往後可以慢慢捋，如今要緊的是別的事。」

林卉隨口道：「還有什麼事比較要緊？」掬水洗乾淨手。

「姑娘後日就要出嫁。」曾嫂伸出胳膊，示意她扶著自己起來。

林卉不習慣，甩了甩水滴直接站起來。

曾嫂也不多言，收回手，繼續道：「這時候，自然是要趕緊把全身肌膚給保養一番。」

剛繞過菜籃子準備上階梯的林卉一個沒站穩，差點摔了。

曾嫂嚇了一跳，急忙扶住她。「姑娘，您沒事吧？」

「無事。」林卉擺擺手，然後問她。「妳剛才說什麼？」

曾嫂猶自不放心，繼續攙著她，引著她往屋裡走。「女人家最要緊的就是這一天，若是能在洞房花燭夜把男人拿下，這往後的日子啊，便順遂多了……」

林卉聽著她絮絮叨叨的講解各種御夫之道以及養膚經驗，接下來，林卉便開始了更進階的古代貴婦人的奢華護膚步驟。

添加各種活血祛濕藥材的湯浴、生肌潤膚的藥油按摩、香噴噴的脂膏塗抹……中間還抽空吃了頓午飯，半天下來，林卉覺得自己鼻子都被熏得失靈了。

很快，便到了成親這日——

冬月初六，宜嫁娶。

凌晨，外頭還是黑乎乎一片的時候，林卉便被曾嫂叫醒，迷迷糊糊地開始泡浴、抹油、推脂膏，等一切倒騰得差不多，天際才微微發白。

劉嬸等幾個林卉熟悉的嬸子陸續來到林家，連趙氏婆媳都過來，偶爾幫忙遞個東西啥的，林卉自然顧不上她們，她開始被摁著梳妝打扮了。

梳髮、理鬢、上妝……她彷彿木頭人一樣被諸位嬸子嫂子擺弄，也不知道自己成了啥模樣，好不容易等到那身華麗的繡金嫁衣套上身，她才鬆了口氣，正準備要杯水解解渴，門外陡然傳來動靜。

鼓樂漸近，彩輿臨門，曾嫂幾人快手給她加上珠釵，直塞得滿頭珠翠，實在戴不上去才作罷，然後蓋上蓋頭，林卉眼前便只剩下眼前的方寸之地。

外頭吵吵鬧鬧，上到林氏族老，下到村裡幾歲孩童，把本來就不大的林家院子、屋子擠得滿滿當當，吵得她壓根聽不清外頭都在說啥。

陪在屋裡的劉嬸等人皆是喜氣洋洋的，偶爾還抽空湊到窗縫邊看看，再笑呵呵地回來給林卉說幾句嘴。

到了這會兒，林卉才有了些要成親的真實感。

外頭是歡聲笑語和熱鬧鑼鼓，眼前卻彷彿掠過現代的車水馬龍和高樓大廈，她還記得穿過喧囂夜路回到租住小屋後的寂寥感。那時的自己孤身一人，無根無萍。

而這裡，有可愛貼心的弟弟，有可敬可愛的長輩，有守望相助的鄉親……現在，她還要出嫁了，要跟沈穩可靠的另一半組建自己的小家庭……

她再也不是一個人了。生病不必再獨自苦熬、獨自過節，為了掙錢活下去，不眠不休不敢請假，有時連多睡一個小時都是奢侈的——外頭一陣哄笑，她倏地驚醒。

出門的吉時快到了，劉嬸幾人已經在做最後的清點，連她這個新嫁娘都顧不上搭理了。

林卉輕舒了口氣，微微仰頭，壓下眼底酸澀。

外頭喧譁聲陡然一揚——迎親隊伍進屋子了，幾人立即將注意力轉到門外。

外頭的熊浩初一臉鬱悶。

按照潞陽的風俗，從院門到新娘子面前，需要過門關——每道門便設一關卡，迎親男方必須闖過新娘家這邊設置的關卡，才能通過，倘若闖不過，便得看紅包給不給力以及新娘家好不好說話了。

熊浩初的迎親隊伍不說魚龍混雜，也算是各行業的翹楚了，比如擅詩文經義的韓老，比如能言善辯的符三，還有一群能打能抗的漢子……而林卉這邊，除了張陽、林川，其餘大部分都是梨山村人，再加張陽那些鏢局兄弟，幾乎全是大字不識幾個的。

不管怎麼比，他這邊的實力也是碾壓群雄，可偏偏，他們被攔住了，還被攔了不少時間——若不是林卉提前跟他打了招呼，說關卡是她的主意，讓他早點到，他指不定還真的會輕忽大意。

錯過吉時便罷了，要是新娘子接不回來，那才叫糟糕——當然，這是不可能。

反正，熊浩初現在對自己的親友團那是一百個不滿意——單一個院子大門就折騰了大半個時辰，他還怎麼娶媳婦?!

院子大門這關，是由張陽跟他那些鏢局兄弟們負責的，什麼十人搶凳搶福氣、什麼傳蘋接福，其實聽起來都不難，就是各種折騰。

比如十人搶凳，是雙方各出五人，熊家一方勝者才能拿到板凳下黏著的紅紙福字，進入下一關，沒搶到就一直玩。

再比如傳蘋果，熊家一方派出十人，把寓意吉祥的蘋果從一頭傳至另一頭，除了不能用手和工具，別的法子隨意，成功了便能獲得一個通關福字。

如此種種，難是不難，全靠合作或技巧，只要有個人掉鏈子，幾乎就得重來，圍觀眾人是笑得東倒西歪，他們卻累出了一身大汗，直鬧了大半個時辰，一行人才得以走進院子。

接著便到了屋門前，守門的是林川。

「喲！」符三一看見他，立馬笑了。「川川你這是要設文關了？」

穿著一身鮮亮新衣的林川老氣橫秋地背著手站在屋簷下，看到他們進來，先笑咪咪地朝韓老行禮。「先生。」然後朝符三點頭。「是的。」

符三嘿嘿笑。「你先生在這兒呢，你還敢設文闗？待會兒可不許哭鼻子哦～～」

韓老笑咪咪捋了捋長鬚，大有毫不手軟的意思。

眾人紛紛起鬨，林川脹紅臉，忿忿道：「才不會！」然後深吸一口氣。「那我要開始嘍！」

符三一打響指。「放馬過來！」

林川看看左右，待眾人都安靜下來後，朗聲開口。「第二關，文闗。總共十道題，答對一題方可進入下一題，若是答錯，新郎便得受罰。具體懲罰方式，由我方決定。」

符三好笑。「你這是給你姐夫放水嗎？」一小屁孩，能出什麼文闗題啊，更別說他們這邊還有個進士出身的韓老。

韓老也捋著長鬚笑呵呵的，反觀熊浩初，他卻依然眉頭緊皺——他覺得，肯定不會那麼簡單。

半晌，只聽對面的林川揚聲道：「第一題，請聽題。」

眾人忙凝神屏息。

「蝴蝶、螞蟻、蜘蛛、蜈蚣一起在客棧幹活，最後哪一個沒有領到酬勞？」

符三。「？」

韓老。「??」

眾人。「???」

符三率先回神。「不是，川川，我好像沒聽清楚，你再說一遍。」

見大夥都沒答上來，林川嘴角便勾了起來，膽子也大了不少，揚高聲兒又唸了一遍問題。

眾人面面相覷。

符三不敢置信。「川川，你這真的是問題嗎？別不是隨便糊弄我們的吧？」

林川見他們真的答不上來，登時高興極了，被質問了也不惱，興奮地催促道：「假不了，快作答！」

符三啞然，想了半天也沒想出個所以然，只得看向旁邊韓老。

韓老毫無所覺，他正皺著眉頭思索，邊想還邊搖頭。「不對，不對，奇怪……」

熊浩初插嘴問了句。「川川，答錯了會如何？」

林川笑嘻嘻。「這一題若是放棄或者答錯，懲罰是新郎做一百個伏地挺身！」說著，他還現場做起示範，完了站起來。「就這樣。」

熊浩初點頭。「我做。」然後二話不說揮開身後眾人，俯下身，飛快地做起伏地挺身。

林川忙跟著數數。「一、二、三……」

熊浩初那身力氣可真不是假的，一百個伏地挺身，做起來刷刷刷的快得很，眾人很快便跟著鬧騰起來，一起加入數數大軍。

不到片刻，熊浩初便完成一百個伏地挺身，輕快站起來，面不改色道：「下一題。」

林川點頭。「好，請聽下——」

「慢著！」終於回神的韓老忙打斷他。「第一題的答案是什麼？」

符三等人也巴巴看著他。「對啊對啊，第一題的答案呢？」

熊浩初扶額。這些人怎麼回事？這是他的迎親關，不是來求知的……

好在林川也不為難，爽快答道：「第一題的答案，是蜈蚣。」

「為什麼？」立馬有人問出來。

林卉嘿嘿笑，搖頭晃腦道：「因為無功不受祿啊。」

眾人。「……???」

韓老愣住，下一瞬便哈哈大笑起來，拍著手道：「有趣，有趣！」也不知道是說題目有趣，還是說出題的人有趣。

大夥相繼反應過來，院子裡識字的，或是聽過這句諺語的，全都笑成一片。

眼看又要磨蹭許久，熊浩初趕緊提醒林川。「下一題。」

林川點了點，揚聲道：「第二題，請聽題。」

眾人忙安靜下來。

「歷史上，哪個人跑得最快？」

眾人再次愣怔。

韓老這回不敢托大，先謹慎問了句。「亦是諧音詞？」

林川歪頭。「您猜？」

韓老噎住，然後笑罵了句。「臭小子！」然後低頭思索。

符三湊過去，問：「韓老，是不是孫武？其《孫子兵法》有云：『疾如風，徐如林』，這比風還快，應當是他？」

韓老搖頭。「不，此句乃喻指軍隊，不符合『哪個人』的問句。」

「也是。」

兩人陷入沈思，他們身後諸人也紛紛交頭接耳。

熊浩初再次站出來。「這關答不上罰什麼？」嘖，文人就是不靠譜。娶媳婦，果然還得自己出馬。

熊浩初主動站出來接受懲罰，活脫脫一副急著娶媳婦的猴急模樣，把大夥都給逗笑了。

符三沒好氣。「十道題呢，要是一道題做一百個伏地挺身，十道題你不得累趴下？你今晚還要不要洞房了？」

眾人再次哄笑。

熊浩初給符三扔了個回頭算帳的眼神，轉回來繼續問林川。「川川，是不是依然是一百個伏地挺身？」以他對林卉的瞭解，應該不會那麼簡單。

林川看看大夥，退後兩步，小心翼翼道：「第二道題的懲罰，是唱一段曲子，必須唱得大家都叫好，才能過關。」

熊浩初。「……」

眾人怔住，下意識扭頭看向他。

身高體長，橫眉冷目，不苟言笑……不說兇神惡煞，也絕對跟唱曲兒搭不上邊，想像這樣的漢子站出來唱曲兒，大夥的臉色登時異常怪異，想笑又不敢笑，還有不少人彷彿同時嗆著了，拚命咳嗽。

熊浩初臉都黑了，符三毫不客氣捧腹大笑。「哎這懲罰好啊，哎喲我的肚子啊～～」

站在林川旁邊的張陽已經笑得說不出話來了。

韓老畢竟厚道，笑罵了符三兩句，讓他適可而止。

符三擦了擦眼角笑出的淚，撞了撞熊浩初。「兄弟，這題太難了，你來吧！」

熊浩初壓根不想理他，轉向韓老。「有頭緒嗎？」

韓老苦笑。「詩詞歌賦、經義講學我還能說上幾句，你家媳婦這題……我實在無能為力。」

熊浩初眉心緊縮，扭頭看向林川。「有沒有提示？」

林川見他沒惱，登時又活潑了起來，咧開嘴道：「有。」

韓老眼前一亮。「快說快說。」

「姐姐說，這叫腦筋急轉彎，得按照字面意思解，死背書是答不出來的。」

韓老挑眉。「就這樣？」

林川肯定。「就這樣。」

韓老朝熊浩初攤手。

符三嘿嘿笑，推他一把。「快點，唱曲兒！」

眾兄弟起哄。「唱曲兒！」

熊浩初。「……」要這些人何用?!

韓老輕咳一聲，跟著下場勸他。「唱吧，這可是你要娶的媳婦兒。」

熊浩初無奈，清了清喉嚨，扯開嗓子開始嚎。「豈曰無衣與子同袍……」

「哈哈哈哈哈哈！」大夥笑成一片。

倒不是熊浩初唱得有多難聽，他聲音低沈，中氣又足，唱起邊塞戰歌，那是一副慷慨激昂。可看他唱曲兒，又是在這樣的場合，大夥就是覺得格格不入，笑得前俯後仰不說，張陽這種關係好的，更是直接笑得跌坐在地。

既然已經厚著臉皮開唱，熊浩初便由得他們笑了，沈著氣把這首〈無衣〉唱完，然後喘口氣，朝林川道：「下一題！」

「哎慢著慢著！」韓老率先反應過來，一把拽住他，朝林川道：「先說答案！」

什麼叫誤交損友？這就是！熊浩初深吸了口氣，心裡暗自給這些人都記上一筆。

林川輕咳一聲。「先生，歷史上跑得最快的人，是曹操曹公啊！」

「啊？」韓老不相信。「從未有史料提及他此項長處。」

林川嘿嘿笑。「有啊，誰說沒有？」

韓老皺眉。「有?快說，是哪本野史?」

林川搖頭晃腦。「《三國演義》有云，說曹操，曹操就到。」然後挺起胸脯。「這還不夠快嗎？」

韓老。「……」

符三等人。「……」

符三拍拍熊浩初。「兄弟，辛苦你了！看來後面的題，咱們都做不了。」

熊浩初深以為然，他乾脆朝林川道：「後面都不用唸了，告訴我要怎麼罰——」

「哎哎哎，怎麼能這樣！」張陽立馬攔住他。「你還娶不娶媳婦兒了？規矩可是我們定的！」

林川拚命點頭。「對，想娶我姐姐，必須要過我這一關！」

得，小舅子跟大舅爺都這般說，這關是混不過去了。符三拍了拍熊浩初。「保重！」

接下來的八道題，全是這般角度刁鑽、稀奇古怪，比如「九月二十八是孔子誕辰，十月二十八日是什麼日子」，答曰「滿月」；又比如「如何讓麻雀安靜下來」，答曰「壓牠一下，因為鴉雀無聲」……

諸如此類，大夥答得又是抓頭撓耳，又是好笑無奈，最後都忍不住哈哈大笑，連屋裡的林氏族老們也都被逗得不輕，熊浩初受罰時，幾個身體健壯些的還拄著枴杖跑出來圍觀。

嘻嘻哈哈一通鬧下來，熊浩初已經做過伏地挺身、唱過曲、耍過槍、喝了杯顏色詭異的液體……直把這個新郎官折騰得夠嗆。

好在符三諸人也不傻，答了幾回後終於摸到門路，最後三道題好歹是答對了，熊浩初總算能喘口氣。

林川還老氣橫秋地說了兩句結語。「熊大哥，這是告訴你，你這媳婦兒娶來不容易，以後要好好對她！」

大夥又是一陣哄笑。

熊浩初無奈地拍了拍他腦袋。「知道了！」

他帶來的親友們便罷了，村裡眾人卻是神色各異。

熊浩初此人吧，沒見過有多兇殘，但那張冷臉還是挺嚇人的，性格也確實不太好接近。

剛才在外頭，張陽把守的那關主要是對付他那些親友團，尚感覺不出什麼。到了林川這關，卻是招招對著他發力，被一個小孩兒這麼為難，普通男人都不一定能保持淡定，可這熊浩初除了臉色臭了點，一點出格的言語都沒有，脾氣算得上非常好了。

他回來半年，村人才敢跟他打招呼，也是近兩個月，大夥才開始會跟他家常幾句，但畢竟還是帶著些距離感。今兒這麼一鬧，大夥發現，他似乎並不是那麼難相處……

折騰了老半天，熊浩初一眾終於成功進屋。

到了這裡，迎親中最難的已經完成，接下來新娘子便得出來跟新郎一起見親辭別了。

緊閉的房門打開，林卉被充當全福婆婆的唐嬸扶出來，蓋著紅蓋頭的她被擋住了視線，只能看到跟前一畝三分地，雖有唐嬸牽著，她依然走得小心翼翼，生怕摔了撞了，好在沒走幾步，她手上便被塞了條紅綢。

透過紅蓋頭，熟悉的鞋子走近身邊，然後紅綢另一頭便被拉住……她臉上忍不住發燙。

擔任女方唱禮人的鄭里正用潞陽特有的長調唱出對新人的祝福和教誨，唱完後，才引著新人辭別叩拜林家諸親。

拉著紅綢緞兩端的林卉跟熊浩初，先叩拜了林卉父母的牌位，然後依次給林氏族老、趙氏、林偉光夫婦、張陽等長輩送上感恩茶。

林卉父母不在，趙氏、林偉光兩人也算是最親的長輩，可是林卉這些日子掙的銀錢不少，加上熊浩初那豐厚的聘禮……林卉的二叔公生怕趙氏這一家子在其中搞什麼鬼，乾脆一拍板，直接把林氏族老們全拉過來，不光參禮，還兼當林家長輩，要蹭一杯新人的辭別感恩茶。

雖然要跪的人更多了，林卉心裡卻領了他們這份心意。

最後要辭別的，是林川。

林川雖然是弟弟，在林家也算是家主了——不管以後是不是跟著姐姐在熊宅生活，此刻他代表的是林家，也就是林卉的娘家，新人的感恩茶他自然能喝，只是新人無須跪拜他罷了。

原本傷感的氣氛，在他喝過茶並學著長輩們說了句「以後好好過日子」後一掃而空，大夥都被他這老氣橫秋的小模樣給逗笑了。

如此下來，也折騰了近半個時辰，再然後，便得出門了。

按照習俗，嫁妝先出。張陽一吆喝，來幫忙的幾家壯丁齊齊出動，或抬或挑地有序出門。大夥都知道林卉會掙錢，嫁妝肯定薄不了，但誰也沒想到能湊到足足六十四抬之多。梨山村人何曾見過這般陣仗，一個個感慨——這跟公主出嫁沒什麼兩樣了。

再然後，便是新娘子。

蓋著蓋頭的林卉被送進花轎，喜樂齊鳴，鑼鼓喧囂，迎親隊伍浩浩蕩蕩前往熊家，一路吹吹打打，夾著眾人的歡聲笑語、孩童的嬉笑尖叫。

或許是轎子太晃悠，坐在轎裡的林卉整個人開始暈乎。

射轎門、跨火盆、拜高堂……林卉恍若踩在雲端般，整個人飄飄忽忽的。

一直到送入新房，周圍吵吵嚷嚷的聲音褪去，她才慢慢回過神來。

「姑娘。」曾嫂敲了敲門，待林卉應了，才推門進來，手裡端著托盤，笑著朝林卉道：「奴婢去廚房給妳拿了點吃的，妳先填填肚子。」

林卉側耳聽了聽，奇怪道：「只有妳回來？唐嬸她們呢？嫁妝都清點好了？」

「哎，本來就都清點過了的，只是要盯著入庫鎖好。」曾嫂夾了兩小塊紅豆糕放到小碟子上，再擺上根細籤子，端起遞到她手邊。「姑娘。」

林卉將其接過，收進紅蓋頭裡，戳起就往嘴裡塞。可別說，她真的餓了，她早飯都沒吃呢。這紅豆糕大小不過一口，恰好她入口，省得弄花了唇脂。

曾嫂見她開始吃了，才接著往下說。「待會兒就要合巹，她們去準備東西呢。」

林卉點頭，快速吃完兩塊紅豆糕，將碟子遞出去。「再給我來幾塊。」

曾嫂忙道：「這種涼糕，墊墊底就好，待會兒再弄些熱的給妳，妳看成嗎？」

林卉剛想說話，外頭就傳來一連串腳步聲和說話聲。

「應當是劉嬸回來了，奴婢先去開門。」曾嫂忙不迭將東西收回托盤，端起放到外間，然後去開門。

一行人魚貫而入，有劉嬸等人，也有村裡好些長輩，鄭里正夫婦也在其中，最重要的，當然是新郎官熊浩初。

新人就位，儐相開唱，各種吉祥唱詞以神秘又好聽的韻律逐一唱出。再然後，熊浩初手裡被塞了根秤桿，儐相唱完賀詞便示意他走向端坐新床邊的林卉。

流程早就熟記在心的熊浩初捏了捏秤桿，大跨步走過去，然後微微吸了口氣，輕輕挑開林卉的紅蓋頭——

林卉從紅蓋頭下看到那雙熟悉的雲紋黑鞋，自然知道接下來要幹麼，只乖乖垂下眼瞼等著。眼前光線一亮，紅蓋頭便被掀了去，屋裡安靜了一瞬。

「往日就覺得卉丫頭長得漂亮，今兒這一裝扮，可真不得了！」

「真的，十里八村都找不到比得上的。」

「大熊好福氣啊！」

「哈哈，大熊是不是看呆了？」

眾人齊齊望去，下一瞬哄笑出聲。

林卉耳朵不聾，自然聽見了，忍不住偷偷瞅了眼，對上男人炙熱的深眸，她頭皮一麻，立即收回視線。這傢伙犯傻了嗎？這麼多人盯著呢！

果不其然，看到熊浩初那難得的呆樣，屋裡又響起一陣善意的哄笑，林卉臉都被笑紅了。好在熊浩初終於反應過來，將秤桿遞給旁邊的曾嫂，然後看向儐相。

充當儐相的里正夫人邱嬸識趣，立刻接著端過旁人遞來的托盤，繼續開唱，邊唱邊引著他到林卉旁邊落座，唐嬸立馬將匏瓜瓢盛放的合巹酒端過來。

在儐相的唱詞中，兩人各端起一瓢，交臂，對飲。

過程中，熊浩初的眼睛直勾勾盯著林卉，彷彿在拿她下酒一般。林卉被看得臉紅耳熱，又有大夥嘻嘻哈哈地打趣湊熱鬧，她臊得眼睛都不知道往哪兒看了。

儀式還在繼續，儐相邊唱邊將托盤裡的紅棗、花生、桂圓乾等物往兩人身上輕灑。

林卉正低著頭呢，一個不防就被撒了一身乾果，下意識往後縮了縮——力道不大，她只是被嚇了一跳。

熊浩初一直盯著她呢，以為她被砸疼了，立刻掃向邱嬸。正專心唱詞的邱嬸心口一跳，差點卡住，好險被旁邊的唐嬸推了下才反應過來，繼續唱下去。

當然，這只是小意外，很快，邱嬸撒完乾果，又給新人各剪了縷頭髮，拿紅繩纏成結，裝在提前準備好的紅色荷包裡，綁結實，掛在床頭。

至此，今日的各種流程便徹底結束了，眾人輪流說了些祝福語便很快離開，熊浩初也要出去外面陪客了。

待眾人離開，房門關上，林卉才徹底鬆了口氣。

「曾嫂，幫我脫了這身大衣服。」這身嫁衣層層疊疊的，這種大冷天，都把她悶出一身細汗了。「有燒水嗎？我想洗個澡。」

反正熊浩初要在外頭陪客吃飯喝酒，指不定要喝到晚上，她才不會傻傻乾等。

曾嫂忙過來幫忙。「有的有的，水房一直候著呢，剛跟明嫂子說好了，她等會兒就提過來。」

話音剛落，便有人敲門，是明嫂子送水來了。

接下來，林卉沐浴更衣，換上輕便的家居服，再獨自吃了頓豐盛的午餐，最後將滿床乾果隨意掃到一邊，便鑽進被窩開始補眠——開玩笑，她昨夜幾乎沒睡，現在快睏死了。

這一覺，直睡到太陽下山，她是被曾嫂喊起來吃晚飯的。

林卉睡得迷迷瞪瞪的，一時有些沒反應過來。「怎麼了？」

「姑娘，妳得吃點東西。」

「啊？我還不餓——」床上、屋裡紅彤彤的東西終於從她的視網膜傳遞到大腦，她終於反應過來，今天是她成親的日子。「大熊呢？前邊還沒喝完嗎？」

「嗯，聽說還有客人拉著他喝酒。」

林卉這回是真詫異了。「喝到現在？」都沒倒下？

曾嫂也是咋舌。「可不是，老爺那些兄弟一個塞一個能喝，剛我過來的時候，聽說還有兩個沒倒下呢。」

「……」果然不管哪個時代，喜宴上灌酒的行為都是一致的。林卉摸摸下巴。「看來大熊的酒量很好。」

曾嫂笑了。「那可不，大夥都嚇一跳呢。」

「什麼嚇一跳？」

低沈的嗓音夾帶著酒氣從外室湧進來，兩人嚇了一跳。

屋裡燃著明亮的燭火，與正房相連的燒水房一直柴火不停，屋裡暖烘烘的。剛起來的林卉便只披著件外衣，看到熊浩初進來，她笑問道：「一身酒氣的，你這是喝了多少啊？」

「不多。」熊浩初回了句，卻完全不看她，只朝行禮的曾嫂吩咐。「備水，我要沐浴，再讓人給我下碗麵條，我洗完就吃。」

「是。」曾嫂看了眼林卉。

後者意會，忙道：「給我也下一點。」

「是。」曾嫂福了福身，倒退著出去了。

熊浩初轉過身，邊扯衣襟邊走向另一邊的浴間。「卉卉，幫我拿身換洗衣物放屏風上。」

林卉眨眨眼，「哦」了聲。

燒水房那邊一直溫著水，唐嫂過去吩咐了聲，浴間很快便傳來水聲——竹筒引水，不光能用在田裡，還能用在屋裡。

林卉跑到外間，翻出一身前幾日做好還沒給熊浩初上過身的打底衣，搭到浴間外的屏風上。

裡頭水聲嘩嘩的，她乾等著也無聊，乾脆又跑到外間，將箱籠裡的衣物拿出來逐一擺入衣櫃裡，正忙活呢，一陣水氣襲來，她的腰上便多了雙猿臂，然後是熟悉的低沈嗓音。「怎麼在幹活？交給下人就行了。」

冷不防的，林卉差點沒尖叫出聲。她一巴掌拍到他熊掌上，沒好氣道：「我就收拾幾件衣服，算什麼幹活？」

炙熱的氣息湊近。「別的時候隨妳，現在，妳得伺候我……」

濕熱的觸感從耳後傳來，林卉整個人像觸電似的抖了抖。「別動，待會兒曾嫂要過——」

「老爺、夫人。」曾嫂在外頭小心翼翼喊道。

林卉如獲大赦，忙低聲道：「曾嫂來了，趕緊放開我。」

埋首在她後脖子的熊浩初頓了頓，嘆了口氣，朝外邊道：「進來。」同時鬆開林卉，看見她身上要掉不掉的外衫，皺了皺眉，順手將其拉攏。

林卉無奈。「屋裡不冷。」開玩笑，做了暖牆還冷，她這冬天都不用活了。

熊浩初微哂，也不多說，拉著她走到桌邊。

端著麵的曾嫂斂眉垂目進來，後面是提著籃子的明嫂子。除了麵條，她們還帶了些點心，東西剛放下，熊浩初便讓她們回去歇下，東西明兒再收。

曾嫂也不二話，領著明嫂子麻溜往外退，剛踏出門，「砰」地一聲，正房門便被關上，然後是落栓聲，兩人對視一眼，眼底都是止不住的笑意。

屋裡，林卉被熊浩初這一連串舉措驚著了，看看落栓的大門，再看看大步流星坐回身邊的男人，她下意識問道：「你幹麼？」

「餓。」熊浩初丟下一個理由，迅速夾了一大碗麵條，推到她面前。「給妳。」

林卉的思緒頓時被拉回來，看到那堆得冒尖的麵條，她黑線。「我沒這麼餓啊，你給我夾這麼多幹麼？」

曾嫂是直接端了一砂鍋麵條過來，有肉有蛋還有白菜絲，看著就挺好吃的，可她是真的沒這麼餓。

熊浩初搖頭。「妳多吃點，吃不完再說。」然後不再多說，直接將整鍋麵條移到自己面前，抓起筷子便開始大口吃了起來，看來就是餓狠了的模樣。

思及他一下午可能都在跟客人拚酒，林卉不忍心，忙抓起筷子，將自己大碗公裡的肉片、雞蛋往他那鍋裡夾。「你餓你多吃點啊，我真——」

熊浩初按住她的手，咽下嘴裡食物，抬頭直勾勾看著她。「妳吃，不吃飽了，我怕妳今晚撐不住。」

「什麼撐不住——」林卉與他幽深黑眸對視片刻，倏地反應過來。

轟——熱浪瞬間上湧。

霞染雙頰，水眸含羞，端的是蝕骨美人。

熊浩初喉結動了動，下頷繃緊，話音幾乎是從牙縫裡擠出來。「乖，別勾我，等我吃完。」

啥也沒做的林卉。「……」誰勾引他了?!

好在熊浩初只說了這麼一句，便繼續低頭吃麵。

林卉定了定神，盯著自己碗裡食物片刻，抓起筷子，磨磨蹭蹭挑起幾根麵條。

「張嘴。」

林卉下意識抬頭。「啊？——唔。」嘴巴被塞了一筷子肉片。

熊浩初似笑非笑地看著她。「想要我餵妳？」

林卉。「……」嘴角抽了抽，將碗拉近兩分，嘟囔了句。「我自己吃。」

熊浩初盯著她看了會兒，確定她真的在吃了，才轉回去。

雖然林卉不情不願，好歹是吃了大半碗。

看到她放下筷子，正囫圇海吃的熊浩初一頓，抬眼看看她的碗，皺眉。「再吃一點。」

林卉掩唇打了個小小的飽嗝，搖頭。「不吃了，真飽了。」

熊浩初不贊同。「妳今晚怎麼吃這麼少？」平日吃得比這多多了，這還只是湯麵。

林卉沒好氣。「我中午吃得晚，又睡了一下午，壓根沒消耗，哪裡能吃得下。」完了起身。「我去泡壺茶解解膩。」

為了方便吃東西，她剛才把外衫套上了，也沒繫，就這麼鬆鬆地套在外頭。

這些都是熊浩初託人弄回來的好料子，柔軟垂墜，配上她婀娜身形和如瀑烏髮，走起路來宛如流水行雲，嫵媚動人。

熊浩初喉結動了動，深吸口氣，轉回去繼續埋頭苦吃。

林卉泡好茶，再拿上兩個杯子，一轉回來，就看到他端著鍋直接往嘴裡扒拉的猴急模樣，嚇了一跳。「你吃這麼快小心噎著了。」

熊浩初聽而不聞，飛快扒完鍋裡的麵條，完了把鍋往桌上一擱，朝她勾手。「茶。」

林卉啐了他一口。「你倒是不客氣。」慢步過去，倒了杯茶推到他面前，再給自己倒上一杯。

熊浩初將鍋子碗筷推到一邊，端起杯子吹了吹，抿了口，覺得溫度還行，便一飲而盡，然後摸過茶壺又續了杯。

林卉早就習慣他喝茶喝水的模樣，只端著杯子慢慢抿，順嘴問道：「你不是喝了許多酒嗎？還能喝得下這許多茶水？」剛還吃了這麼多麵條。

連著灌了三、四杯茶的熊浩初頓了頓，意味深長地瞅她一眼。「我喝醉了妳怎麼辦？」

林卉語塞，嗔了他一眼，不接他話，繼續道：「不是說有許多人灌你嗎？怎麼別人都倒下了，你彷彿沒事兒似的？」

熊浩初看著她，唇角勾起。「把別人灌醉，不一定需要自己喝。」

林卉挑眉。「你假喝？」

熊浩初慢慢轉著手裡茶杯，視線一直不離她的眉眼。只聽他輕笑道：「怎麼能算假喝？他們喝迷糊了，我照顧他們呢。」

然後就趁別人迷糊了，把酒倒了？林卉斜睨他。「怪不得回來的時候一身酒氣，全灑衣服上嗎？」

熊浩初笑了笑，放下杯子，問她。「還喝嗎？」

「嗯？清清口而已，」林卉再次抿了口。「喝幾口就夠啦。」

話音剛落，杯子就被熊浩初拿了去，輕輕擱在桌子上。

瓷杯落在雲紋石圓桌上，發出一聲輕響，林卉心裡一跳。「怎麼——啊——」原本安坐在圈凳上的她已被某人攔腰扛起。

她驚叫了聲，反應過來便開始掙扎。「你幹什麼！」

熊浩初往內室移動。「天黑了，該歇了。」

林卉怔了怔，下一瞬，熱浪直撲腦袋——咳咳，肯定是因為頭朝下，血液倒流導致的——「哎喲！」整個人被扔進軟綿綿被窩裡，林卉嚇了一跳，忍不住低呼出聲，慌忙抬腳。「我的鞋子——」小腿被抓住，「咚咚」兩聲悶響，她特製的棉拖便被扔到地上了。

林卉用力掙開某人的爪子，她狼狽爬起來。「熊浩初你——」

熟悉的氣息襲過來，屋裡安靜了下來，只餘下些微動靜能窺見其中幾分旖旎。

半晌，男人低啞的嗓音響起。「我教妳種田。」

「什、什麼？」

「來，」男人握住她的手。「種田須有良器，我們把工具洗一洗。」

「……」

林卉被男人帶著反覆搓洗工具，直把工具盤得出漿。

林卉剛鬆口氣，就聽他道：「接下來，翻地。」

「……」

很快，兩人的衣服相繼落地，還有一件半掉不掉地掛在床邊，一聲悶哼。

「不、不是說——」林卉聲音發顫，帶著幾分羞澀，又帶著幾分震驚。「暫時不要……的嗎？」

熊浩初的聲音低沈又壓抑。「今天不播種，只翻地。」

「……」

接下來，林卉再無心細問，因為熊浩初開始教她翻地了。

先將工具鋤進土裡，放輕力度鬆土，讓土裡蘊藏的水分慢慢釋出來，然後逐漸加大力度，慢慢開墾，慢慢翻，直把土地墾得濕潤綿軟，最後把鋤頭拔出來，挪到田埂邊就著柔軟的草葉擦拭，再次把工具盤出漿。

林卉脫力般拚命喘息。這翻地什麼的，實在累人……

熊浩初看她大汗淋漓、雙頰酡紅的模樣，眼神暗了暗，隨手拽起掛在床邊的衫子擦了擦工具，再次將其鋤進土裡。

「這地翻得不夠，再來。」

「……」

第二十五章

「夫人?夫人?」

林卉迷迷糊糊睜開眼，昏暗的光線讓她有些不知今夕是何年。

「夫人！」許是看到她睜眼，來者輕輕鬆了口氣，忙快手將簾子掛起來。

光線亮了起來，林卉揉揉眼睛，問：「曾嫂?」

「哎，是奴婢。」曾嫂再把另一邊簾子掛起來，細聲細氣道：「夫人，一會兒就該吃午飯了，您得先起來洗洗。」

洗洗?林卉頓了頓。昨夜裡的記憶瞬間回籠，她一驚，倏地翻身坐起——

「哎喲！」

後腰一痠，她瞬間倒回床鋪裡。

「哎喲，夫人，當心著點！」曾嫂嚇了一跳，急忙要去攙她。

林卉連忙擺手。「沒事，沒事，不小心而已。」眼角一掃，發現赤裸的胳膊上全是斑駁青紫，登時縮回來，整張臉都脹紅了——熊浩初這王八蛋，屬狗的嗎?怎麼連她胳膊都不放過！

曾嫂自然看見了，笑得揶揄。「夫人無須忌諱，奴婢也是過來人呢。來，我扶妳。」

林卉尷尬，急忙捂住身前被子，同時四處掃視。「我的衣服呢?」

「奴婢已經拿過來了。」曾嫂確認她坐穩了，走到旁邊屏風處，將掛在屏風上的衫裙拿下來。「您先套著，咱先去浴間泡泡，泡泡能緩緩。」

林卉拿到衫裙，尷尬地瞅她一眼，曾嫂莞爾，識趣地轉去屏風後的衣櫃那兒。「奴婢給您拿身換洗的衣裙。」

林卉微鬆了口氣，快速將衣衫套上身，撐著渾身痠軟挪下床，順嘴問道：「大熊呢？」

「在書房和客人說話呢。」曾嫂抱著衣服快步轉出來。「聽辛叔說，都關一上午了，連早飯、茶水都是辛叔送進去的。」

「客人？」林卉停住。「昨夜裡不都喝倒了嗎？」昨天他們喝酒直喝到入暮，客人不都被熊浩初那廝撂倒了嗎？

曾嫂扶著她往前走。「是啊，大早上的，客人們都還沒起來，是老爺一個個揪……咳咳、叫起來，再帶到書房裡說話的。」頓了頓，趕緊給自家老爺找補。「估計是有正事。」

林卉。「……」她已經能想像到那場面了。

不過，能讓熊浩初這麼不客氣的，那些客人……是什麼來頭？

胡思亂想著，浴間到了，她瞬間拋開思緒，揮退曾嫂，洗掉渾身黏膩，整個人泡進浴桶裡。

微燙的熱水泡得她渾身毛孔都舒展開來，連身上的痠痛都緩解不少。

然後她才有心思開始考慮正事。

昨夜裡，熊浩初折騰得太狠了，到了後面，她幾乎都快暈厥過去，壓根沒注意這廝有沒有……有沒有……那個？

還以為這傢伙要忍兩年呢，竟然玩這一招，可這法子真心不安全……萬一中招了怎麼辦？她撫了撫腹部，忍不住皺起眉頭。

林卉泡了個舒服的熱水澡，換了身新亮乾淨的衣裳，整個人彷彿終於活了過來。

曾嫂已經將屋子的門窗都打開，明媚的陽光灑進來，照得屋裡亮堂堂的。

林卉走到屋門前往外張望。「川川呢？」

昨天她出嫁，不能帶上弟弟出門，便說好了昨晚由方達明夫婦在林家陪他住，然後早上再由大熊去接他過來。

正院東廂第一間房就是留給他的，他的衣物什麼的也早早備好放了進去，就等她嫁過來後搬進來住了。

曾嫂正在裡屋收拾床鋪，聽見問話揚聲道：「老爺早早就去接回來了，這會兒正在韓先生那兒說話呢，要去喊他過來嗎？」

「不用了。」林卉伸了個懶腰，道：「曾嫂，妳先收拾著，我去廚房看看。」不等曾嫂接話便邁出屋子，慢悠悠往廚房走去。

曾嫂愣然，探身望出來，屋裡已經沒了林卉身影，她暗自嘀咕著轉回來。「怎麼跑這麼——」眼角一掃，看到被她剛拆換下來、狼藉不堪的被套枕套，登時啞然。

姑娘，不對，夫人這是害羞了吧？

她好笑地搖了搖頭，再看一眼那堆枕套被套，心裡嘖嘖兩聲。

轉到林卉那邊。

廚房裡忙活的眾人看到她，忙先後過來行禮，林卉擺擺手，讓大夥各忙各的去，別耽擱了午飯，然後才單獨問掌著廚房的張興盛媳婦。「午膳準備好了嗎？食材方面有短缺的嗎？」

他們家裡現在住著不少人，除了韓老、符三，還有那幫她也沒見過的漢子，加起來少說有十幾人。

她前幾天跟辛遠等人商量安排的時候，熊浩初已經提前跟她打過招呼，故而她早早就定好了菜色，也讓廚房幾人試做過，想來應當是沒有問題的。

果然，只聽張興盛媳婦恭敬答道：「已經做得差不多了，就等老爺那邊吩咐傳膳了。至於材料，咱們昨日剩下不少肉菜，材料是不愁的。」

林卉點頭。「現在天兒涼，肉菜若是多了，能吃便趕緊吃了，吃不完的，能醃的醃起來，別放壞了。」

「哎，奴婢曉得。」

林卉想了想，問：「昨夜裡客人們都喝醉了，給他們弄點蜂蜜水去，用溫水沖泡，別用開水——啊對了，蜂蜜好像還在倉庫呢，妳跟我去拿。」

「是。」

林卉領著人去倉庫溜達了一圈，順便揀了幾樣得用的東西，才轉回主屋。

身體還痠軟得很，又晃悠了一大圈，待回到屋裡，林卉迫不及待便扶著桌子坐下來，然後輕輕握拳捶了捶後腰，突然一陣風襲來。

「去哪兒了？」熟悉的聲音打裡屋方向傳來。

林卉嚇了一跳，下一瞬便反應過來是誰，提起的心才放了下去，緊接著後腰處傳來輕柔的按壓。

「我幫妳。」

寬厚的手掌溫熱又有力，即便特意放輕了力道，按壓下去也非常舒服。

林卉放鬆下來，乾脆趴到桌上，側過臉回頭看他。「我去趟廚房而已，你怎麼回來了？不是說在忙嗎？」

「下人送了蜂蜜水到書房，我猜妳起來了，就回來看看。」熊浩初看著她慵懶的模樣，眉眼柔和下來。「累著了？」

林卉斜他一眼。「你說呢？」

熊浩初灼灼地盯著她。「那待會兒陪我歇個午覺。」

「我才起來呢，還睡？別讓人笑話了。」林卉扭過頭去。「你自個歇去吧。」

這傢伙……壓根就是屬禽獸的。她現在看到這人就覺得哪兒都不舒服，還跟他去床上？怕不是傻了。

熊浩初低笑。「真的歇息，我昨夜到現在沒閉過眼。」

成親當天半夜就得起床，這麼算下來，他有兩天沒合眼了。

林卉詫異，坐直身體看他。「我聽曾嫂說你一大早就去前院找人了……是不是發生了什麼事？」

熊浩初俯身，在她眉眼上一啄，道：「是有事，不過不急。」他頓了頓，補充道：「或許是太高興了，精神好得不得了，睡不著。」

林卉心裡一動，立即聯想到自己那詭異的體質。

許是察覺到她的失神，熊浩初疑惑。「卉卉？」

「啊？哦。」林卉立馬轉回頭，佯裝疲憊般地趴回去。「那待會兒吃完飯就早點休息唄。」

熊浩初盯著她只簪了根玉釵的秀髮，瞇了瞇眼。

林卉沒聽到他的聲音，有些心虛，連忙把話題扯走。「哎，你還沒說什麼事呢。」

「過些日子，我要再去一趟喊阜。」

喊阜？林卉再次扭頭。「好端端的又去那地方幹麼？」辛遠他們過來才多久，從辛遠幾人就能窺見那邊情況。「那兒肯定亂極了，你還過去幹麼？」

「正是要過去處理這事。」

「你一白身去跟人家摻和什——」林卉愣住，倏地坐直，瞪大眼睛看他。「你的意思是……？」

熊浩初解釋。「前院裡的兄弟們大多是從京城過來，除了特地參加我的喜宴，另一目的，正是為了這事。」頓了頓，他勾唇。「過些日子，旨意應當就會到了。」

「……旨意？」林卉瞠目。「要、要重新當官？」不對。「等下等下，這是你計劃好的？你、你不是說喊皁那邊要開春後才會出事嗎？」

「原本是。」熊浩初勾了勾唇。「我上回去喊皁動了些手腳，過兩天，新榮他們再過去加把火，那兒應該就會徹底亂起來了。」

林卉震驚。「你幹什麼？那邊的老百姓已經夠慘了，你們怎麼還去添亂？」

熊浩初盯著她。「我們若是不添一把火，現在到明年開春，喊皁不知道要餓死多少人。」

林卉吶吶。「那、那……不能向朝廷求助嗎？你在京城不是認識很多大人物嘛……」

「別人？」熊浩初語氣淡淡。「我現在就是在等別人先去送菜。」

送菜這說法，還是跟林卉學的。

林卉哼道：「你怎麼知道別人就是去送菜？說不定朝廷的人一到喊皁就搞定了，壓根沒有你出場的機會。」

熊浩初搖頭。「以我對陛下的瞭解，他會派什麼人去處理此事，我大概能猜到幾分，而此人……」他冷笑了聲。「不足為慮。」

林卉聽著不對，狐疑道：「就算別人不行，安知下一個就是你？」

熊浩初啞然，捏捏她鼻尖。「妳夫君我佈局這麼久，光是送往京城的信件就不知幾何……我可沒有為他人做嫁衣的愛好。」

林卉甩掉他的手，嘟囔道：「我還以為你對當官沒興致了呢。」

「爭權奪利確實非我所願。」熊浩初眼底閃過抹陰霾。「但什麼亂七八糟的都敢來我頭上撒野，也非我所願。」

「……」林卉懂了。「所以，上回你才說，縣令的事你會解決？」

「嗯。」

林卉還想再問——

「姐姐？」外頭響起林川喚聲，然後一顆小腦袋探了進來。

林卉莞爾，朝他招招手。「進來，就等你開飯了。」

林川眼睛一亮，開心地蹦躂進來。「姐姐，熊大哥！」

熊浩初臉一板。「叫姐夫。」

林卉。「……」

林川立馬停住，吐了吐舌頭，改口道：「姐夫好！」

熊浩初這才拍拍他腦袋。「你先生呢？」

「先生說去找符三他們湊一桌，不跟我們用膳了。」

熊浩初點點頭。「由他吧。」

林卉將人拉過來，先摸摸小手和後脖子，看看涼不涼，再檢查下新衣裳合不合身，然後才問他。「昨夜裡姐姐不在，有沒有哭鼻子？」

林川立刻反駁。「我才沒有，我現在是大孩子了，才不會哭鼻子！」

林卉莞爾。「好好，川川已經長大了呢！」

還沒聊上幾句，曾嫂跟張興盛媳婦便提著食匣過來擺膳，三人便移步飯廳邊吃邊聊。

成親後，日子彷彿過得飛快。

在他們成親的第三天，韓老就踏上了歸京路。符三多留一天，跟張陽討論了許多日後合作事宜，也離開了。

至於前院住著的那些漢子，在他們成親第二天晚上便離開了——若不是林卉管著宅子，怕是都不知道他們什麼時候走的。

再然後，張陽、熊浩初都忙了起來。

先是熊浩初。

富陽村那幫人前幾天已經把水泥搗鼓出來，熊浩初領著人將村口到熊家的主路全鋪上水泥，完了還不忘讓人將剛鋪好未乾的路給圍起來，省得被孩童給踩了。

村裡人原本還覺得他多此一舉，一堆爛泥混著砂石，稀糊糊軟綿綿地，抹上去還得曬兩天才乾，怎麼看也禁不住踩。

結果圍欄一拆，所有人都驚呆了，不！不止他們，連富陽村的人都驚呆了。

這、這、這玩意，乾了之後……怎麼跟石頭似的？

所有人都忍不住踩上去轉兩圈，還有人試圖敲下一塊瞧瞧，剛敲了兩下就被旁人阻止了。不過那兩下也不輕，地板確實是絲毫不受影響。

反正，大夥都開了眼界了。

熊浩初可不管他們想什麼，把家裡剩餘的石灰都用完後，一拍手，直接把富陽村的人給放了。

富陽村的人被留下幹了好幾天活，每天有饅頭熱湯，偶爾還有雞蛋吃，晚上雖然無床無被，可屋子暖烘烘的，睡得也舒坦。雖說要幹活，可在家不也得下地幹活嗎？算起來跟在家裡也差不多了——當然，有媳婦兒的另說。

再者，鋪馬路的法子雖然是熊浩初教的，可也確實是他們花了好幾天工夫搗鼓的，還又結實又好看，大家都看在眼裡。這幾天在村裡幹活，梨山村人的態度從剛開始對他們避之不及，到走幾步便有人笑著過來拍拍他們肩膀，再走幾步又有人過來對對拳頭……話裡話外，都是讚賞和感謝，他們除了受寵若驚，還有些他們自己也搞不清楚的滋味。

還沒等他們想明白，熊浩初竟然說他們可以回去了？

富陽村等人面面相覷，領頭一漢子站出來，不敢置信地問他。「真讓我們回去？」

熊浩初挑眉。「不想走了？」

領頭漢子一窒，繼而哼道：「若不是你們仗勢欺人，我們早就走了！」

周強翻了個白眼。「誰仗勢欺人了？你們村一次兩次的過來我們這兒找事，你們怎麼不說自己仗勢？就許你們仗勢了？」他捏了捏拳頭。「這還沒出梨山村呢，別嘚瑟啊，再嘚瑟就留下來繼續幹活！」

那名漢子。「……」

「再說，也不看看你們多能吃，天天讓你們這麼吃下去，熊大哥家都得被吃空了！」

熊浩初拍拍他肩膀，接著往下說。「你們村那幾個挑事的什麼下場你們也看見了，回去老實點，梨山村離你們村並不遠。」

富陽村眾人。「……」威脅，赤裸裸的威脅！

「哦對了，」熊浩初想到什麼，補充道：「這水泥路你們都知道怎麼做了，回去好好琢磨琢磨，怎麼拿這門手藝掙錢才是正經，別沒事就想偷雞摸狗的，最後連個媳婦都討不著。」

富陽村漢子們。「……」討不著媳婦怎麼了？

梨山村單身狗們。「……」彷彿有被冒犯到哦！

等等！熊浩初這話什麼意思？富陽村的人終於反應過來，都傻眼了。

適才說話那漢子看看左右，壯著膽子走出來。「你、你這是什麼意思？」

熊浩初才沒那個耐心給他們解釋，下巴一點。「自己想去。」招呼周強等人回村。

梨山村等人遲疑地看著富陽村一眾，熊浩初也不管，招呼後抬腳便走。

周強忙跟上去，小聲問道：「大哥，你就這樣把造路的法子交給他們啊？」聽熊浩初的話，這水泥可不止能用來造馬路……這樣把方子給他們，豈不是便宜了他們？

「嗯。」熊浩初看了他一眼，解釋道：「富陽村領頭惹事的都得躺上一年半載，這段時間正好給他們找點事，這些活兒粗重耗時，但能掙錢，讓他們折騰一段時間，等他們嘗到甜頭了，就不會再回去做那些偷雞摸狗的勾當了。」

周強懂了，可他依然有些不樂意。「這也太便宜他們了……」來幹活還能學手藝掙錢，他們自己都不會呢。

熊浩初明白他的想法，解釋道：「如今周邊村子最富裕的就是咱們，樹大招風，多得是眼紅的人。」富陽村的人正是這樣招惹過來的。「把帶頭的富陽村壓下去了，旁的村便不敢多做什麼。」

周強撓撓頭。「話是這麼說，可無端端送他們一條掙錢的法子，還是氣不平。」

熊浩初不以為意。「咱村掙錢的法子多得很，無須計較這些。」按照林卉所說，燒製水泥要接觸各種泥灰，時日一長，容易得一種叫塵肺的病。富陽村的人若是能老老實實安分下來，他再去提醒他們，讓他們做好日常防護，否則……

周強聽懂了，恍然大悟。「族老們往日總是愁咱們村掙錢多，原來就是擔心這些啊！」他抬起胳膊，做了個握拳的動作。「真是的，怕他們作啥？咱們村怎麼掙錢，關他們什麼事？再說，咱也不是軟柿子，來一個打一個，來一雙打一雙！」

走在另一邊的張在福開口道：「你是不是傻了？別村就算打不過咱們，可一天來一個村子鬧事，咱們還要不要幹活了？我倒擔心這回要是別的村看見富陽村得了好處，會不會吃味跟著來鬧事？」

熊浩初冷哼一聲。「那就看誰敢領頭了。」

張在福一擊掌，大笑道：「哈哈哈對啊，富陽村那些領頭的，還在床上躺著呢！」

周強也反應過來，跟著哈哈笑起來。

熊浩初見他倆都轉過彎來，便不再多話，恰好到了要拐彎的地方，他朝眾人揮揮手，便轉身往家的方向走去。

他這邊剛走開，那些個還不在狀況的忙不迭湊到周強兩人跟前詢問。周強兩人遂將其中道理解釋了一遍，很快便有人明白了。

「哎，這不是族老們常說的要幫扶鄰里嗎？你好我好大家好嘛。」

「對對，直接這麼說便是了，什麼樹大招風的，誰聽得懂啊？」

周強啼笑皆非。

張在福則摸摸下巴。「不過，熊大哥剛才是不是說了？他說……咱們村掙錢的法子很多。」他扭頭問大夥。「是不是，我沒聽錯吧？」

「對，我也聽到了，怎麼了？」

「難道……？」

「嘿嘿，」張在福搓手。「熊大哥什麼時候誆過我們？既然他說掙錢的法子多，咱們等著就是了！」

「對對，我也覺得，我信熊大哥！」

「反正咱們等著就是了！」

……

熊浩初剛進家門，便看到張陽正在前院倒座房前抓耳撓腮地轉圈圈。

「怎麼了？」

張陽回頭，看到他立即驚喜地奔過來。「大兄弟！」

熊浩初。「……」這位舅爺什麼時候能改個口？

張陽可不管他想什麼，胳膊直接搭到他肩膀上。「來來，幫我參詳參詳！」

熊浩初側了側身，避開他胳膊，道：「說說看。」

「哎我說你怎麼這麼矯情！」

「嗯？」熊浩初挑眉。

張陽立馬變臉。「嘿嘿，開玩笑、開玩笑——」瞬間轉移話題。「你看，我這紅薯也收得差不多了，是時候做紅薯粉了吧？但這玩意耗工夫啊，你看我是請幾個人慢慢做，還是一口氣把人請到位了，三五天工夫把東西全部弄好？」

熊浩初沈吟片刻。「後者吧。」他提醒道：「你只有一年時間，銀錢流轉快，才能獲得高額回報，這事虧不了，不需要慢。」

「好！」張陽點頭，然後拿手肘撞了他一下。「我這都要開工了，你什麼時候放卉丫頭出來？」

熊浩初皺眉。「什麼意思？」

張陽擠眉弄眼。「裝什麼？這都成親幾天了，你看卉丫頭出過門嗎？年輕人啊，小心剛成親就得開始補身子。」

熊浩初。「……」

張陽對上他臉上的無語，彷彿終於想起自己是長輩，忙咳了咳，佯裝嚴肅道：「說正經的，剛成親黏糊些是正常，但也要有所節制，更不能耽擱正事，你說對吧？」

熊浩初不想搭他的話，轉頭就往內院去。
張陽忙拽住他胳膊。「別，大哥別啊！我就開玩笑，開個玩笑！」他哭喪著臉。「我不會做紅薯粉啊，你好歹讓卉丫頭出來給我指點指點啊……」
身上掛著一名高頭大馬的漢子，熊浩初彷彿沒事人般腳步不停。「你自己跟她說去。」
「哎？她起來了嗎？」張陽立馬不裝了，站直身體，拍拍衣服。「早說嘛，走走走，今兒好不容易這個點回來，我要蹭一頓午飯。」
熊浩初。「……」他家媳婦兒如此靠譜，為何會有這麼一個不靠譜的舅舅？
他們這邊你來我往，正院裡的林卉在幹麼呢？
沒錯，她真的才剛起床。
在巳時末、午時即將到來、後廚午膳都快要弄好的這個時候，才起床。
泡完熱水澡，林卉懶懶地靠坐在窗邊臥榻上，手裡拿著一本薄薄的冊子——這是韓老給林川留下的書籍，被她借過來了。因著林川年幼，這些書籍都是淺顯易懂的地方誌，或是各地風俗，還有幾本是神話故事。
這年頭，書籍是金貴玩意，韓老一口氣給林川留了許多，可見是真心喜歡林川，也是真的想要林川好好學習。
這麼看來，林川在讀書方面可能很有天賦……林卉摩挲著書頁出神。
突然一聲歡呼從外頭傳來，她回神，透過大開的窗戶望出去。
林川正領著家裡幾名年齡相仿的小朋友聚在院子裡踢毽子——那是她前些日子給林川

做的雞毛毽子。

穿得厚實的小孩子們追著毽子蹦蹦跳跳的，滿院子都是清脆的笑聲，加上難得的大晴天，看著就覺心情明媚。

林卉有些意動。她似乎懶了好多天了，要不乾脆去踢踢毽子活動活動？

想到便做，她順手放下書，扶著臥榻起身——

「嘶！」

痠痛的膝蓋差點沒讓她摔倒。

林卉低咒了聲，認命坐回臥榻上。

按理來說，她嫁進熊家後日子應當是悠哉又清閒。別的不說，家裡下人這麼多，田裡、山坡上的活兒都包了，家務也半點不需要她沾手。她每天除了跟曾嫂等人商量家裡菜色，安排各種採買事宜以及給錢外，旁的事兒壓根都不需要管了。

可是，不知道是熊浩初體力好，還是受到她的體質影響，那廝每夜都要折騰她，還越折騰越精神，越精神越來勁，她這幾天就沒在晚上合過眼，全是天際發亮了才被放過。

沒歇幾個時辰就得起來洗漱用膳，用過午飯便哈欠連連，轉頭又得睡個午覺補眠，然後晚上再次被折騰，周而復始……

原本熊浩初還擔心她皮膚嫩，怕傷了她，第一天就弄來上好的藥膏給她搽上。

結果，緩上一天的紅皮膚，到了晚上便又恢復平滑，嫩得彷彿能掐得出水。這下，熊浩初哪裡還忍得住……

除了磨得狠的地方，還有痠痛的腰背。

被折騰了兩宿後，她的腰真的撐不住了，拉下面子哭著求饒，結果、結果——熊浩初那廝竟然開始玩起別的……現在連大腿內側都是火辣辣的。

還有別的，比如那些個被吸咬出來的青印子，熊浩初壓根不給她塗藥膏。胳膊什麼的就算了，後背什麼的，她自己塗不著，也沒臉找曾嫂等人幫忙，加上這傢伙有恃無恐的，她一氣之下乾脆不抹藥膏，讓他好好看看自己多過分！

好傢伙，幾天下來，她身上確實是沒處能見人了，可這傢伙每回見了眼底都快噴火了，折騰起她來更是變本加厲了！

想到這些日子的顛鸞倒鳳，面紅耳赤的林卉忍不住咬牙切齒，如果說前幾天她還擔心熊浩初去喊阜會有危險的話，此時此刻，她已經巴不得立刻把人踹出去了。

「舅舅！」

「舅老爺！」

「哎哎，都乖啊！你們繼續玩，別搭理我們！」張陽的聲音傳來。

林卉回神，循聲望去，正對上熊浩初灼灼視線。

她正滿腹怨氣呢，重哼一聲，探身出來，「啪」地一聲，把窗戶給關了。

熊浩初。「……」

「哎？卉丫頭?!」張陽恰好看到她關窗那一幕，登時怪叫一聲。「妳幹麼？」

關窗的林卉眨了眨眼，回過神來，再次推開窗。「舅舅？」

張陽幾步竄過來，隔著窗戶瞪她。「反了妳啊，幾天沒見，就這樣對妳家舅舅？小心我以後下去了跟妳爹娘告狀！」

林卉無語。「舅舅，你想要下去還得等好些年呢！」

張陽吹鬍子瞪眼的。「妳這是在說我老不死的？」

林卉啼笑皆非。

熊浩初也走了過來，目光不離她的臉，溫聲問她。「吃東西了嗎？」

「吃什麼吃？」林卉登時氣不打一處來。「不知道幾點了嗎？待會兒都要吃午飯了！」

熊浩初好脾氣地笑笑。「那讓廚房動作快點，早點開飯。」

林卉重哼一聲。「要說你自個兒說去。」

「好，我去說。」

林卉這才作罷。

旁觀的張陽看看左邊，又看看右邊。「喲，這是吵架了？」

林卉臉一僵，忙轉移話題。「舅舅，你別站外頭說話，進來啊。」邊說邊翻身下榻，背對著兩人，沒人看到她五官都皺在一起了。

張陽自然不會管小倆口的事兒，見她下榻了，順嘴招呼熊浩初進屋。「走走走，一塊兒說說，趕緊把我這事定下來。」

熊浩初跟上去，兩人剛繞過窗戶走進門，慢悠悠晃出來的林卉一看到後面那大塊頭，立馬板起臉。「不是要去通知廚房快點嗎？還站這兒幹麼？」

熊浩初。「……」

張陽眨眨眼，扭頭看他。「你幹什麼了？怎麼卉丫頭火氣這麼大？」他家外甥女那脾氣多好啊，竟然當著外人給他下臉，可見是氣得不輕了。

熊浩初輕咳一聲。「無事。」然後朝林卉道：「我給你們泡了茶再去。」

林卉的臉色這才好看些，下巴一抬，指使他。「泡濃一些。」她得提提神，下午不能再睡了，她要把作息調整好！

熊浩初眼底閃過笑意。「好。」

林卉不再搭理他，轉頭招呼張陽。「舅舅，坐啊。」

張陽吹了聲口哨，大馬金刀坐下來，然後豎起拇指。「不錯啊，成親了就是不一樣。這管男人的架勢，還真有你們村的風範！」

林卉斜了這位不正經的舅舅一眼，吐槽道：「舅舅你也別說別人了，你還沒成親不也被晴玉管得死死的。」

張陽愣住，繼而乾笑。「這……這哪能一樣，她年紀小，我要是不讓著她，像什麼樣子？」然後急忙轉移話題。「好了閒話不多說了，妳舅媽還在京城等著我去娶呢，妳趕緊幫我看看怎麼做，這紅薯都收回來了，接下來是不是該請人了？請多少人合適、怎麼分工、怎麼給錢？妳前些日子說的開廠是怎麼回事？」

一連串問題砸下來，饒是林卉都被問得一愣一愣的。

熊浩初提著泡好的茶回來。「舅舅你慢點說，卉卉現在精神不好。」

什麼精神不好，還不是他折騰的？林卉橫他一眼，朝張陽道：「咱們一條條來。你這事打算做長遠的話，那就先跳過請人這一環，先說工廠的模式……」

兩人開始聊起正事，熊浩初也不多話，隨手給他們各倒上一杯茶水，放到林卉面前的時候，還低聲提醒了句：「小心燙。」

林卉敷衍地朝他擺擺手，繼續跟張陽說話，連張陽也嫌棄他。「別打岔，說著正事呢。」

熊浩初無奈，放下茶壺，轉身出去了。

三大一小許久沒在一塊兒用飯了，這頓午飯便吃得有些久。

除了熊浩初慣例的旁聽，每個人都有說不完的話題，尤其是張陽，最近他在各個縣城奔波，雖然好些日子沒好好歇歇，也著實是見到了許多人事，加上他口才了得，敘述起來聽得林川一驚一乍的，連林卉都忍不住要問上幾句。

意猶未盡地吃完午飯，張陽一抹嘴。「好了，回頭再聊，我去找老鄭頭買塊地！」

沒錯，張陽終於要在梨山村買地了，不是為了住——他暫時還沒那工夫建宅子。他是要買地蓋工廠了！

至於宅子，以後總會有的。他見過林卉兩人的相處，也知道熊家新宅是怎麼建造起來的，他也想這樣。他要給晴玉最好的！他們將來的家，一定是兩人一起商量著造起來的——唔，如果晴玉不方便，他就先蓋個雛型，等晴玉嫁進來再一起慢慢搗鼓。

當務之急，是掙錢！

張陽風風火火跑出去，林卉喝了幾口濃茶，也打算出門了。

熊浩初拉住她，皺眉。「去哪？」

聊過天的林卉心情好了許多，笑道：「我去看看什麼地方適合蓋工廠，順便跟唐嬸她們打聲招呼。」

熊浩初想了想，道：「妳的身體……我陪妳去，累了咱們就回來。」

他不提還好，一提這話茬，林卉登時來火。反正沒外人，她索性甩開他的手，低聲罵道：「你還好意思說，不都是你害的嗎？」

熊浩初低笑，猿臂一伸，將她攬進懷裡。「新婚燕爾，妳得體諒我。」

林卉氣不過，照著他胸膛就是一拳。「你怎麼不體諒我？我看你是誠心要弄死我！」

熊浩初握住她粉拳，板起臉。「不許瞎說！」察覺語氣太硬，忙又緩和下來，低頭在她手背親了親，低聲道：「我每天都有仔細檢查，確認妳身體沒有受傷，否則我定然不敢碰妳，別擔心。」

言外之意，沒受傷就能可勁折騰了？林卉氣惱。「那我累！我要休息！」

熊浩初俯身在她櫻唇上輕咬了下，低笑道：「多出汗，才能休息得更好，一天長得很，家裡的活兒都有人幹，妳好好休息便是了。」

林卉。「……」硬的說不通，她乾脆軟軟靠過去，伸手圈住他硬邦邦全是肌肉的腰，撒嬌般求饒道：「大熊，咱們休息兩天好不好，我還要幫舅舅忙那工廠的事呢！」完了她還硬擠出兩滴眼淚，可憐兮兮地仰頭看著他。

熊浩初被看得心蕩神馳，用力將她壓進懷裡，啞著聲音道：「娘子太誘人，忍不住。」

兩人身體相貼，某人精神奕奕的地方堂而皇之地……林卉被蹭得臉冒熱氣、渾身發軟，轉頭就聽見他竟然說出如此無恥的話語，差點沒被氣死。

熊浩初沒有察覺，攬著她的雙手甚至開始游移，嘴裡猶自繼續。「咱們剛成親，激動些在所難免，多親熱才能快點緩過——」

「滾！」林卉用力掙脫他，順勢還踹了他小腿一腳，完了怒瞪他。「我信你個鬼！告訴你，從今晚開始，我要好好休息，你什麼也不許——不對，你給我睡到客房去！不許回來睡覺！」

被踹的熊浩初壓根不痛不癢，只是皺眉看她。「我們是夫妻，這是咱倆的屋子。」怎麼能趕他出去？

「我不管！」林卉乾脆撒潑了。「你不出去，那就我出去睡！」

熊浩初軟下語氣。「我錯了，我都聽妳的，今晚咱們好好休息，好不好？」

林卉不信。「真的都聽我的？什麼都不幹？」

熊浩初低笑，捏了捏她鼻子。「妳都要把為夫趕出去睡客房了，我還敢不聽嗎？」

林卉仔細打量他臉上神色，確認他不是開玩笑的，才鬆了口氣，繼而抱怨。「本來就是你的錯，哪有人每夜裡都……」她嘟囔了句。「小心鐵杵磨成繡花針！」

熊浩初抬手給她一個爆栗。「什麼亂七八糟的比喻！」

林卉做了個鬼臉，杏眼桃腮、靈動嬌俏。

熊浩初忍不住摸摸她臉頰，低語道：「真想把妳鎖在床上……」

林卉呸了聲。「變態！」

男人低笑。

林卉皺皺鼻子。「話又說回來，你每天睡幾個時辰？」

她睡的時候熊浩初還惦記著不能懷孕，不管多晚都會記得給她弄來熱水擦身。等她醒來，旁邊枕頭已然冰涼，他也不知道是幾點起來的。

她睡到日上三竿，午後還要歇會兒，這傢伙除了成親第二天睡了一回午覺，別的時候壓根沒有這習慣。算下來，他每日睡眠時間絕對不足三個時辰，再加上每晚幾個小時的運動……

他不累的嗎？

還是說，真的跟她體質相關？

熊浩初似乎也有些不解。「嗯，確實睡得少了。」他俯下身，凝視著林卉的黑眸溫柔得幾欲溺死人。「許是跟妳成親太開心了，這段時間精神都好得很。」他低笑。「若不是每天都出去幹活抵掉一些精力，妳白天怕是要起不來了。」

林卉。「……」

熊浩初湊過去，攫住那花瓣般的櫻唇輕輕吸吮碾磨。

熟悉的氣息縈繞身周，林卉下意識閉上眼，雙手揪住他衣襟，溫順地迎合他。

熊浩初登時激動了起來……

半晌，他氣息微亂地推開林卉，低聲道：「不能再繼續了，否則妳定要惱我。」

神志尚未回籠的林卉倚在他懷裡，水霧矇矓地看著他，彷彿還沒反應過來他說了什麼。熊浩初頭皮發麻，發狠般在她唇上用力咬了一口。

林卉吃痛，低叫一聲，終於回過神來，瀲灩水眸瞪向罪魁禍首，嬌嗔道：「疼啊！」

熊浩初被勾得渾身發燙，他深吸了口氣，用力把人按進懷裡，狠狠揉搓幾下。「卉卉。」

「……嗯？」這些日子習慣了男人的疼愛，這會兒被親親抱抱又搓又揉的，林卉身上也是熱得不行，聽見他叫喚，只低低應了聲。

「妳是不是給我下了蠱？」熊浩初語氣兇狠。

「？」

林卉茫然抬頭，正準備問上一句，「砰」地一聲巨響，房門被某人一腳踹上，屋裡瞬間陷入黑暗。

「你做──啊！」身體陡然凌空，林卉嚇得低呼一聲。

下一瞬，她就被托抱到桌上。

「你搞什麼──」

裂帛聲響。

在她反應過來前，男人已經急吼吼闖了進來。

「卉卉，咱就來一次。做了這一次，咱們今晚就不做了好不好？」林卉。「……」

男人的嘴，騙人的鬼！

她要是再信這傢伙的話，她的姓就倒過來寫……

申時正，熊宅正院。

「砰」地一聲！林卉怒氣沖沖地走出來，若不是腳步虛浮，看起來真是氣勢十足。

亦步亦趨跟在旁邊的熊浩初眉頭緊皺，甚至還微微張開手，一副擔心她摔倒的模樣。只聽他沈聲道：「卉卉，別置氣，累了就在家裡好好歇著。」

林卉倏地站定，轉頭怒瞪他。「你是不是故意的？」她伸手戳他胸膛。「你是不是就希望我出不去？是不是故意讓我在家待著哪裡也去不了？還是嫌棄我出去給你丟人？」

說一句戳一下，越戳越用力，彷彿要把他胸膛戳成篩子似的。

熊浩初由得她戳，語氣無奈。「我真的不是故意的——」

「不是故意！那就是特地的了！」林卉氣憤。「而且，早先不是說了現在要孩子太危險了嗎？你怎麼、你怎麼還——」留在裡頭?!萬一中招了她怎麼辦？她越想越氣。「你是不是巴不得我趕緊死——唔！」

熊浩初捂住她的嘴，臉色鐵青道：「不許胡說八道！」他神色懊惱。「往常我都會先紓解一遍再碰妳……今天太急了，一下沒忍住。」不等她指責，他忙又安撫道：「別急，剛才我已經幫妳清理過，肯定不會有事的。」

兩人成親這麼多天，林卉自然知道他所說不假。

她深吸了口氣，怒氣好歹消散了些，再抬頭看他。「要不，咱們還是分房睡吧？」

「不行！」

「……」林卉撇嘴。

「好了，我今晚真的不鬧——」

「我說你倆黏糊完了沒有？」沒好氣的聲音從前院傳來。

林卉嚇了一跳，忙不迭退出熊浩初懷抱，看向前院方向。

站在二門處的張陽正抱臂看著他們，滿臉的嫌棄。「都成親多少天了，還這麼黏糊。」

林卉也跟著告狀。「舅舅，他還不許我出門！」

張陽頓時想歪，放下胳膊瞪向熊浩初，噼哩啪啦開始斥責。「你是不是傻了？就算是縣令夫人也得出門見客呢，還不許出門？我告訴你，咱這裡不興這一套，你這種霸道性子給我收著！還有，外頭多少事啊，你不讓卉丫頭出門，是想要所有事自己全包下嗎？你想包還得看看自己會不會好不好！」

一連串問話砸下來，熊浩初兩人都有些傻眼，林卉乾笑。「舅舅，大熊不是這個意思……」

熊浩初摸摸她腦袋，看向張陽。「卉卉有點不舒服，我只是擔心她累著。」

「啊？」張陽看林卉。「妳哪兒不舒服？要不先歇著？我那兒也不差這一天兩天的。」

林卉自然搖頭。「沒事，大熊瞎操心而已。鄭伯伯呢？你們挑了什麼地段？我跟你去看看。」

張陽看看臉帶無奈的熊浩初，撓頭。「挑是挑好了……」

「那就趕緊去看看，走走走！」

林卉風風火火出門，張陽忙不迭跟上，擔心不已的熊浩初自然不放心，也厚著臉皮湊過去。

村子住戶分佈零散，能蓋廠房的地兒多了去。考慮到張陽跟熊浩初、林卉的關係，鄭里正乾脆讓他在熊家新宅附近蓋——反正熊家位置偏，附近荒草地多，張陽愛怎麼建怎麼建。

三人出門走幾步便到了，林卉看看左右，最近的住戶都在幾丈外，比起熊家，這塊地要更靠北邊一些，離落霞坡也遠。

亂石遍地，野草摻雜，雖地勢平坦，卻不易耕種，還遠離水源，拿來蓋工廠倒真挺合適的。

「……我現在把手上的肥皂全部清了，銀錢收回來後，加上這段時間掙的，手頭還有幾十兩，買這塊地應該足夠了。妳要是看著不錯，我就去找老鄭，把這事給定下來。」

林卉走了幾步，問他。「舅舅，鄭里正這人你也瞭解，你跟他打好招呼，這塊地他定然會給你留著。你現在手上錢不多，若是一次把地買下來，回頭幹別的事也難，我建議你先買個一畝半畝，先把工廠給搭起來，等利潤回籠，再慢慢擴大。」

張陽一擊掌，道：「這樣好，這樣我就能鬆開些，也不擔心發不出工錢了。」

林卉笑了。「你這是正規工廠，發工錢不著急，可以跟大家商量好發月薪，每個月發一次。」

「嘿嘿，上回妳說過我記著呢，我只是擔心嘛。」張陽掰著手指開始數。「這邊蓋房子還得買磚買石板找木匠……樁樁件件，都得花錢呢。」

林卉看看熊浩初，想了想，道：「舅舅，要不這樣，我跟大熊一起入股你的工廠一百兩，日後的利潤……」她斟酌片刻，道：「分我們兩成，你看如何？」

張陽眨眨眼。「入股？是什麼意思？」

熊浩初也跟著看她。

林卉仔細給兩人講解了一遍股權概念，然後道：「現在要開工廠，最缺的是錢，但你現在已經負債一百兩了……」她是跟張陽說的。「我對這工廠有信心，知道虧不了，可你心裡應該沒什麼底吧？」

一個不好，他就得背上鉅額債款。若不是為了蕭晴玉，他哪敢這麼大膽衝？

張陽乾笑。「沒辦法，媳婦兒金貴，得拚一把！」不拚，媳婦兒指不定就飛了。他撓頭。「要是虧了我就當扔了，回頭我再慢慢掙錢還你們。」

林卉失笑。「放心，虧不了。」她轉向熊浩初。「大熊，我們手裡還有點餘錢，放著也是放著，要是入股到工廠裡，估計過兩個月就能開始回收，不過，也有可能會虧本，你怎麼看？」

熊浩初眼底閃過笑意。「咱家的錢都是妳在管，妳說了算。」

林卉登時笑彎了眼。「那我就做主，投進去嘍？」

熊浩初點點頭。

林卉立馬轉向張陽。「舅舅，你聽見了吧？我們現在給你投一百兩銀子，經營管理我們就不管了，回頭掙錢了你分錢給我們就行。」

張陽看看她，再看看熊浩初，遲疑。「總覺得我在佔便宜……」

林卉詫異。「怎麼會？你掙了錢可是要分成給我們的。」她沈吟片刻。「你買地加上買紅薯，差不多也要一百多兩，再加上後面還有各種花銷，還要賣薯粉，事又多又雜，我們這一百兩算下來也就占了兩成左右，」她看向熊浩初。「你覺得呢？」

張陽撓頭。「意思是，賺了錢的話，你們分兩成嗎？」他想了想，皺眉道：「兩成太少了點。」

熊浩初看了他一眼，道：「三成吧。回頭有什麼問題，舅舅還得來請教妳。」

張陽一咬牙。「要不，五五分吧？我手裡買紅薯的錢，還是找你們借的呢。」

林卉擺手。「你都說了那是借的，日後要還的，跟這是兩碼事。」不等張陽再說話，她乾脆定下來。「就說定了，我們這一百兩占三成。以後不管虧了賺了，咱們都按三七比例分成。」

張陽張了張口，熊浩初拍拍他肩膀。「一家人不說兩家話，就這麼定了。」

林卉笑咪咪。「待會兒回去咱們馬上定個契紙，省得你日後掙錢了反悔，不給我們分紅利。」

雖然以前沒聽過紅利這詞兒，張陽卻大概明白她話語涵義。見熊浩初兩人都已經打定主意了，他既感動又無奈。「再怎麼坑也不能坑自家人啊……」

林卉擊掌。「那就這麼定了。」她拍拍張陽。「舅舅，以後好好幹活，努力給我們掙錢。」

張陽啼笑皆非，這事便定了下來。

第二十六章

有了林卉兩人的入股投資，張陽便可大膽的放開去幹，當然，土地還是無須買這麼大的。

三人把相中的土地繞了一圈，劃定了大致範圍後，張陽便去找鄭里正，打算趕早去縣城把土地定下來。同時，還得找他商量請人蓋房子的事。

林卉則慢悠悠晃向落霞坡。剛才有張陽，她顧及熊浩初的面子，便沒給他擺臉色，如今只剩下他們倆，她自然由著自己的性子。

熊浩初跟在她後頭，瞧著她慢吞吞的步子，微微皺眉。「回去吧，明兒再晃也一樣。」

林卉重哼一聲。「你管我！」酸軟是酸軟，走一走，彷彿又精神了許多。「要是嫌悶，自己回去。」

熊浩初無奈。「怎麼會？我是擔心妳。」

林卉又哼了一聲，嘴角卻忍不住微微翹了起來。

初冬太陽曬得人暖烘烘的，又有梨山擋住了西北邊的寒風，落霞坡自引了山泉水後，便多了不少村民來這邊打水，林卉兩人一路過去就遇到了幾名，還被調侃了幾句。

好不容易躲過這些熱情的村民，逃上落霞坡，林卉才鬆了口氣，然後才有心思觀察落霞坡上的狀況。

好幾天沒過來這邊，落霞坡已經跟以往大有不同，原本翻土後光溜溜的落霞坡，現在已經鋪了滿山青灰色的竹篾罩，一壟一壟的，整齊又壯觀。

經過這麼多天，坡上泥土也被潤澤得差不多了，張興盛等人因為擔心靠近水源的田地被泉水泡了，索性又搭了幾條竹筒架，將水流引到山坡各處，細長的竹筒架懸在竹篾罩上，向著四面八方延伸，遠遠望去，竟彷彿現代的塑膠水管。

林卉看得恍惚，竟生出一股今夕不知何年之感。

熊浩初見她站著發呆，也不催她，只是順手將她滑落鬢邊的髮絲撩到耳後。

林卉驚醒，扭頭看他。「大熊——」

「鏘——鏘——」

村裡方向突然傳來鑼聲，是鄭里正召集眾人的鑼聲。

村裡出事了。

「……總之呢，這段日子大夥都警醒些！」鄭里正說完話，嘆了口氣，朝大夥揮揮手。「行了，都忙去吧。」

聚在祠堂前的村民們你看看我、我看看你，心情都有些沈重。

「難怪里正前些日子讓我們別賣糧……」

「啊，好不容易太平下來……」

「對了，熊小哥家那些下人，是不是……？」

「我看像。」

「哎，這世道啊……」

……

熊浩初和林卉兩人面色凝重地往回走。

待人群走遠了，林卉終於忍不住問道：「大熊，你什麼時候出發？」

「再等等。」熊浩初神色淡淡。「還不夠。」

林卉皺眉。「巘阜的百姓都已經跑到咱們這兒了，還不夠嗎？」沒錯，鄭里正剛才召集大夥，說的就是巘阜的事。

巘阜水災徹底爆發，流民外湧。鄰近巘阜的潞陽這兩日便開始出現流民——不，不是出現，是一大群湧過來，全是從南邊過來的。

潞陽縣城直接設了關卡不讓流民進城，這些人便開始往四處村落散開。鄭里正今兒跑了趟縣城，看到路上的狀況頓時心驚，辦完事立刻跑回來跟族老們商量。

他們村在潞陽縣北邊，雖還沒遇到流民，不過只是時間早晚的問題。

如今已是冬月下旬，雖然還不到下雪的境地，露宿外頭依然容易凍著，巘阜的老百姓寧願冒著凍病的風險也要跑出來，可見巘阜情況不容樂觀，故而，林卉才有此一問。

熊浩初低下頭，對上她不贊同的杏眸，沈聲道：「在某些人眼裡，百姓不過是草芥，只要不影響他們升官發財，人死得再多，他們也看不見。」

「可是現在——」

「他們早該逃出來了。」熊浩初轉頭，不讓她看見自己眸底的冷厲，淡淡道：「嵫阜應該早早就封了，若不是我讓人過去搗亂，這些老百姓們估計都會餓死在嵫阜，逃出來，還能有幾分生機。」

林卉悚然。「那些人怎麼敢？」

熊浩初冷笑。「他們有何不敢的？朝廷初定，很多官都是前朝歸附，有問題是正常。現在嵫阜的情況提前暴露出來，朝廷才能儘快處理。」

林卉默然，半晌，道：「話是這麼說……但不能用別的法子嗎？」

熊浩初低頭，看她神色鬱鬱，安撫般捏了捏她手心。「相信我，我會儘快處理好這件事，現在咱們只需要……等。」

也只能等了。

接下來，梨山村的日子依舊如常，又彷彿不太一樣，除了日常的活計，村裡人還多了一項工作——巡視。

不拘男女老少，鄭里正把村民分成若干小組，從早到晚，保證每個時段都有人在村子周圍四處巡視，尤其是村口處，他還讓大夥弄了個木柵欄，將村口圍了起來。

對此，林卉曾私下問過熊浩初，不過是流民，為何要如此謹慎？

熊浩初當時只說了句：「人餓狠了，什麼事都幹得出來。」

林卉便默然了。她沒有經歷過饑荒跟戰亂，可原身記憶裡有，只是原身被保護得很好，除了挨餓，並沒有見過太多的殘酷景象，偶有發生，也只是從旁人口中聽說，並無親見……

導致她現在對這些並沒有太大的概念。

轉天，他們村果真迎來第一波流民。

不是零星幾個，男女老少、拖家帶口，浩浩蕩蕩，足有幾十人。

巡視的隊伍第一時間就發現了他們，立馬敲響銅鑼。

這群流民看到柵欄的時候便已經有些遲疑，再聽他們敲響銅鑼，登時騷亂起來。

巡視隊伍緊張地抓緊手裡的棍子，聽著動靜跑出來的其他村民還沒到村口，就看到隔著柵欄對峙的兩幫人——不，不算對峙。

那群衣衫襤褸、瘦骨嶙峋的流民隔著柵欄跪了一地，對著巡視的村民磕頭哀求，走近了還能聽到嗚咽哀泣，梨山村諸人面露不忍。

匆匆趕來的鄭里正越過人群，神情嚴肅地看著他們。「我們村也沒處安置你們……」

那群流民哭聲登時更大了，打頭一名清臞消瘦的漢子咬了咬牙，撲通一聲跪下來。「我們也不進去，只求大家能施捨些米糧……我們已經快兩天沒吃東西了，大人還能撐得住，老人孩子們……」他聲音哽咽，開始磕頭。「求求你們，發發善心吧。」

其餘眾人跟著磕頭。

「只要一點粥水，一點點就夠了。」有名抱著孩子的婦人哭著哀求。「我孩子快撐不住了，求求你們了嗚嗚……」

「真的，只要粥水，讓孩子們緩一緩我們就走，絕對不進去打擾。」

「我們這些老傢伙不吃也沒事，可憐可憐孩子吧……」

……

眾人心有戚戚焉，心軟的周強先忍不住，低聲道：「里正，要不咱們弄點吃的給他們吧？」

「對，反正咱們也不差這點。」

「要是大家不樂意，我家出吧。」

鄭里正沒好氣。「別吵別吵，我話還沒說完呢，一個個急吼吼的幹麼？」

眾人噤聲。

剛才說話的清臞漢子看出他是話事人，急忙又補充。「只要給孩子老人一點吃的就行，吃了馬上走，不給你們添麻煩。」

「好！」鄭里正點頭，看向大夥，揚聲問道：「誰家今天煮了粥的，去端一些過來。」

「我，我娘今天熬了紅薯粥，我去盛一些！」

「我家也有，我也去。」

「我媳婦兒今天胃口不好，也熬了白粥，我去瞅瞅還有沒有剩。」

幾句話工夫，便有好幾人飛奔進村。

流民一眾喜極而泣，抱著孩子的婦人咚咚咚地磕了幾個響頭。「謝謝，謝謝！」

鄭里正嘆了口氣，將周強幾人拽到一邊低聲嘀咕了幾句，幾人一聽，下意識看了眼那群帶著喜意的流民，紛紛點頭。

然後鄭里正便留下他們幾個，把其餘眾人喊回村。

待林卉知道的時候，那群流民已然離開了。

從這一波開始，他們村便陸續迎來好些流民，三五成群有之，三五十人也有之。

鄭里正跟族老們商量後，乾脆讓各家都拿出一些紅薯大米，直接在祠堂門口支了個大鍋，熬上一大鍋紅薯粥。

若來的流民全是男人，一概攆走。若有男有女，全是青壯的，也攆走。只有那些拖家帶口、有老有少的，他們的紅薯粥才會端出來。

光是這樣，不到兩天工夫，他們村便送出去好幾鍋紅薯粥。

雖然外頭亂糟糟，第二天，張陽還是把地契弄了回來。

鄭里正也沒回去，直接跟著他到熊家，然後說起流民之事。

林卉有些詫異。「不是說那些人已經走了嗎？」

鄭里正嘆了口氣。「我讓強子他們盯著咧，聽說他們跑到上游林子邊搭棚子，還打漁。」

林卉不太明白他的意思。「那不是挺好的嗎？咱們這邊沒災沒荒，溪水裡魚不多，但是辛苦一些也能打到，林子裡也有野物，再不濟咱們也能幫補——」

鄭里正擺手。「這不是長遠之計。」他頓了頓。「我正是為這事來找你們的。」

熊浩初微微皺眉，道：「有話不妨直說。」

「那我就直說了。」鄭里正看向張陽。「你那塊地已經簽下來了，接下來蓋房子，我有個想法。」

張陽跟熊浩初對視一眼，問：「你是想要我請這些流民幹活？」

「是的，總歸你都要請人幹活，何不把他們請回來？工錢多少另說，好歹讓他們能有頓飽飯。」

張陽還未說話，熊浩初先盯著他。「原本打算請村裡人，讓大夥多點收入，若是請了外村人，他們可就掙不到這個錢了。」可不能為了幫人，搞得自己裡外不是人。

鄭里正擺手。「我知道你們的顧慮，放心，這事兒我已經跟大夥打過招呼了。」他嘆了口氣。「這些工錢對大夥來說也就是多個積蓄，但對這些流民而言，可就是活命錢，咱們也幫不上多大的忙，只能這樣了。」

張陽點頭。「那行。既然你已經跟大夥說好了，我就改請這些人。」

熊浩初敲了敲桌子，問：「你打算請誰？請多少人？」

不到兩天工夫就來了好幾批，後續還會有更多，只靠他們這個還未蓋起來的工廠，能救得了多少？

鄭里正嘆了口氣。「能拉幾個是幾個。」

張陽摸摸下巴。「你是有人選了？」

鄭里正點頭。「是的，這兩天走了好幾批人，還有一些人值得幫一幫，我已經讓強子他們去看看了，如果沒有問題，明後兩天就能確定有多少人手。」

張陽撓頭。「你看上的都是拖家帶口的那種吧？可我是要蓋房子，可不是誰都幫得上忙的……」

「沒關係，人手多一點好。」熊浩初接口。「青壯年都能幹活，人多的話，月薪也不用發了，只發給他們米糧，至少能圖個溫飽。」

鄭里正點頭。

「好，那我還省事——」

「還是得發點錢。」林卉覺得不妥。「天兒冷，他們連厚些的衣服都沒有，不發錢，回頭凍病了怎麼辦？最重要的是住，他們這麼多人，住哪兒？」

鄭里正撫了撫短鬚。「大熊那間舊屋子可以先借住，村裡也還有幾間空置的舊宅，雖然破了點，打掃打掃也能住人。」他跟著皺眉。「倒是這個衣服……」

熊浩初隨口道：「那就用米糧跟布疋抵月薪，總比他們現在好。」

「成！」張陽點頭。「符三囤了許多米糧，我去找他買點。」

鄭里正也不含糊，起身離開。「我去跟強子他們對對，看看請哪些人，回頭給你們消息。」

待鄭里正離去，熊浩初看向張陽。「老鄭看的人錯不了。」

「我知道。」張陽咧嘴。「還能幫助人，是好事。」

林卉想到什麼，忙提醒張陽。「舅舅，要不你那肥皂生意緩一緩吧？肥皂什麼時候都能賣，囤著也不會壞，不必急於一時。現在外頭亂，沒事兒還好，萬一出事了……」

張陽點頭。「放心，我心裡有數。」

熊浩初拍拍他肩膀，道：「別有數了，直接搬過來住吧。」

「啊？」

「老鄭看人有一手，可保不住人心。你這段時間別回去了，家裡又不是沒有你的東西，直接住進來，別讓卉卉擔心。」

張陽撓頭。「沒必要吧……」

林卉不贊同。「有必要！你天天一個人駕車來去，車上不是錢就是貨物的——」

熊浩初按住擔心的林卉，朝他道：「我也是有私心，我想請你照顧他們姐弟一段時間。」

張陽皺眉。「你要出門？」

「嗯。」

他們三人說了什麼，旁人無從得知。

當天下午，周強幾人就帶回來一群流民，正是第一批抱著孩子、扶著老人來求他們施捨的流民。

張陽點了下，這群人足足有四十三名。老人、小孩就占了一半，婦人再減一部分，能幹活的青壯年漢子還不到十人。

看到他皺著眉頭打量自己，這群人緊張不已。

有婦人擔心他不收，急忙道：「我們也能幹活，真的，什麼粗活都能幹，不比男人差。」

有老人咬了咬牙，站出來道：「我、我……我可以不進村，讓他們進去便成。」

有婦人驚呼。「阿爹！」

張陽、鄭里正眉毛頓時皺起。

別的老頭子也急了。「那我也不進了，我都這把年紀了，也不差這點日子。」

「對對，讓他們年輕人進去，他們能幹活。」一名老婦人哀求。「孩子還小，給他們條活路吧。」

許是這段日子見多了各種現實，這幾名老人率先站出來，大夥還沒說話呢，已經有婦人、孩子哭了起來，愁雲慘霧之際，領頭的清臞漢子站出來了。

「說什麼渾話。」他悲憤地呵斥道：「咱們既然一起出來，就要撐到一起回家。要是連自己的親人都沒法看護，咱們還逃出來幹什麼？」

他挺直腰桿，轉頭直視張陽。「我聽說幫你幹活能換糧食，我們也不占你便宜，我們幾個人幹活，就領幾個人的糧。」一咬牙。「你若是嫌棄女人幹活不行，我們也可以不算——」

「實在不行——」

鄭里正跟張陽滿臉無奈。

張陽擺擺手打斷他。「想啥呢？男人女人都能幹活，只要能幹活的，我都要。至於有老人還是小孩的，我也不管，反正糧食我按天發給你們，你們領回去怎麼處置自己說了算。」

鄭里正也站出來。「別擔心，我們是找你們幹活，你們怎麼安排我們管不著。幹得多了便拿多點糧食，幹得少了便拿少點，只是，有些話得先撂在這。咱村的人不是菩薩，你們若是偷懶不幹活，我們也不養廢人，你們也別想賴著不走，一人一棍子便能給你們全攆出去。」

聽說不趕他們的老人，這群人都激動了，再聽說幹活少的也能拿糧食，好幾個還拚命給他們鞠躬，嘴裡喃喃著「善人啊」。

領頭的漢子眼眶都紅了，他用力拍拍胸脯。「放心，若是我們中間有誰偷懶耍滑的，我第一個不答應，到時你們要攆我們，我們一句廢話也不多說，馬上就走。」

「對對，我們不會偷懶！」

「我們要是偷懶，連老天爺都看不下去了……」

張陽略微放心些，然後告訴他們幹活的薪酬。

這些人現在首要之務是吃飽。張陽打算先給他們預支三天的糧食——成年男人一天半斤米，婦人一天五兩，半大孩子也跟婦人同價，按一天五兩算。老人和小娃娃自然是沒有的，如此算下來，這群幹活的人一天也能領到差不多二十斤米。

不多，卻能讓他們一行人都混個肚飽，甚至還有富餘，原本以為只能混口飯吃的流民們激動了。

既然都沒意見，張陽拿出一遝契紙。「既然都沒意見，那就來簽契約吧。」然後問他們。「有識字的嗎？過來看看，沒問題就來蓋手指印。」

眾人面面相覷，清臞漢子笑得勉強。「哪有那個福分習字……這、這契紙不簽行嗎？」

他們之中沒個識字的，萬一被坑簽了賣身契什麼的，怎麼辦？

張陽朝林卉道：「妳給他們唸唸。」

林卉自然沒意見，拿了契紙先唸了一遍，然後逐字逐句給他們解釋為什麼要這麼寫，最後還把所有契紙遞給帶頭的漢子，道：「這裡一共二十四份契紙，全都是一樣的內容，你看看。」

她剛才又唸又解釋，清臞漢子已經有幾分釋疑，卻也認真地把所有契紙核對了一遍，確定每份都是一樣的內容。

林卉又拿出一張紙，上面寫了幾個字，都是「奴、婢、賣身」等詞，她逐字解釋了一遍後，又把紙張遞給他，道：「這些字，你們拿回去記住，日後若是有人哄騙你們簽契紙，裡頭帶有這些字的，都別簽。」

她這是拐著彎告訴這些人，他們準備的契紙裡面沒有這些相關的內容，大可放心。

清臞漢子聽明白了，他接過來仔細看，感激地朝她笑笑。「謝謝小嫂子。」

林卉囧然。她年紀是小，可叫她小嫂子什麼的，不奇怪嗎？

張陽一揮手。「好了，沒意見就簽字，趕緊去歇歇，明天開始幹活。」

如此大費周章，喊阜過來的這群流民還有什麼不放心的？在清臞漢子的帶領下，一個個蓋下手指印。

所有契紙一式兩份，張陽自己留了一份後，將另一份給了他們，道：「你們也拿一份，回頭我要是沒給你們發糧，你們就可以去縣裡告狀了！」

當然，這是玩笑話。這些人是流民，在潞陽連個身分都沒有，哪裡有錢去告狀？

不過這是林卉教他的做法，原本他是要跟村裡人簽約的，雖然改成這些流民，也得給人一樣的尊重和體面，一方面也是為了安他們的心。

清臞漢子拿到一遝契紙，愣了片刻，眼底感激更盛了。

不管如何，他們算是安定了下來。

收了一批人進村，祠堂口的那口大鍋依然沒有熄火，每天能迎來幾批流民。

村裡漢子們都不敢再出門，村子各處路口都設上柵欄，巡視也全天不停，輪班不停四處查看，連林卉家裡的兩條狗子都被借了去，就怕不注意被生人摸了進來。

張陽開始建起他那新廠房。為了安全，他現在去拉材料，都得帶上幾名漢子作伴，除了青磚瓦片，他還去了一趟富陽村，找那些個單身漢子們訂了一批水泥，好用來鋪地板。

按照林卉的說法，鋪水泥比鋪石磚地板省錢，也好打理。

廠房的格局更簡單，只要做兩間四面牆的大開間，後頭補一個大廚房跟洗手間便足夠了。

他這邊忙叨叨開始蓋房子，熊浩初也沒閒著。

地裡的田、落霞坡的紅薯，全都忙完後，他便領著張興盛等人出門去巡視村子周邊，順帶操練……不對，應該反過來說，是正職操練、順帶巡視。

張興盛等人吃了大半個月的飽飯，隔三差五還有蛋肉，已經跟剛來時候的模樣大相逕庭。

每日上午忙完地裡的活兒，他們便得拿上棍子，跟著熊浩初繞村跑。囊括田地在內，梨山村的面積可不小，他們每天得繞著村子跑上兩圈，然後在林子前邊的草地上練拳腳，真刀實槍練的那種。

熊浩初可是從戰場上下來的漢子，他教的拳腳，完全沒有花裡胡哨之處，每一下都是為了撂倒對方。

張興盛等人剛開始就不太吃得消。跑完兩圈村子已經夠累了，還得挨揍——沒錯，他們對上熊浩初真的只有挨揍的分。再說，他那力道，就是收斂著，挨上一拳也夠嗆，一天下來，他們身上、臉上便都掛了不少彩，挨打完還得再繞著村子跑兩圈。

幾天工夫，他們這幾人不光精神十足，連肉都結實了不少。

村裡人都知道他們在操練，還有位族老笑呵呵地過來看熱鬧，看完回去，立刻讓鄭里正來說話，央著熊浩初把村裡的漢子都帶上。

熊浩初自然樂見其成，不說別的，村裡人自保能力高了，他家媳婦兒一個人在家就更為安全了。

再然後，梨山村每天便多了一道靚麗的風景線——上百個漢子拿著棍子吼著口號跑步，完了還集中大喝練拳腳，打得起勁連上衣都脫了，還能熱出一身痛快大汗。

不光如此，許是察覺男人跑幾天精神好了，村裡婦人跟著湊起熱鬧，不光她們跟著跑，還把孩子們都攆出來跑。

於是，早上男人幹活，婦人們便拿著棍子跑村子，待婦人們回去做飯了，又輪到男人跑步，歇過晌就輪到大孩子帶著一群小奶娃跑……一天下來，村裡都是熱熱鬧鬧的。

鄭里正跟族老們自然樂見其成，效果也確實立竿見影。

原本因為他們每天都給拖家帶口的流民施粥，村子周圍便多了許多流民流連不去。現在村民們每天這麼大陣仗地操練著，男人們還呼來喝去地打架練武，沒幾天，不光流民少了，連前些日子經常出沒他們村子周圍的人影也少了。

其他人都忙忙碌碌，林卉倒是閒得不行，不過，她也給自己找了不少事。

首先是林川。

韓老走了，林川的先生還沒個著落，她乾脆自己親自教林川——感謝韓老，各種啟蒙書籍都留了不少。

林川可懷疑了。「姐姐，妳會嗎？」

林卉抄起書本朝他腦袋瓜子就是一下。「你現在也就是個識字學道理的階段，又不是要科舉衝刺，擔心什麼？」

林川撇嘴。「妳的字還是我教的呢！」

林卉下巴一揚。「我告訴你，只要識字，我就能把這幾本書的內容給你講得清清楚楚，我比你多吃這麼多年飯，可不是白吃的！」

勢不如人，林川只能屈服。

如是，林卉上午教林川習字唸書，還自己給他加了堂算數，下午讓他跟著村裡孩子們跑一圈村子，再玩耍一會兒，回來繼續練書法做算術題。

除了督促林川的學習，林卉還有一件事要忙。

倘若熊浩初所言不虛，過段時間他就要離家前往嶮阜。

結合嶮阜如今的狀況，加上他出身武官，若是被召集回去還能幹麼？林卉是想都不用想。故而，她開始忙著給熊浩初準備行李了。

熊浩初給她下小定的牝鹿，只餘下一塊鹿皮，她將其翻出來，找有經驗的人指點，給熊浩初做了一雙鹿皮靴，再在裡頭加一層棉絮，既暖和又防水，正適合冬日出遠門。

還有方便行動的窄袖棉衣、打底的秋衣等——當然，天兒漸冷，家裡每人都逐漸換上厚實的棉衣了，只是這些便不需要林卉親自去裁剪縫製了。

除了衣物，林卉還在小廚房裡搗鼓起吃食。

這時代出遠門跟現代可不一樣，一路既沒有外賣，也沒有店家，乾糧得帶夠，否則若是打不著野物，就得餓著肚子了——野物身上細菌辣麼多，萬一沾上什麼新冠狀病毒，那才叫一個慘。

反正呢，不到萬不得已，林卉是不想熊浩初去打獵吃野物，那這乾糧就得備起來了。

烙餅啥的就算了，她想做的，是速食麵和調味料包。

速食麵倒是不難，難的是火候。

在廚房裡煙熏火燎了N天後，大衍朝第一塊速食麵面世了。

熊浩初捏著這塊號稱「速食麵」的玩意細看，發黃的麵條又細又捲，盤成一個不規則的圓餅狀，又硬又乾，捏在手上還沾了一手的油。

他皺眉。「這玩意……」叫麵？對上林卉期待的目光，他咽下到嘴的半句話，改口問道：「這個速食麵，就這麼乾啃？」

林卉笑得得意。「當然不是，乾啃的話，那得改口叫餅了。」她取過他手裡的麵餅。「來，我告訴你怎麼吃。」

兩人現在站在正房後邊的小廚房裡，小廚房裡一整排的灶眼，冬日天冷，供暖擔當的小廚房特地挑了兩個灶眼，整日柴火不斷，燒好的水不光能供全家上下飲用，還能富餘不少。

因為大廚房每天都得做飯做點心什麼的，林卉這幾天都是在小廚房這兒試驗速食麵，碗筷什麼的自然是搬了整套過來，開水更是不缺。

她翻出個大碗公，把麵餅扔下去，然後順手拿起乾淨水瓢，打算揭鍋蓋裝熱水，還沒摸到鍋蓋提手，就被男人按住。

「當心燙著，要幹什麼告訴我。」男人如是道。

林卉心裡泛甜，忍不住捏了捏他另一手，然後笑道：「那你幫忙舀點水放碗裡，要蓋住麵餅的。」

「嗯。」熊浩初也不多問，把她往旁邊推了推，然後揭蓋舀水，轉身把滾燙的開水倒進大碗公裡，林卉趕緊摸了個碟子將大碗公蓋上。

熊浩初放下水瓢蓋好鍋蓋湊過來，不解地看看大碗公，問她。「然後呢？」

「等啊，等幾分——等個一盞茶工夫便差不多了。」林卉說完話又跑了出去。

熊浩初挑眉，抬腳準備跟上。

「你在這等著，我馬上回來！」林卉彷彿後腦勺長了眼睛般扔下一句話，飛快跑走了。真是活潑。熊浩初眼底帶笑，乖乖聽話停下腳步，目送她離開。

林卉是跑去大廚房拿調味料了。不過片刻工夫，她便端著兩個小碗快步回來。越過斜倚在門框上的熊浩初，她走到蓋碗邊，將調味料放下，瞅了眼熊浩初。「我記得你喜歡有勁道一些的麵條？」

「嗯。」熊浩初走過來，視線一直停在她臉上。「這麵不就是泡出來的嗎？還有什麼勁道不勁道的？」

林卉皺了皺鼻子。「我前面還做了很多準備的好嗎，你以為就是光用泡的嗎？」沒見識的老古董！

熊浩初掃了眼堆滿小廚房灶台的各種工具，挑了挑眉。「是嗎？」

林卉沒搭理他，評估了一下時間，小心地揭開碗蓋，只見原本成塊的速食麵已經被開水泡開許多，鬆鬆散散地漂在水面。

林卉拿起筷子攪了攪，再挑起一根細麵看了看，覺得差不多了，便放下筷子，往裡頭添鹽加醬，完了把碗往熊浩初面前一推。「吶，嚐嚐。」

熊浩初掃了眼她滿帶期待的目光，聽話地接過筷子，夾起一大坨麵條，二話不說塞嘴裡。

「怎樣？」林卉緊張地盯著他。

熊浩初皺起眉頭嚼了嚼，遲疑道：「……還行……」麵條的口感比他想像中要好一點，就是味道一般。

林卉登時喜開顏笑。「不難吃就行了。」

熊浩初放下筷子。「打算賣這個？」他摸摸下巴。「或許不會太好賣。」畢竟味道不怎樣。

林卉白了他一眼。「誰跟你說要賣的？」她開始收拾東西。「這是要給你帶出門的。」

「？」

「你不是要出門嗎？這大冷天的，在路上啃乾餅多難受啊，要是帶上速食麵，燒點水一泡，不就能吃碗熱湯麵嗎？這樣既驅寒又舒服，不夠吃還能配兩個餅，也不會噎得慌了。」

熊浩初一怔。

「這裡沒有防腐劑，速食麵可能放不了太久，不過這麼冷的天，放個十天半個月絕對是沒問題。回頭我研究研究，看看保鮮期有多長……啊對了，還有味道，現在這樣肯定不行，等我這幾天研究一下醬料包，味道就能更好了——啊——」

一陣天旋地轉，還在叨叨的林卉回過神來時，已經被某隻熊扛上肩。她腦袋充血，完全不知道這傢伙搞什麼鬼。「你幹什麼？」

熊浩初扛著她走出廚房，邁向正院。「有點急事要跟妳聊聊，我們先回房！」

好端端說著話呢，哪來的急事？而且這場景莫名有點熟悉——

等等，回房聊?!

「你——」林卉倏地明白過來，掄起粉拳捶他。「我不想跟你聊，你趕緊放我下來！」

「不了，妳在廚房站了半天，累著了，我抱妳回去。」

這前言不搭後語的……司馬昭之心啊！

林卉咬牙低吼。「王八蛋，放我下來！」

「進屋了再放。」

「熊浩初——」

聲音漸遠。

正在後院水井旁擇菜的張興盛媳婦跟方達明媳婦對視一眼，會心一笑。

「老爺夫人感情真好。」

「以前總聽人說，大戶人家裡妻妻妾妾一大堆，勾心鬥角可怕得很，還是咱們家好。」

「可不是，我就沒見過哪對夫妻那麼黏糊的。」

「喲，明嫂子妳這話說的，妳脖子上的印子可還沒消呢！」

「呸呸，妳怎麼不說昨夜裡你們幹了什麼？大半夜的，我都聽見你們在浴間用水來著。」

兩家的浴間就隔著一道牆，留心一聽就能聽見好嗎，還好意思說人。

「好呀，妳竟然聽牆角！」

……

當天的晚飯，林卉便沒出來吃，林川看看大口扒飯的熊浩初，再看看對熊浩初眼睛不是眼睛鼻子不是鼻子的張陽，問道：「姐姐呢？」

張陽哼了聲。「問你姐夫！」

林川巴巴看向熊浩初。

熊浩初咽下嘴裡食物，淡定道：「她睡了，我讓廚房留了飯菜，晚點叫她起來吃飯。」

「真的嗎？」林川狐疑。「姐姐最近午覺都只是瞇一會兒，下午還要教我算學呢，她怎麼突然睡這麼久？是不是生病了？」

張陽涼涼嘲諷。「累病了唄！」

林川帶著嬰兒肥的小臉登時皺起，忙不迭道：「生病了就趕緊找大夫啊！」完了放下筷子跳下圈凳。「我去找辛叔，讓他趕緊去找——」

熊浩初攔住他，順手把他抱回凳子上。「沒事。」掃了眼似笑非笑的張陽，他輕咳道：「你姐姐只是累了，睡一覺就好了。」

「真的嗎？」林川不信。「姐姐今天也沒幹什麼啊，為什麼會累？」

「好了好了，反正你姐姐沒啥事，你一小孩家家的就別操心了。」張陽插話，順手給林川夾了塊肉。「趕緊吃飯。」

林川嘟嘴。「我已經長大了，我現在能做很多事情了！」

「是是！再多吃幾碗飯，明兒你都能把你熊大哥打趴下了。」

「舅舅你老是誆我！」

「我哪裡誆你了？你吃了今晚這頓，明兒再找你姐夫打一場，讓你姐姐當裁判。我告訴你，你肯定贏，要是贏不了，你找我算帳！」

「真的嗎？」林川被唬得一愣一愣的。

「那當然！」

熊浩初聽著舅甥倆胡說，無奈地搖了搖頭，低頭繼續吃飯。

第二天，林卉又鑽進廚房忙活了。

為了方便攜帶，醬料應該要做成固體狀，既然是凝固成塊的，就得叫醬料塊了。固體的……林卉第一個想到豬皮凍。豬皮凍算葷食，有熱量，味兒鮮，又能凝固成塊方便保存，正適合用來做調味料基底。

口味方面，熊浩初口味重，再過段時間天氣估計會更冷，這醬料得加一些熱性調味料，讓人吃完這個泡麵醬湯，既能讓身體暖和起來，又能驅寒。

因著她做飯習慣，家裡本就備了許多提味用的辛香料，肉桂、丁香、花椒、茴香……種類多得家裡幾名老少媳婦都咋舌不已，從一開始看到她下大料膽戰心驚，到現在隨口就能唸叨出幾個搭配方案，不得不說林卉在其中花了很多工夫。

總歸呢，林卉現在若是想吃啥，只需要動動嘴皮子，偶爾想吃點新鮮的，才會跑到廚房指點一二。一個月下來，她被熊浩初及眾下人養得那叫一個水靈，甚至還胖了幾分，連裙子都緊了些。

吃過早飯的林卉興沖沖來到大廚房，打開櫥櫃，將各種調味料罐拿出來倒騰。

廚房裡正在忙活的眾人面面相覷。

剛把碗筷收回來，準備張羅著給她燉點養生湯的曾嫂擦了擦手，問道：「夫人，您待會兒還要去小廚房忙活嗎？」

「對啊，怎麼了？」

曾嫂咽了口口水。「咱們能去看看嗎？」

林卉正在挑揀調味料呢，聽到她問，詫異抬頭。「當然可以啊。」她莞爾。「又不是什麼見不得人的事情，我去那邊搗鼓，不過是擔心擾了妳們做事而已。」

家裡二十幾號人吃飯，還得做出兩種不同的菜，廚房忙得很呢，她自己在忙的速食麵又得蒸又得炸的，要是在這邊占上兩個灶口，她們就別想做事了。

聽她說不介意，幾人立即湊了過來。

「夫人，待會兒是不是要熬豬油凍？奴婢幫妳。」

「夫人，您想要做什麼味兒的？我幫妳抓。」

林卉的雙手瞬間空了。

「還是幫妳燒柴？方全那兩個小子哪裡懂什麼火候，讓他倆燒個水還行，做吃食這些，他們還得練練呢。」明嫂子指的是自家那兩個半大小子，小廚房那邊燒水的活兒，基本都是交給他們的。

林卉還沒回神呢，活兒就被分配完了，她愣了愣，靈光一閃，問道：「是大熊讓妳們來問的？」

眾嫂子們笑得尷尬。

「夫人，老爺那是疼妳呢。」曾嫂第一個反應過來。「妳這手多嫩啊，搗鼓這些，這大冷天的，萬一皴了怎麼辦？」

「夫人，有什麼事您吩咐我們就得了，老爺要是再來一遭，我們可頂不住。」

「對啊，妳一個人搗鼓那、那速食麵，老爺昨兒可是發了好大一通火，嚇死人了！」

林卉。「……」

搗鼓速食麵這些工夫，還不如往日她在家裡做的家務活的一半。她現在連桌子都不用擦，這段日子除了給熊浩初做了兩身冬衣，啥事也沒沾過手，現在連搗鼓食物都不許她做了？

熊浩初這廝，是打算把自己養成廢人嗎？

不管心裡怎麼咬牙切齒，當著下人的面，她自然不會下熊浩初的面子——有什麼事得關起門再算帳嘛。

反正也沒別的急事，林卉索性由得她們，將大廚房裡的灶台熄了火，一群人浩浩蕩蕩走向小廚房。

差點沒把燒水的小孩們嚇死。

接下來，一群婦人擠在小廚房裡，切豬皮、煮滷汁、燒火……每項活兒都有人幹，林卉只能閒坐在旁邊動嘴皮子。

人多效率高，林卉調了三種比例的滷料，加入豬皮一起熬，沒多會兒，這三種口味的豬皮滷味便熬製出來。

因是要做湯底的，這些滷料味偏鹹，林卉各種都嚐了嚐，點頭，然後站直身體，左右張望。

「夫人？」興盛嫂不解。

林卉回神。「我昨天炸好的麵餅呢？」昨天她剛炸好麵餅就被熊浩初扛走，收拾都沒來得及，應該是被她們收起來了。

「哎，奴婢收起來了。」明嫂子趕緊跑到牆角，將掛在上頭的籃子取下來，然後跑回來。「您看看，都在這兒呢。」

「辛苦啦！」林卉朝她笑笑，撿出一塊麵餅仔細觀察。

昨兒過了油鍋的炸麵，放了一夜後，表面的油光少了許多，看起來乾巴巴的、黃燦燦的。

掰了小塊扔嘴裡嚼了嚼，林卉滿意地點點頭。乾脆乾脆的，略帶了些油腥味，不過脫水很成功，應該能存放好些天。

確認速食麵沒有受潮，她放心不少，拿來三個小碗，她把手裡的速食麵掰成三塊放進去，分別舀了勺豬皮滷汁進去，拿開水一沖，蓋上碟子。

曾嫂詫異。「這麼硬的麵條，不用煮一煮嗎？」剛才林卉掰的時候大夥都聽見了，那嘣脆的，聽著就知道乾巴巴的，光泡開水怕也泡不開吧？

林卉搖頭。「這麵條已經熟透了，泡一泡就可以了。」

幾人面面相覷。

反正泡麵還要等一會兒，林卉乾脆給她們講解如何做這些乾巴巴、捲曲成團的泡麵——在麵粉中加入雞蛋，擀成薄片，切絲，放入水中煮熟，然後入油鍋炸成型……

複雜的流程聽得眾人一愣一愣的，興盛嫂咽了口口水，小心翼翼問道：「夫人，這樣做的麵條特別好吃嗎？」

這問題……林卉撓腮。「也算是挺好吃的吧。」她一擺手。「不過這不是重點，這玩意是給大熊他們出遠門的時候帶的。」

眾人恍悟。

「原來是老爺要出門啊。」

「我說呢，這麵餅又是油又是皮凍醬料的，聽起來就金貴得很。」

「哎，老爺什麼時候出門？要帶誰去嗎？咱們是不是得趕緊做起來？」

林卉的腦中閃過些什麼，不由得陷入沈思。

幾人還在七嘴八舌地討論著這麵餅和老爺出行的問題，就聽她一擊掌，喊了句「臥槽！」，幾人忙停下話望過來。

林卉敲敲腦袋。「我怎麼把這個給忘了？哈哈，我怎麼把這個給忘了！哈哈哈！」

「夫人？」曾嫂小心翼翼喊道。

「啊？」林卉回過神，笑容滿面地看著她們，頓了頓，恍悟道：「哦，麵條好了是嗎？我看看。」

不等她們再問，隨手將其中一個碗蓋揭開，仔細瞧了瞧，確定麵條已經泡軟了，轉頭拿來一把筷子，一人分了一雙。「來來，都嚐嚐，看看哪份醬料味兒比較合適。」

待筷子分完，她自己先拿了個小碗，倒了小半碗溫開水，再挑了一碗速食麵夾了兩條麵，放進嘴裡細品。

唔，這份味兒太重了。

林卉咽下泡麵，喝了兩口水漱漱口，轉戰另一碗。如是再三，把泡麵全都嚐了一遍後，她心裡便大約有了底。

其他人對這種吃法奇奇怪怪的速食麵著實好奇，等她嚐完，便齊齊動筷，開始品嚐這些泡麵。

「怎樣？」林卉有點緊張。

「麵條口感怪怪的……」

「我倒覺得麵條挺香的。」

林卉大手一揮。「麵條的口感另說，妳們沒吃過，覺得奇怪很正常，先說說滷汁的味兒。」

「哎，」曾嫂先轉過彎來，回憶了下三種麵條的味道，指著其中一份道：「我覺得這份好，不鹹不淡正適合。」

「我倒覺得這份好，鹹香！」

「我也喜歡這份。」

「我挑這份，香得很。」

……

加上林卉自己，總共有四個人選了左邊一份，林卉心裡更有數了。

「好，回頭讓妳們家老爺各自再嚐嚐，差不多就定了。」林卉放下筷子，讓她們收拾。

「等醬料涼一些，妳們端出去外頭晾，看看今晚還是什麼時候能凍成皮凍。」

「好。」

「就看這些醬料凍成皮凍後，用開水能不能化開了。」林卉拍拍手。「現在，咱們再去弄點麵粉、雞蛋過來，多做一點麵餅，看看能存放多久。」

「好。」

忙了一上午，差不多的時候，與盛嫂子幾人又轉去忙活午飯，留下曾嫂、辛成媳婦幫忙繼續煮麵條炸麵餅。

有人幫忙，林卉這回直接做了三大簸箕的速食麵餅，簸箕底下鋪了層乾淨棉布吸油，待麵餅晾了些，又放到外頭晾曬架上風乾。

完了林卉才返回正院。

繞過迴廊走進房門，就聽西邊傳來嘩啦啦水聲。

大熊回來了？

林卉頓了頓，看看天色，確實差不多開飯了。

熊浩初最忙碌的時候都在上午，幹活、巡邏跑步、練拳腳……即使是這麼冷的天，他每天回來的時候，衣衫還是都得濕掉一層。

林卉擔心他著涼，每次都攆著他去沐浴更衣，這麼攆了幾回，熊浩初回來便會乖乖進去沐浴。

許是聽見她進門的動靜，裡頭水聲停了下來。

「卉卉？」男人揚聲問了句。

「是我。」

「幫我拿身衣服，我忘了。」

「……哦。」林卉翻了個白眼，鑽進東屋給他收拾衣服去。

片刻後，她把衣服搭在浴外間屏風上。「你快點啊，大冷天的，別著涼了。」雖說他們家正房的浴間花了工夫搭了條冷熱管道，冷水便罷了，熱水可是直接從外頭的小廚房送進來，可這傢伙就是不用熱水，非要天天沖冷水澡。

聽著她的話，裡頭水聲停了下來，然後是腳步聲。

林卉忙不迭往外快走。「你趕緊啊，待會兒該吃飯了。」

男人低笑。「跑那麼快作啥？」

臭不要臉。林卉才不上當，甚至還加快腳步，一口氣走到外屋，直到看見外頭燦爛的日影，她才舒了口氣。

老人總說不要找年紀太大的嫁，還是有幾分道理的，別的不說，這老男人開葷，真是……

想到身後那傢伙吃人般的狠勁，她打了個哆嗦，身體不自覺熱了幾分。

聽見西間傳來的腳步聲，她定了定神，翻出杯子給自己倒了杯涼開水——

一陣涼意襲來。

「不許喝涼的。」剛沖了冷水澡的熊浩初渾身清爽，走過來截下她的杯子，一飲而盡，又拿下她另一手的提壺放桌上，走到牆邊，提起熱水壺倒了半杯熱的，轉回來，添上半杯涼的，遞給她。

林卉朝他彎了彎眉眼，接過杯子低頭啜飲。

熊浩初忍不住揉揉她腦袋，隨口問道：「上午在忙什麼？」

立馬收到一雙大白眼。

「……怎麼了？」他詫異。

林卉放下杯子，挺直腰桿，怒瞪他。「我要做什麼是我的自由，你別沒事指手畫腳的。」

熊浩初茫然，皺眉。「我沒有。」

「那你昨晚幹麼去教訓興盛嫂她們？」

「……」就為了這事？熊浩初啼笑皆非。「我只是讓她們看著妳，別讓妳累著。」

林卉才不信。「鐵定是你說了什麼做了什麼，不然她們怎麼連個碗都不讓我拿？」

熊浩初想了想，也不跟她爭辯。「嗯，我的錯。」

「……」林卉一股氣憋在嗓子眼，半天吐不出來。

熊浩初勾起唇角，俯身在她唇上啄了下，道：「我家娘子向來都有自己的想法，也正是這樣的娘子才讓我情難自已。若是壓制了妳，不讓妳蹦躂，那豈不是在打我自己臉？」

林卉伸出手指將他腦袋戳開，哼道：「誰知道你這傢伙心裡怎麼算計我的。」

「我算計妳？」男人低笑。「我只會算計妳的身體。」

臭不要臉！她吐槽道：「說白了，你就是饞我的身體！」

熊浩初不以為意。「妳是我娘子，我不饞妳的身體，難不成饞別人嗎？」

林卉陡然怔住，然後下意識問了句。「要是換了具身體，你是不是、是不是就……」不饞、不認了？

男人托起她的臉，深深地看著她。「就算換了具身體，妳也是我的卉卉。」

換……身體？林卉心裡一突，移開視線，掩飾般道：「怎麼突然說到這個話題，怪嚇人的。」

「卉卉。」熊浩初輕喚了聲。

「嗯？」林卉佯裝去摸杯子。

男人俯身附耳，聲音低得幾不可聞。「不管妳來自哪裡，只要妳是妳，一切都沒有問題。」

林卉打了個激靈，乾笑道：「你在胡說八道些什麼？我就一土生土長的梨山村人，還能從哪兒來呢？」

熊浩初深眸緊緊盯著她。「妳知道我在說什麼。」

林卉怔住。

熊浩初扶起她下巴，在她唇上啄了下。「反正妳記住我的話。」

林卉怔怔地看著他。「你……」

漂亮的杏眼裡透著茫然、不解，還有幾不可察的徬徨驚慌，恍如受驚小鹿，惹人憐愛。

熊浩初輕輕蹭著她的粉唇，語帶笑意道：「妳再這樣看著我，咱們可能得推遲吃午飯了。」

……推遲午飯？林卉還沒反應過來，某人的毛手便摸到她後腰，甚至有往下的趨勢——

她瞬間回神，雙手「啪」地拍上他臉頰，然後使勁揉捏，同時咬牙低罵。「你這腦子能不能想點別的事？」

熊浩初的五官被她揉捏得變形卻絲毫不惱，甚至順手拉下她的手，放到唇邊啃咬，輕笑道：「沒辦法，媳婦兒太誘人了。」

濕濡觸感從指尖傳來，林卉後腰一麻，忙不迭甩開手。「你屬狗的嗎？」

「我看妳喜歡得緊，」熊浩初攬住她腰身不讓她躲開，薄唇貼著她頸側低語。「每次咬妳，妳都會用力——」

「咳咳。」

「閉嘴！」林卉氣急敗壞，雙手用力推。「大白天的你想——」

「咳咳咳咳。」

林卉倏地噤聲，急忙往外張望，奈何身前漢子實在高大，只是半壓在她身上摟住她，就把她的視線完全擋住。

埋首在她頸側的熊浩初彷彿絲毫不受影響，甚至開始拉扯她衣襟。

濕濡感逐步往下，林卉手腳發軟，開始懷疑自己剛才是不是聽錯了。

外頭安靜了片刻，曾嫂小心翼翼的聲音傳進來。「夫人、老爺，午膳已經備好了，是不是可以上飯了？」

熊浩初頓住。

炙熱的呼吸透過頸側皮膚傳進骨髓裡，林卉咬了咬牙，低聲道：「還不趕緊放開我？」

「姐姐！」林川的嗓音從外頭一路喊進來。「我背完書——」

「哎，川少爺！等等！」外頭候著的曾嫂忙不迭攔住他。「老爺夫人在裡頭商量正事，您且稍等一會兒。」

接著是張陽的聲音。「急什麼？那是長輩的屋子，你得敲門獲得許可才能進去。」然後輕哼。「誰知道你姐夫是不是在裡頭……」聲音低下去聽不見了。

得，張陽都回來了，這下是真沒法繼續了。熊浩初嘆了口氣，低語。「暫時放過妳。」

完了還用力在她脖子上咬了口。

「啊！」林卉吃疼低呼，掄起粉拳朝他肩背狠狠兩拳。「王八蛋！」

熊浩初不痛不癢，鬆開手，直起身前還不忘把她的衣襟拉好。

奈何林卉不領情，直接拍開他的爪子，轉過身去自己整理，一副懶得搭理他的模樣——唔，若不是杏眼含春、粉頰帶霞，說服力會更高一點。

反正熊浩初是心知肚明，低笑了聲，退後一步，挑了張圈凳坐下，借桌子遮擋精神奕奕的某處。

林卉整理好衣服轉過來，就見他在給自己灌涼白開，登時解氣，小聲罵了句。「該！」

熊浩初斜睨她。「妳是不想吃飯了？」

林卉一驚，立馬跑開，嘴裡也急急喊道：「曾嫂，讓廚房上飯了！」

熊浩初啞然失笑。

下一刻，林川的身影便衝了進來。「姐姐！」

「哎，」林卉拉住跑到跟前的小人兒，先朝後頭慢悠悠晃進來的張陽點點頭。「舅舅。」再問小孩。「書都背好了嗎？」

「好啦！我背給妳聽。」林川雙手一揹，開始搖頭晃腦。「子曰：學而時習之……」

這邊在背書，張陽則上下打量了眼熊浩初，嗤笑道：「你這傢伙，單身這麼多年都過來了，這會兒怎麼天天都跟剛開葷似的？」

熊浩初挑了挑眉。「舅舅單身更久，想必你成親後定能如柳下惠。」

張陽。「……」他就是單身怎麼了？他嘀咕。「成親了不起啊？在這顯擺啥呢？」

熊浩初似笑非笑。「嗯，真的了不起。」

張陽。「……」

外甥女啊，妳男人這麼討厭，考不考慮換個夫君啊？

第二十七章

用過午飯，林卉把熊浩初、張陽帶到小廚房，讓他們分別品嚐幾份滷汁沖泡出來的速食麵。最後選出得票最高的滷汁，林卉把配方記下來，才開始說正事。

「舅舅，你現在工廠只做紅薯，產品太單一，也會受到紅薯生長季節的限制。」她捏起一塊速食麵，笑咪咪問道：「要不要考慮再加做一個速食麵？」

熊浩初挑眉。

張陽拿過速食麵，翻來翻去看了幾眼，遲疑。「這玩意不好賣吧？米麵一斤才多少錢，這個又是蛋又是油的，弄出來肯定得加價……又是這般奇怪的吃法，味道也沒有比現煮的好吃到哪兒去，能賣得動嗎？」

林卉笑咪咪。「誰跟你說速食麵不能煮著吃的？」

「啊？」

「明兒早餐給你們試試煮來吃的味道。不過呢，我們剛開始，步子不需要扯這麼大。」林卉狡黠一笑。「咱們可以先做一批速食麵，賣給你的鏢局兄弟、符三的商隊，看看反響如何。」

張陽愕然。「妳是說……」他看看手裡麵餅，又看了眼旁邊碗裡的滷汁，想了想，問道：「麵餅能放？滷汁怎麼攜帶？」

「可以。」林卉肯定。「這是昨天做好的，現在用籃子掛在廚房裡，廚房天天都在燒火，比外頭暖和不少，我們可以看看在這樣的環境下能放多久。」倘若在這裡都能放十天半個月，更別提外頭的大冷天了。

「至於滷汁。我加了豬皮去熬煮的，現在看，凝固程度可能不太夠，回頭我再調一下比例。若是成功，旅人就能裝在竹筒裡隨身攜帶。」她歪頭想了想。「實在不行，我們就直接賣磨好的調味料粉，買多少速食麵就送一竹筒調味料粉。」

張陽撓頭。「聽起來似乎不錯。」

「大冷天的，出門在外，哪個不想吃碗熱湯麵？」林卉下巴一抬。「聽我的肯定沒錯。」

「成。等妳這邊都敲定了，我們弄一批試試。」

事兒說完，張陽便又急匆匆出門了——他的工廠正在緊鑼密鼓地搭建中，他得去幫忙，早一天完工他才能早一點掙錢，然後早一點娶媳婦兒！

送走張陽，熊浩初隨著林卉回到正房。

林卉覺得奇怪。「你沒事了？」往常這個點他不都得出去忙活的嗎？

「待會兒再說。」男人從後頭摟住她。「速食麵不是為了我弄出來的嗎？我還沒吃上，妳就想賣出去？」

這段時間，林卉早已習慣他動不動就摟上來的行為，此刻被摟住也絲毫不慌。「又不是不給你吃，掙錢要緊！」

他們家現在沒剩多少現錢了，紅薯還得開春才能收成，現在外頭多流民，短期內肥皂生意可能都會受影響，再不想辦法，就是坐吃山空了。

「錢的事情別擔心。」熊浩初親了親她髮頂。「我已經在想辦法，若是如願了，咱們便能得一筆錢了。」

林卉回頭白了他一眼。「什麼法子？說來聽聽。」

熊浩初湊到她耳邊低語了句。

「我以為你就是去幫個忙……」林卉轉過來，詫異不已問道：「真的能行嗎？」

「嗯，已經收到京城的消息了。」

林卉斜睨他。「你這些消息都哪兒來的？」

熊浩初低笑，親暱地蹭了蹭她鼻尖。「妳夫君好歹也領兵幾年，要是沒點準備，怎敢回鄉娶媳婦？」

林卉吐槽。「我以為你是娶不起京城媳婦才回來的呢。」

「……」熊浩初收緊雙臂，將她狠狠壓進懷裡。「娶不起？嗯？」

相貼的軀體將精神奕奕的某物鮮明地凸顯出來。

林卉頭皮發麻。「你怎麼——」

「卉卉，」男人熾熱的呼吸噴灑在她頸項處。「它想妳了。」

「滾——唔——」

……

難怪都說男主外女主內，大豬蹄子若是不踢出家門，這日子壓根沒法過啊……

迷糊中的林卉如是想到。

入冬以來，天兒越發冷了，村裡氣氛也越發凝重了。

外頭流民浪蕩，潞陽縣令絲毫不管，甚至還派衙役驅趕，不許流民靠近縣城。流民只能繼續往北，但是再往北天氣愈冷，流民沒有果腹保暖之物，死了不少人，又退了回來。

別的縣城如何，林卉不知道，潞陽這邊，卻變得風聲鶴唳。

搶劫殺人之事時有發生，野外更是經常發現餓死、病死的流民屍體，米價糧價也開始往上漲，好在梨山村人早早被熊浩初、鄭里正提醒過，大夥的秋糧都沒賣掉，吃是不用擔心，若要採買東西，大夥也是集結成群同去同回。

對此，林卉憂慮不已，想問朝廷什麼時候能解決，又想問問潞陽縣令為何什麼都不作為，還想問問熊浩初有沒有辦法能儘快解決，但熊浩初最近早出晚歸，上午在村裡帶人操練跑步，中午回來吃了飯，轉頭又不見了人影，一直到入暮才匆匆回來。

林卉心知他是在為喊阜的事奔波，看他面帶疲色，便都壓下不提，只盡心照顧他起居——嗯，若是晚上的減肥運動能少一點就更好了。

日子如水般滑過。

臘月初二，天陰，北風。

林卉正在家裡研磨草藥——這是打算給熊浩初帶出門用的，就聽外頭忽然喧譁聲起。

「夫、夫人——」辛遠連滾帶爬奔進來。「有、有人找老爺！」

林卉瞅了他一眼，隨口道：「那你就去草場那邊找他唄，這會兒不都在練武嗎？」

「已經讓人去喊了——不不不，不是，不是——」大冷天的，辛遠急出滿頭的汗，他比手畫腳，語無倫次道：「是、是京城——不對——是朝廷的官來找老爺！」

林卉一怔，終於來了！

「夫、夫人，現在怎麼辦？」辛遠戰戰兢兢。

林卉回神，看到他滿臉驚慌失措的模樣，登時笑了。「別急，不是壞事。」

「哎？」

林卉站起來，拍拍手。「去把人迎進來，端上茶水好生接待。」

見她似乎早有所料，一副寵辱不驚的模樣，辛遠也慢慢冷靜下來。「他們不進來，說要等見過老爺再說。」

林卉眨眨眼。「是嗎？」她想了想。「那就不管他們，準備好茶水、點心。」頓了頓，又問：「對方來多少人？」

辛遠皺著眉頭想了下，道：「約莫有三、四十人。」

三、四十人？林卉看了看時辰。「知道了，你先去招呼他們吧。」

「好！」辛遠朝她行了個禮，撒腿跑走——好歹這回不再跌跌撞撞的了。

林卉看了眼剩下的草藥，嘆了口氣，快速把磨好的草藥粉裝進竹筒裡，塞上塞子，扔進半滿的籃子裡，抱回正房。

曾嫂正在屋子裡擦灰呢，看到她進來有些詫異。「夫人您弄好了？奴婢正打算忙完去幫您——」

林卉將草藥籃子放到桌上，朝她擺擺手。「先別忙活這些了，辛叔說外頭有三、四十個來客，妳去跟興盛嫂合計合計，弄幾道硬菜湯品，菜肉不夠的趕緊去買。」

曾嫂「啊」了聲，也不多問，放下抹布。「奴婢這就去看看。」然後迅速行禮告退。

林卉環視一周，快步走進屋裡，翻出自己這段日子縫製的鹿皮背包，開始給熊浩初收拾行李。

打底衣、棉衣各一套，加上襪子，背包便滿了。

林卉跑出外頭，從草藥籃子裡挑挑揀揀地找了幾瓶草藥粉，又蹬蹬蹬跑回裡屋，從邊角處塞進背包裡。

完了她又跑到小廚房，裝了一籮筐的速食麵，再加上幾竹筒的調味料粉——皮凍滷汁她其實已經製作了出來，可熊浩初說滷汁太沈了，不方便攜帶，換成調味料粉更輕便，不光能自己調口味，也能吃更多頓。

連張陽也覺得調味料粉較合適。醬料塊要成凍，就要再加入皮凍，這成本可不是一星半點。換成調味粉的話，速食麵的價格也能降下來，更適合販售。

因此林卉重新調了調味料比例，磨成粉，並在裡頭加入適量的鹽粉，讓其沖泡出來的湯品儘量適口。

扯遠了。

林卉剛收拾好速食麵和調理筒，正準備揹起來，就被一隻大手壓住。
「其他人呢？怎麼是妳在幹活？」男人的聲音帶著明顯不過的怒意。
「啊？」林卉抬頭，下意識看看外頭，再看看他。「外頭不是有客人嗎？怎麼跑這兒來了？」
「嗯，我已經見著了。」熊浩初皺著眉頭提起籮筐。「要搬到哪兒去？」
「拿到咱屋裡。」林卉再轉身提起旁邊一串竹筒。「走。」
熊浩初掃過那串自己搗鼓出來的竹筒，頓時轉過彎來。「這是速食麵？」
籮筐裡的東西被油紙包了起來，故而他一開始沒反應過來。
林卉點頭。「嗯，辛叔說外頭有京城過來的人找你，我猜你應當要出發了，便趕緊收拾起來……」話鋒一轉。「外頭的官是京裡來的嗎？他們有什麼安排嗎？」
「嗯。」熊浩初將籮筐往肩上一甩，另一手拉起林卉，帶著她往屋裡走。「讓我官復原職，領兵剿匪。」
林卉咋舌。等等，官復原職？她低呼一聲。「那、那……以後怎麼辦？以後你是不是要回京？」
熊浩初停下腳步，轉回來，皺著眉頭看她。「什麼你？是我們。」他強調道：「我們是夫妻，不管我在哪兒，妳自然得跟著我。」
林卉乾笑。「這不是一下沒反應過來嘛……」頓了頓，斜睨他。「你去嶍阜也打算帶我去？」

熊浩初啞然，鬆開她的柔荑，朝她腦門就是一爆栗。「明知故問。」

林卉吃痛，捂住額頭裝委屈。「分明是你自己說的，還怪我。」

明知她是假的，熊浩初依然心軟了，抬手撫了撫她額頭，再捏了捏她鼻子。「淘氣。」

林卉拉下他的手，擔憂地看著他。「你去峸阜，是不是很危險？」否則怎麼會讓他這個乞休的武將官復原職？還領兵剿匪……「不是峸阜官員不作為，導致流民落草為寇嗎？為什麼是去剿匪？」

熊浩初反手握住她。「別擔心，峸阜的情況有點複雜，賊匪是要剿，官員也要擼下來，普通文官鎮不住場子，才想到把我拉出來，我就是去走個過場。」

他說得輕描淡寫，林卉卻更加不放心了。

別的不說，她好歹也看過不少宮廷劇、權謀劇，這峸阜的情況，跟戲劇裡說的幾乎一模一樣……想到電視裡的各種刺殺和算計，她便忍不住擔心。

只是，此行避無可避，何必再往下細問給他添堵。林卉張開手指，與他十指交叉，低聲道：「那你一定要注意安全，我在家等你——等你回來過年！」

熊浩初抓緊她的手，停頓片刻，帶著幾分歉疚道：「抱歉，我可能趕不及回來過年了……」

林卉瞪大眼睛。「過年都不能回來?!那、那什麼時候能回來？」

熊浩初想了想。「或許得等到開春後。」

林卉震驚。「需要這麼久？」

熊浩初俯耳，低聲解釋道：「這次喊阜之行，有太子同在。我要護著他，直到喊阜安穩下來。」

太子?!林卉震驚了！急忙推他。「那你還在這兒跟我磨磨唧唧的？趕緊出去招呼人家啊！」

熊浩初捏了捏她的手，牽著她往外走。「別擔心，川川跟辛叔會招待他的。」

「川……」林卉大驚失色。「你讓一個六歲小孩招待太——客人？」

「有何不可？」熊浩初步子慢悠悠，彷彿一點也不著急。「他除了唸書，待人接物也要學起來，可不能讀成只會之乎者也的書呆子。」

林卉卻沒那麼容易被忽悠，拽著他疾步前行。「快點快點。真是的，竟然讓個小娃娃去接待客人！有什麼事不會讓人跟我說嗎？你的行李我不也在收——哎，等會兒，」她停下腳步，扭頭看他。「你們到底什麼時候出發？」

熊浩初跟著停下來，低頭，定定地看著她。「馬上出發。」

「……」林卉張了張嘴，對上他略帶歉意的神情，艱澀道：「這麼急嗎？」她還以為能吃頓午飯再走呢。

「早一刻出發，喊阜百姓才能早日安穩。」

林卉低下頭。「我知道……」她只是，捨不得。

熊浩初摸摸她腦袋。「以後家裡就要交給妳了。」

林卉默然。

熊浩初暗嘆了口氣，乾脆現在開始安排。「我的任命令是陛下親筆下詔，本來應該找妳一塊兒聽旨，只是我們急著出發，事急從權，連香案都沒擺，我便沒有喊妳出去，太──詔令官說了，待崁阜事了，讓我帶著妳進京面聖。」

進京？林卉愕然抬頭。

「別擔心，只是去走個過場。」熊浩初安撫她，接著又道：「如今我有了官銜，潞陽那位庸碌縣令欺善怕惡，在朝堂局勢未明、崁阜情況未定下，定然不敢再來找妳或梨山村的麻煩，妳在家裡我也能放心不少。

「還有，我身為正三品武將，按制能組建護衛隊，妳知道，我有一幫弟兄們隱在暗處幫我做事，如今他們也能過明路了。我跟符三、辛叔打過招呼，他們這幾日便會過來，到時妳將他們安排在前院，有什麼事解決不了，就找他們。」

這傢伙什麼事情都為她打算好了嗎？林卉心裡微酸。

熊浩初溫柔地看著她，最後說了句。「若是想我了，便讓他們給我送信。」

……

半個時辰後，熊浩初連午飯都沒來得及吃，只把家裡所有的速食麵搜刮一空，帶上林卉給打包好的行李便隨著京裡諸人匆匆離開。

林卉目送他們一行遠去，嘆了口氣，收回視線，對上一群不敢置信的村民，最重要的是，這麼多人，現場卻靜可聞落針。

這是被嚇著了？林卉啞然，連忙裝作輕鬆的模樣趕他們。「都愣著幹麼呢？家裡的活兒都幹完了？」

眾人倏地回神，繼而面面相覷，依然無人敢說話。

林卉囧然，率先看向鄭里正。「鄭伯伯？」

鄭里正咽了口口水，結結巴巴問道：「卉丫頭啊，大熊——啊不——熊小哥——啊不——熊大人……那是什麼情況？」

「什麼情況啊……」林卉摸了摸下巴，儘量輕描淡寫道：「哦沒事，他就是去外地打工幹活，掙點生活費養家餬口而已。」只是老闆跟別人不太一樣罷了。

鄭里正。「……」

村裡眾人。「……」

「妳聽說了嗎？」

「啥？」

「就那個啊！」聲音壓低了幾分。「聽說那熊小哥，原來是位大將軍咧！」

「不是吧？」聽者低呼。「妳誆我呢?!」

「嘿，誰敢拿這個開玩笑啊！我上午剛好去那邊挑水，聽得清清的！」

「那、那是真的？」

「當然是真的！一大群官兵騎馬進村，咱里正都嚇壞了！」

「啊……那卉丫頭不就是將軍夫人了？」

「那肯定！」八卦者感慨。「妳說這人跟人怎麼這麼不同呢？卉丫頭這麼能掙錢，在我看來已經很厲害了，沒想到還這麼會挑男人！」

「妳羨慕了？」

「擱妳妳不羨慕啊？」

「羨慕，羨慕有啥用？再羨慕妳也當不了將軍夫人。」聽者不以為意。「再說，我們跟卉丫頭也算有點交情，托她的福也掙了不少錢，現在看她日子過得好，咱們也是真心祝福。」

「也對，我們還沾光了呢！」八卦者輕哼一聲。「看那富陽村的還敢不敢來咱村惹事！」

「對！」聽者壓低聲音。「而且，不是聽說卉丫頭跟她舅舅在建造那什麼工廠嗎？我聽說卉丫頭打算以後往大了做，讓村裡人都去那兒上班呢！」

「真的嗎？」八卦者雙眼放光。「哎我就知道跟著卉丫頭有肉吃。」

「真的，里正不是找了男人們去開會商議了嗎？這段日子要不是為了幫扶那些流民，那工廠就是招咱村的人了。」

「唉……那些人也是怪可憐的，咱們不等這些工錢吃飯，先讓給他們也好。」

「欸，我也沒說要搶他們的活兒。這人命關天的，哪能做這種缺德事，只是吧，要是這工廠真的做大，咱家裡說不定能蹭個光進去幹活，別說多了，一個月掙個幾百文的，一年下來，也是一大筆銀子呢！」

「哎呀，真希望這工廠能快點蓋好！」

「妳說，以後要是能去那工廠幹活，咱們算不算是將軍夫人那一掛的？」

「哈哈哈我覺得算。這名頭，出去都能唬住不少人了！」

……

村裡議論紛紛，所有人都沈浸在熊浩初竟然是個將軍的衝擊裡。

林卉也不得空。震驚的鄭里正、不敢置信的張陽，還有嘰嘰喳喳激動不已的林川……一個個解釋清楚送走，再把小屁孩給轟去背書，她才緩口氣，立即將所有下人召集起來。

三言兩語把熊浩初的身分解釋了一遍，她看著底下人興奮的神情，嘆了口氣，板起臉，開始嚴肅地告誡他們，不許惹是生非、不許仗勢欺人、不許占村民便宜、不許……

眾人自然是一迭連聲的應諾，林卉瞅著他們那股興奮勁，冷聲道：「若有那犯事的，一律打了板子，發賣出去。」

恍如一盆冷水潑下來，眾人打了個激靈，這才嚴肅起來。

辛遠作為管事，站出來，小心翼翼道：「夫人，咱們原來都是小老百姓出身，現在沾了老爺夫人的光，走出去才有幾分體面，這損門風的事，咱們不會做的。」

林卉點頭。「我知道你們都是好的，但是呢，」她話鋒一轉。「乍富乍貴，最容易移人心、左人性，我們家以後的日子肯定越來越好，好日子過久了，人就容易變，我現在是提前給你們提個醒，別等一家子被我發賣出去才來求爺爺告奶奶的，我們家不缺那幾個買下人的錢，都聽見了嗎？」

眾奴僕應諾。

「行了，我就交代幾句，該忙的忙活去吧。」林卉擺手。「辛叔、曾嫂、興盛、興盛嫂都留一下。」

「是。」其他人聽令散開。

辛遠看看其他人，朝前一步，拱了拱手。「夫人有何吩咐？」

「是這樣的，熊大哥有一群弟兄，這幾天會到家裡……」

熊浩初交代的弟兄，雖然是來他們家當護衛，林卉卻不敢輕忽。能跟著熊浩初從戰場到京城再到這鄉下地方，必定是有過命的交情。

而且這段時間，這些人還在外頭為熊浩初奔波，也不知道期間熊浩初怎麼安排這些人吃住的——以她對熊浩初的瞭解，大概就是給點錢了事。

從熊浩初透露的訊息來看，這群人可能一直都在京城跟潞陽、峸阜三地來回。她在這裡已經快一年，這時代有多落後，她心裡有數。這些人若是一直待在某縣城，或許吃住還能好一些，若是一路奔波，餐風露宿、啃乾糧甚至餓肚子都不是什麼奇怪事——否則她也不必耗費精力去給熊浩初弄那什麼速食麵了。

這樣一群人即將到家裡安頓，她身為熊家主母，必然要好好把人安置下來。

住是現成的。別的不說，他們家蓋的房子多，光前院的倒座房就有一排，大男人擠一擠，都能住幾十人了。

吃呢也是不缺。米麵不說，蔬菜什麼的，畢竟是大冬天，綠葉子菜肯定少，但蘿蔔白菜管夠。加上成親前，林卉還帶著興盛嫂她們醃製了幾大缸的酸菜、鹹菜，平日裡也還是能多添幾道菜色的，而蛋肉之類的，只要有錢，也都缺不了。

當務之急，是衣物跟冬被。

這些人常年在外頭奔波，行李必定簡單，說不定連身換洗的衣物都沒，更別提冬被。她找辛叔，正是為了這個——棉布和棉花，該採買的採買，還要抓緊時間讓家裡婦人們先把冬被裁剪、縫製出來。若是有時間，還可以提前裁製一些棉衣，等人來了修一修便能上身。

除此之外，還有各種生活用品、杯碗床櫃等，都是需要準備的。

林卉把這些瑣碎的事情拆開交代下去，便讓他們各自去忙了。

待人走後，林卉才慢吞吞走回房裡，坐在屋裡發呆。

曾嫂被她點去幹活後，正院裡除了她，就只有正在旁邊屋子背書的林川了。

原本曾嫂是熊浩初安排照顧她的，可架不住他們家事情多，平日裡壓根沒幾個得空的，連曾嫂都常常忙得腳不沾地的。

先說男人，他們既要顧著田地和落霞坡的莊稼，還得砍柴劈柴——不說他們家這麼多人口要用的熱水，為了暖房，小廚房一天都不斷火，這柴禾也是消耗巨大。

除此之外，還得繼續搗鼓木工。他們搬進來至今，也就把他們自己的門窗、床板搗鼓好，衣櫥、置物架、桌子啥的都還沒弄呢。倒座房那邊更是空空的，現在有人要住進來，也得開始安排了。

婦人們也沒差。要做飯、要打掃，剛來的時候裁剪秋衣、裌衣，前段時間裁剪一大家子

林卉直接給他一個腦瓜崩子。「嫌我煩？」

林川縮了縮脖子，繼而抗議。「姐姐，我是來找妳說正事的，不是來聽妳訓話的。」

「你說，我聽聽。」林卉端起陶杯吹了吹。

「姐姐，咱家已經這麼多人了，現在又要住進來一大群……」林川擔憂道：「咱家養得起嗎？」他們家最近都沒什麼進項，還一直往外花錢來著。

「當然。」林卉不以為意。「你熊大哥不是又當回將軍了嘛？俸銀高著呢。」

「那，什麼時候發下來？」林川小心翼翼。「不是說姐夫要明年才回來嗎？」

「誰知道——」林卉一頓，愣住了。對啊，什麼時候發？

而且，誰發？怎麼發？

她「砰」地放下杯子，提起裙襬就衝進臥房。

林川聽著裡頭翻箱倒櫃聲，咽了口口水，心裡浮起不祥預感——

「臥槽！」裡頭的林卉慘叫了聲。「怎麼就剩這麼點?!」

翻完家底，林卉再沒工夫喊無聊了。

肥皂是村人的收入來源，沒必要跟村民爭利，這個就算了。

現在在鋪的路子，一個是紅薯粉，工廠正在建，還沒開始生產商品；另一個是速食麵，包裝還沒敲定，成本還沒計算，什麼都還沒開始……

這麼一算，這個月、甚至春節後都不一定能等到銀錢回流。

家裡有米有麵，吃到開春沒問題，可人總不能越活越回去吧？他們家雖然不是頓頓大魚大肉，不過隔三差五加個雞蛋，十天半月吃頓肉，還是可以的，但是她現在手裡……家裡這麼多人，吃喝拉撒哪個不用錢？光靠手裡這點銀子，可別到了年夜裡，連頓像樣的飯菜都搗鼓不出來……

林卉越想越擔心、越想越有危機感——不行，這樣絕對不行。

不就是掙錢嘛！法子都是現成的……那就，加快進度！

張陽那邊工廠沒蓋好？——不就搗鼓食材嗎？什麼地方不能做呢？林家宅子還空置著呢，地方小，大不了就做慢一點，總比現在什麼也不做好。

速食麵更好，家裡小廚房就能做，甚至能比紅薯粉更快，做出來可以先去城裡探探風，看看好不好賣。

人手問題更簡單，外頭流民這麼多，有糧還怕沒人幹活嗎？

當務之急，她要快點把產品賣出去，快點掙錢！

梨山村村民猶自沈浸在他們村出了位大將軍的興奮之中，林卉跟張陽已經開始行動了。

林卉先帶著曾嫂到林家，把一些得用的東西收拾起來，房門、雜物門鎖了，把院子、堂屋、廚房騰空出來，打算直接把這裡當臨時廠房。

張陽則把喊皁那群流民一分為二。男人繼續蓋房子，婦人們則轉到林家這邊開始製作紅薯粉。

到了紅薯粉這一步，林卉便得過來指點了——畢竟這些人都不會做紅薯粉。加上這裡全是婦道人家，張陽不好一直過來，她反正閒著，乾脆便把這些事兒管了起來。

而工錢，也比原先協議的數量要高一倍——蓋房子是力氣活，女人幹活不如男人，張陽才把價格砍半。可到了做紅薯粉這一塊，女人男人卻沒啥差別，工錢自然不一樣。

聽說工錢漲了，雖然依舊以米糧、布疋抵工錢，可這些都是得用的啊！婦人們自然一萬個樂意！

然後是幹活的時間。

既然是要建廠，那就得有工廠的章程，每天的班次分上下午，上午是辰時正到午時正，下午是未時正到酉時三刻。

林卉裁了紙張訂成一個Ａ４大小的本子，將她們幾人的名字都寫上去，不管上下班，這批幹活的人都得按手指印簽到。

她是習慣了這些保障雙方權益的方式，省得哪天出意外有人找麻煩。張陽看了也覺得法子不錯，遂讓她幫著再製作一本出來，拿到工廠那邊用起來。

兩邊同時動工，工廠進度卻沒慢多少。

許是感謝張陽給他們一群人活命的機會，男人女人們幹活都很賣力。但蓋房子，剛開始都是力氣活，除了男人，其他人也確實幫不上多少忙。

房子地基剛整好，婦人們剛能幫上忙呢，就被帶走了，那些老人們便坐不住了，於是留下幾名老人在家裡看顧年紀小的娃兒，其餘老人家得空就往工廠這邊來幫手，幫著遞塊磚也好。還有那半大小孩，一個人搬不動裝砂石的筐子，便兩人一起，抬個半筐也是好的。

眾志成城也不過如此了，那速度自然不會慢。

投桃報李，張陽發糧的時候都會儘量多給，偶爾還會給他們塞一些白菜、蘿蔔什麼的，從城裡帶回來的香辛料也儘量便宜換給他們。

這邊廠房一日千里，林卉那邊紅薯粉也開始晾曬起來。

冬天日頭短，曬東西不好曬，加上這段時間陰天多，林卉乾脆把做好的紅薯粉挪到自家小廚房裡烘烤。

小廚房現在可暖和了。每天除了燒水，還騰出兩個灶眼做速食麵，一天到晚灶火不停，可不正適合烘紅薯粉？

她這邊剛忙活兩天，熊浩初提及的護衛兄弟們便到了。

這些年輕人是被符三領過來的，剛碰面這群人就給她來了個單膝跪地的大禮，喊夫人的聲兒差點沒把房頂給掀了，完了只盯著地上，眼睛絲毫不敢亂瞟。

二十多號人站在那兒，身姿挺拔，即便低著頭，精神頭也是足足的。誰看了都覺得這些人紀律好、規矩好，甚至是憨厚老實的。

但是林卉瞭解熊浩初。他那性子，絕對帶不出憨厚老實的兵……

她仔細打量這群人，眼底青黑、臉龐消瘦，身上衣服倒是挺乾淨的，就是有不少磨損，甚至有幾名漢子手上還長了凍瘡，可見他們這段日子過得不容易。

看起來像是隊長的青年姓宋，單名一個林字。他停了一會兒沒聽見林卉的聲音，心裡有些忐忑，不知這位素未謀面的夫人要搞什麼鬼，他想了想，將腦袋往下壓了幾分，遲疑地問了句。「夫人？」

林卉回神，笑道：「你們在外頭奔波了這麼久，我也不多說什麼廢話，既然到了這兒，以後就是一家人，家裡現在還有很多地方沒弄妥，可能會有些疏漏。你們若是有什麼需要盡可開口，不好意思找我的話，就去找辛叔。」她指了指旁邊的辛遠。「能解決的我都會儘量幫你們解決。」

那名漢子忙躬身。「是！」

「這兩天你們先好好歇歇，就當是休沐，差事都不著急。若是無聊了可以四處晃晃，認認地方。」想到什麼，林卉抿嘴笑。「村人都是好的，多認識些人，說不定不等過年咱家就能辦喜事了。」

原本這群年輕人都有些緊張，聽見她說起喜事，臉上均閃過茫然，不明白她怎麼突然提起這事。

那名答話的隊長很快反應過來，只見他雙目圓睜，面露期待，聲音響亮地應了聲。「是，夫人，保證跟村民保持良好鄰里關係！」

其他人也陸續反應過來，相互擠眉弄眼的，臉上皆是止不住的喜意。

林卉莞爾。「好了，我也不耽誤你們歇息，讓辛叔帶你們去看看地方，好好梳洗一番，午飯一會兒就好了。」

「是！」眾青年齊聲大吼。

林卉忍住揉耳朵的衝動，朝他們擺擺手。「去吧。」

辛遠適時站出來，彎腰伸手。「各位大人，這邊請。」

這些漢子是熊浩初以前的兵丁，過來是擔任熊家的護衛隊，是領俸銀的兵爺，跟他這種簽了賣身契的奴僕不一樣，他稱一聲大人確實不為過。

一直在旁邊陪著的符三見人退出去了，笑著道：「好了，人我已經給妳帶回來了，接下來就交給妳啦！」

林卉轉回來，朝他福了福身。「辛苦三哥了。」完了她笑著邀請。「三哥若是不著急，待會兒留下吃頓便飯再走啊。」

符三忙擺手。「算了算了，城裡還有事——」

林卉卻明白他的顧慮，笑著打斷他。「你前些日子不是好奇我舅舅那個工廠嗎？這段時間他已經弄得差不多了，你既然來了，正好和他喝兩杯，好好說說話啊。」

符三挑眉。「如此迅速？」

林卉掩嘴。「這不是急著娶媳婦嘛。」

符三登時被逗笑，哈哈哈幾聲，爽快應下。「行，那我吃了飯再走。」完了迫不及待。「離吃飯還有一會兒呢，我先去看看情況。」

「好嘞，回頭午膳好了，我讓人去喊你們。」

……

接下來兩天林卉是忙得腳不沾地，又得盯著紅薯粉那邊的情況，又得安排宋林等人的衣食住行，尤其是衣物——如她所料，這群人就一、兩身換洗衣物，還大都破破舊舊的。

所幸他們家提前兩天便已經開始準備，布料是不缺的，被芯也已打好了。

宋林一行抵達當天，林卉出工錢，直接在村裡請了一群婦人，加上家裡人，當天就把被褥給搗鼓了出來，又加班加點了兩天，讓所有人都換上嶄新的棉衣。

一身當然不夠，冬日衣服不需要天天更換，有了一身衣服，接下來便不著急，交給家裡人慢慢做就是了。

錢不停地往外流，林卉卻不慌了。

因為符三送人過來那天，她將前兩天所做的速食麵拿出來給他看，並講解、演示了食用過程，然後順利接下了第一筆速食麵訂單，還是大單子！

因為符三準備要離開了。熊浩初那邊已經出發，他這邊囤積的糧食也可以準備運送過去了，這押送糧食，一路餐風露宿不說，路上流民如此之多，他還得帶上許多護衛，算一算，這速食麵的需求也少不了，而運送任務完了，他就得開始去各地盤帳。

總而言之，接下來幾個月，他連過年都沒法回家，全在路上奔波，林卉這速食麵，簡直就是來搭救他的。

速食麵主料就是麵粉和蛋，再費點油，加上調味料，林卉一斤賣三十五文，打的是薄利多銷的主意。符三還覺得便宜了，直接下了一百斤的量——他出門向來都是帶著一堆人，幾十號人的乾糧，這一百斤還是擔心放不久，所以先只買一點，轉頭從嵫阜回來，他估計還得再加購。

不過就算現在他要加購，林卉也暫時做不來了。一百斤已經要耗費許多雞蛋和麵粉，外頭糧價都漲了，她現在賣這個都是虧自家的庫存呢。

她真正的目的是找符三探探路，連符三這種大商家都覺得好，她便心裡有底了，年後等喊阜之事穩妥，流民都回去了，她便可以放開手腳幹了。

她這邊忙得腳打後腦勺的，村裡則多了幾分春天到來的氣息，這得先從他們家那群兵哥哥說起。

梨山村姑娘不少，平時村裡來去的都是各家熟悉的面孔，好些還都是成了親的老男人，半點波瀾也激不起來。

現在村裡突然多了一大群精壯漢子，一個個精氣神十足，還是將軍家——沒錯，現在大夥都直接叫熊家為將軍家了——的護衛，有體面活兒、有錢、身體好、長相也端正，村裡姑娘哪裡還按捺得住，一個個冒出來，頂著寒風四處溜達。

村裡的男兒們自然不樂意，火氣不敢往姑娘家上撒，只能找到兵哥哥們頭上。

林卉對此絲毫不知，等收到消息的時候，嚇了好大一跳。「什麼？打架？」急忙擦了擦手，跟著人往里正家走。「好端端的怎麼打架了？」

來報訊的是里正的小兒子，只聽他嘿嘿笑。「聽說是搶活幹搶不贏，兩人打起來的。」

林卉聽得莫名其妙，急急帶著曾嫂跟著小少年到了地方，還沒看清狀況呢，宋林跟另一名青年就「撲通」一聲跪下來，把大夥都嚇了一跳，尤其是正與宋林兩人對峙的年輕人，整個人看起來臉色極不好。

只聽宋林道：「夫人，屬下看管不力，請夫人責罰。」

另一名青年也低頭請罪。「屬下糊塗，請夫人責罰。」

林卉沒管他們，先看向鄭里正。「鄭伯伯，是不是我們家的人給您惹麻煩了？」

鄭里正看到林卉正要說話呢，看到兩人跪下也是驚住了，再聽她問起，忙朝她拱了拱手，然後才說話。「沒有的事，年輕人嘛，沒有打過架，那還叫年輕人嗎？不過是個小誤會罷了。」

林卉微微鬆了口氣，然後問：「什麼誤會？」

鄭里正看向幾名當事人，院子裡還站著一名提著籃子的姑娘，聽見她問，正想站出來，被旁邊婦人一拽，悻悻然閉上嘴。

林卉發現了，也不說話，只拿眼睛看著其他人。

剛才與宋林兩人對峙的村民撓了撓頭，站出來，道：「那個，其實真的是小事。跟他們沒關係，我誤會了而已！」

林卉朝他笑笑。「張小哥，他們可有傷到你？」她記得這人姓張，名字她不記得，只得叫一聲張小哥了。

被村裡出了名的美人笑著問話，張小哥恍神了一瞬，待她的話從腦子裡過了一遍，登時尷尬地笑了。「那什麼……我技不如人，就摔了一下，沒事，沒事哈哈哈哈。」

林卉這才徹底鬆口氣。人沒受傷，那就好辦了。

「起來說話吧。」她朝宋林兩人擺擺手，然後才開始問：「到底怎麼回事？我聽說還打起來，嚇壞了。」她雖然沒見過宋林等人打架，但熊浩初給她的影響太大了，她總覺得這些人隨便動動手指，就是一條人命。

那位張小哥有點尷尬，宋林兩人也遲疑。

那名被拉住的小姑娘站出來，脆生生道：「我家這兩天收蘿蔔，我揹著蘿蔔差點崴了腳，申大哥剛好路過扶了我一把，然後幫我揹回來，路上遇到張大哥……兩人就打起來了。」小姑娘也聰明，也不說兩人為什麼打起來。「申大哥沒有做錯什麼，妳不要罰他呀！」

林卉眨眨眼，把她的話在腦子裡再過了一遍，登時啼笑皆非，轉頭問宋林兩人。「是這樣嗎？」

那位被稱為申大哥的年輕人挺直腰桿。「回夫人，是的。」

林卉再看向那位張小哥，後者乾笑兩聲，點頭。「是這樣沒錯。」

事情到這裡，基本已經搞清楚了。林卉點點頭。「我知道了。」她看向宋林。「若是按照熊大哥以往的規矩，這種時候該怎麼罰？」

宋林嚴肅著臉。「私下鬥毆，欺壓百姓，按照將軍的規矩，要與二十名同級士兵打一場車輪戰，再繞軍營跑二十圈。陪打的同級士兵輸了要陪跑，受罰者贏一個能少一圈，輸一場加一圈。」

言外之意，一個為了不陪跑陪罰，另一個為了減少懲罰，前面的二十場架一定都是拚命的，完了還得去跑個半死。

太狠了。林卉與眾人如是想道。

張小哥看看左右，撓了撓頭，急忙道：「今兒是我衝動了，遠遠看著以為這位小哥在調戲李家妹子，一急就動手了，跟這位小哥無關，沒、沒必要罰這麼重啊。」轉頭朝嚴肅的申小哥道歉。「抱歉，我沒想到……」

申小哥搖了搖頭。

那名小姑娘也急了。「不就是打個架嘛，怎麼就欺壓了？」

鄭里正也跟著說話。「卉丫頭啊，年輕人打打鬧鬧都是常有的，妳也別責罰他們了，這事我看是誤會，咱們還是大事化小小事化了吧？」

林卉啼笑皆非地看著他們幾個。「你們……我像是這麼是非不分的人嗎？規矩是要有，也得看情況，現在也不是在軍營裡，沒必要這麼折騰。」她歪頭想了想，問宋林。「申小哥的身手是不是很好？」

話題跳得有點遠，宋林有些茫然。「啊？是的，元平的近身功夫是隊裡最好的。」

林卉一擊掌。「那就更好了！」轉頭看向同樣茫然的申小哥。「今天出了這事，不罰你呢，回頭你家將軍指不定要找你們算帳，所幸現在也不在軍營了，也不需要遵循那套規矩，我有個建議。」

她狡黠一笑。「熊大哥之前一直在做一件事，現在暫時擱置了，你就把這事給接上吧。」

眾人茫然。

鄭里正恍然大悟。「妳是說，指導村人習武之事？」

林卉笑咪咪點頭。「還有領隊跑步。」

鄭里正捋了捋長鬚。「倒是個不錯的主意！」

宋林看看他倆，眉心微皺，似有話說。

林卉看出來了，朝他道：「放心，只要申小哥把這事兒攬上身，我保證熊大哥不會再罰你們。」

宋林遲疑片刻，點頭。「謹遵夫人令。」

林卉又問申元平。「你可樂意？」

申元平雙手抱拳。「謹遵夫人令！」

事情到這裡便算了結，所有人都鬆了口氣。

小姑娘朝申元平抱歉地笑笑，小聲道：「抱歉啊申大哥，給你添麻煩了。」

張小哥也拍拍他肩膀。「沒想到你們規矩那麼多……不過，以後你來帶我們練武的話，我們可以好好練練！我剛才那是一時不防，等我們練練，說不定我不輸你呢！」

申元平有些不自在，輕咳了聲，答道：「好。」

林卉接著轉頭看向張小哥。「聽說剛才他把你摔地上了，你這兩天若是有哪兒不舒服的，不管是要看大夫還是要用藥，直接來找我，或是找我們家辛叔，這費用，我們會負擔。」

張小哥忙不迭擺手。「不不不，不用了，我真沒事。」

林卉點頭。「我知道，沒事的話自然是最好的。」

張小哥看看左右，摸了摸鼻子不說話了。

辭了鄭里正等人，林卉領著宋林兩人回到家裡，也不忙著讓他們下去，甚至還讓人把其他人都叫到一起。

待人齊了，她才開始說話。

「你們是跟著熊大哥多年的，我對熊大哥很有信心，他帶出來的兵，必定是胸中有大義，也必定是勇武不凡的。我今兒讓你們過來，正是為了這一點，你們經歷過戰事，又是訓練有素，不管是力量還是技巧，都遠遠勝過普通人。有你們在這裡，我不擔心自己會遇到危險，但是我擔心你們會把握不了分寸。

「現在，咱們家外頭的，全都是手無寸鐵的老百姓，是我們的鄰里鄉親。而你們訓練有素，若是全力出手，可能影響的是一條人命、一戶家庭，當然，打架是人之常情。若是有那不長眼的挑釁惹事，咱們也不怕事，我只是希望你們動手的時候多注意點分寸，別把人打殘了。」林卉最後攤手。「再者，你們將軍家底不豐，若是不小心把人打殘打死，咱們家可賠不起。」

眾人。「……」

「另外呢，你們不能光自己玩兒，沒事啊，多跟村裡人說說話，平時能搭把手就搭把手……」林卉意有所指。「誰還沒個姐妹什麼的，再不濟，也有表親堂親的，對吧？眼光放長遠些，沒事別老盯著人家姑娘，萬一被別人當成登徒子了，豈不是要冤死？」

眾人。「……」這位將軍夫人，可真有想法啊！

第二十八章

第二天開始，因熊浩初離開而停了好些天的跑步運動再次開始，除了領隊的申元平，還有其餘護衛隊，宋林將所有護衛隊成員分成兩隊，每天留一隊在家，剩下一隊則跟著去繞村跑及練拳。

沒幾天工夫，原本跟村裡人生疏得不行、甚至有些格格不入的護衛隊們，和村裡的中青年們、甚至老一輩們都有說有笑的……

而林卉這兒則在忙自己的事。

前兩天符三訂的一百斤速食麵，又是急著要，她只能把做紅薯粉的、來自鹹阜的所有員工拉過來，再加上曾嫂幾個，十幾號人加班和麵、揉麵、煮麵、炸麵……

炸好的麵團放到乾淨的棉布上吸油晾涼，然後直接收進墊了乾淨布料的籮筐裡。

調味料連磨粉都顧不上，只能拉幾個壯丁過來幫忙，如此緊趕慢趕，才趕在符三出發前把貨給出了。

連本帶利才掙了幾兩銀子，等工廠弄起來，這些還要請人做，利潤更少了……錢真的太難掙了。林卉感慨。

不過這速食麵跟紅薯粉本來就是薄利多銷的生意，利潤少些就少些吧，總也是個進項。

因為符三走不開，那一百斤速食麵是他們的老熟人錢掌櫃來提貨的，載走才剛過一天，錢掌櫃又巴巴坐著車過來了。他是來下單的。

這就要說說錢掌櫃的情況了。

錢掌櫃管著潞陽這邊的生意，尤其是酒樓，那可是他們賺錢的大頭。以往菜色就那麼幾樣，除了酒樓裝修得比別人豪華些，跟其他酒樓也沒啥兩樣。如此一來，他們這幾年的生意和利潤自然不鹹不淡，連符三都不怎麼待見他們。

可這狀況在林卉出現後，變了。

林卉不光給他們弄來好幾味醬料、滷料，還有許多菜譜。雖然花出去一大筆銀子，可是他們有了這批改良方，酒樓的生意一日千里，沒多會兒就掙回來了不說，甚至收益直逼州府酒樓。

當然，後來符三插了手，將那些配方都給了其他州府一份，他的光芒才被蓋了下去。

可甜頭他也確實嘗到了。

打那以後，他就開始鑽研各種新式的方子，還聽取了林卉的意見，每隔幾天搞一道新品嘗鮮，吸引老客戶定時回來品味，名聲很快就打了出去。

再加上前段時間從林卉這兒進的紅薯粉，煮成粉，加上湯底、配菜，滿滿一碗只要十五文錢，這價位，連普通老百姓都能得空嘗個鮮。

他們家酒樓登時變得人來人往，天天座無虛席，圖個清靜的便上二樓三樓，嘗個熱鬧的就在一樓……

可別小看這紅薯粉絲，做法多式多樣，又物美價廉，愛吃的人多得很。光是這紅薯粉的生意，就能讓他每天半夜笑醒幾回了。故而符三讓他來拿速食麵，他一下子便放在心上了。
符三忙著籌備鹹阜之事無暇他顧，也看不上這點蠅頭小利，可錢掌櫃不一樣啊。
故而，等貨提回來，他便死皮賴臉地求著符三，從他手裡摳下幾斤速食麵，轉頭便讓廚師趕緊搗鼓、開發新菜。
好傢伙，這麼乾巴巴、一掰就脆的速食麵，隨便加點湯底一煮，那味兒……絕了！
而且，三十五文一斤，一斤能有好幾個麵餅，隨便煮一煮都是一大鍋，要是拆成一碗一碗的賣……天啊，這簡直就是送上門的銀子啊！
故而，嚐過廚房煮出來的速食麵，他二話不說，立即趕來梨山村，笑呵呵地找林卉下單。都是老熟人了，他也沒講價，直接按三十五文一斤的價格收，讓林卉他們定期送貨。
他是信心滿滿，甚至摩拳擦掌，腦子裡已經開始幻想明年開春盤帳時會讓諸位老夥計們如何的羨慕嫉妒恨了……
「錢掌櫃啊，這速食麵，我們暫時不接單。」林卉聽完他的來意，想了想，抱歉道。
錢掌櫃懵了。「怎麼不接單呢？」哪裡有把錢往外推的道理？」
林卉無奈。「錢伯啊，如今外頭什麼情況你也是知道的。這鹹阜之事一天不解決，城裡的米麵價格下不來，我這速食麵就不可能以這個價格出去。我給符三的貨，是拿自家存的麵粉做的。」換句話說，那是朋友價。
錢掌櫃覥著臉。「我記得您家裡還有許多庫存。」那些米糧可都是他經手採買送過來的呢。「要不，再給我勻一點吧？」

林卉無奈。「錢伯啊，我這速食麵做出來，就是以方便、便宜為噱頭，這價格要是提上去，估計就沒人買了。何不等這波災情過去，糧價穩當了再說？」沒必要急於一時啊。

錢掌櫃皺眉。「可這做生意啊，講究的就是一個快字。」萬一這中間出了什麼變故，他這一波紅利可就掙不到了。「我跟著我家爺，對峸阜之事也算是瞭解了那麼點。如今朝廷下手管制，又有我家爺四處調糧，這事啊，拖不了多久，這糧價必定會下去……」

林卉點頭。「所以我才建議您緩著點，開春後再下單，這錢一樣掙得到。」

錢掌櫃擺手。「不不，我不是這個意思！」他輕咳了聲。「妳看，我們家在城裡還有個糧鋪，客棧的存糧也夠……」

林卉不解。

錢掌櫃搓了搓手。「要不，我出材料，您幫我做一批？」

林卉。「……」

老熟人來下單，還自帶原料，林卉還有什麼不樂意的，果斷接了。而且，錢掌櫃厚道，按照她的售價，刨除米糧的成本價後——還是按照漲價前的價格，給她付的錢。

有訂單，這活兒就得幹起來了，好在錢掌櫃這邊也不是急單，慢慢做也成。

如是，林卉每日上午要帶林川唸書練字，抽空還得分別去看看紅薯粉、速食麵的製作情況，完了還要跟張陽溝通廠房的建設，討論產品的包裝、後續的推廣銷售等……忙碌起來，日子過得飛快。

不知不覺，熊浩初已經離開大半個月，年關也到了。

張陽的工廠前幾天已經蓋好、粉刷好，紅薯粉、速食麵的原料和工具全部移了進去，喊皁那群工人也開始在裡頭幹活，張陽請了唐嬸當他小工廠的管理人員，錢不多，就是管管人事、打打雜之類的。

這樣，林卉終於騰出工夫過年了。

臘八的時候忙著幹活，只意思意思做了個臘八粥，進了年關後，林卉拿出十二分的精力，領著大夥一起搗鼓過年的事情。

二十三，糖瓜黏；二十四，掃房子；二十五，磨豆腐；二十六，殺年豬……不光小孩子興奮，連大人也是喜笑顏開。

辛遠等人也不是沒過過年，只是以往的年絕對沒有這麼豐盛和熱鬧。雖說今年因災情淪為奴僕，可若不是熊浩初，他們全家不是淪為流民饑寒交迫，就是死在不知道哪個角落，哪還談得上過年？

再者，他們在家裡也是需要幹活，一年到頭也掙不到兩身新衣服，在這兒雖然是奴僕，可主家人好，從來不會對他們呼來喝去，吃喝不愁，娃娃甚至還能跟著舅少爺識字——人這一輩子不就是為了兒孫做打算嗎？還有什麼不滿足的？

不光辛遠等人笑呵呵，宋林等人也覺得新奇又興奮。

他們這些都是前些年的戰亂孤兒，為了混口飯吃，也為了給家人報仇而參軍入伍。年少時在逃亡、戰亂中度過，長大一些便開始拿起武器殺敵，打仗的時候顧不上過年，在軍營裡，也只是簡單加幾塊肉而已。

過年，對他們來說，幾乎只存在想像中。

他們抵達梨山村的時候，隔天便是臘八，第一次吃到如此足料的臘八粥，大米、小米、紅豆、黃豆、綠豆、玉米、薏米、紅棗、花生……

他們原本以為是因為初來乍到，林卉特地弄出來歡迎他們的，沒想到過了十來天，從臘月二十三開始，這些以往只存在長者口中的年俗便一樣一樣地展現在他們面前。

他們每天醒來一睜眼，就開始期待今天要忙活的東西。即便是灑掃，即便是磨豆腐……即便忙得大冬天出一身汗，這樣的日子依然令人充滿期待。

林卉自然不知道他們在想什麼，她只是把心裡二十幾年的嚮往拿出來，付諸行動。

上輩子的寂寞寥落，彷彿已經離她很遠。

如今的她有弟弟、有丈夫、有舅舅，有一大堆親朋好友和家人，以後還會有自己的孩子……她再也不用過年的時候羨慕別人家的熱鬧。

雖然熊浩初今年不能在家一塊兒過年，可他們還有許多的年，還有很多的時間，她不急。

……唔，就是有點想念那傢伙了。

進入年二十六，張陽那個小工廠便給喊阜的工人放假了，最後一天，還以工廠的名義，給他們發了點年終獎——咳，這是林卉的說法。一人一斤肉、一斤蛋、五斤白菜或蘿蔔，再加上他們拿攢下的糧食換的鹽和醬……這個年，也算是過得好了。

梨山村諸人今年都掙了不少，尤其是知道將來還會繼續掙錢，今年自然捨得花錢，這個年便過得比往年都要舒坦。

梨山村的熱鬧，十里八鄉都眼紅得很。

外頭流民四竄，還沒進入冬月，米糧價格就漲得離譜，秋糧即使沒賣，用錢已經緊了，年自然就過得一般。而好些把秋糧賣掉的人，看到外頭那些流民，心裡更慌得不行，都恨不得立刻再拿銀子去把糧食換回來，哪裡還敢亂花？

而梨山村呢？剛入年關，便成群結隊去城裡採買。等到年二十六，竟然還找屠夫過去幫忙殺年豬，還從早殺到晚……就算是二十戶人家合殺一頭豬，一戶也能分到十幾斤啊，那還不天天吃肉？

除此之外，梨山村人還在村口架鍋煮粥，大年三十那天好歹讓附近的流民吃了頓飽，不管如何，梨山村的人富起來是不爭的事實。

因著流民，大夥今年都沒敢去別村走親戚，這年其實過得還是有幾分冷清，一般人家情況如此，而流民們就更難過了。

緊挨鹹阜的潞陽雖算不上富庶，勝在沒有災荒，氣溫也只比鹹阜冷一點，無處可去的流民自然拚命往這邊湧。光梨山村看到的，沒有上千也有幾百，整個潞陽會有多少，更是無法計算。

因縣城一開始便不收流民，派了縣衙將流民驅散，流民無法，只得散入各鄉村乞討。剛開始還有不少鄉村收留災民，或是捐些米糧給他們過冬或是施粥，但這些不過是治標不治本，沒多長時間便亂象頻生，打劫、殺人時有發生。

這種情況下，各村自然不樂意了，又正逢過年，大夥便紛紛揮舞棍棒將人驅離。流民無法，只得又回到縣城周邊。

許是衙門過年放假，倒讓許多流民混進城裡，東家討點、西家混一點，再打一點零工，也算是過了這個年了。

不過元宵還沒過呢，縣衙突然又開始驅趕流民，這回比年前更狠，動輒棍棒伺候，苦熬了幾個月的流民哪裡受得住這個，聽說當場打死了好些個，當下沒死的，拖了幾天也沒了，死了還不得安息，衙役下去一把火直接給燒了，死者家人還不能靠近、不能反抗。

聽村人說起的時候，林卉簡直都不敢相信——

這縣令是不是腦子有洞？

戰亂這麼些年，人口銳減，朝廷甚至強制適齡的單身者必須婚配，就為了促進人口增長。據熊浩初所言，這縣裡人口的多寡，還關乎地方官的業績。

現在突然送來這麼多流民，不就是活生生的業績嗎？只要出點錢糧把人安置下來，待開春墾荒耕地他們自己能幹活謀生，過個兩三年，大家都安定了，不是椿大功績嗎？

就算不為功績，難道就沒有一點身為人的良知嗎？

她甚至想擺出自己將軍夫人的身分去壓制一下這位蠢縣令——不過熊浩初不在，她也沒有誥命，當然不可能真的傻傻衝過去。

就在此時，她收到一封拜帖——僉都御史方大人前來拜訪。

僉都御史？林卉對這官名陌生得很，但她知道「御史」，按照字面，應當是跟御史差不離的，怎麼突然跑到他們這樣的鄉下地方來？

哦不對，這不是重點，重點是，無緣無故的，這位方大人為何來拜訪她？

她跟張陽商量後，讓人回了帖子，然後灑掃除塵，準備迎接這位方大人。

當天下午，兩輛馬車輕車快馬駛入梨山村。

林卉、張陽領著人在門口相迎，帶頭從車架先下來一名儒雅的中年人，看見他們，雙手一抱——「哈哈哈哈我回來啦！」

眾人一驚，聞聲望去。

只見後頭馬車上跳下一身影，風一般颳過眾人直衝林卉，林卉還沒反應過來便被抱了個滿懷。

「想不想我？想不想我？哈哈哈哈……」中性的柔和嗓門帶著難以抑制的興奮嚷嚷道。

林卉定睛一看。這不是……蕭晴玉嗎？

「晴玉！」她驚喜地回抱一下。「妳怎麼在這呢？」

張陽眼珠子都快掉出來了，一個箭步上前，瞪著笑容滿面的蕭晴玉，結結巴巴道：「妳、妳、妳怎麼在這？」

蕭晴玉鬆開林卉，歪了歪頭，眉眼彎彎地看著他。「幹麼？我不能來嗎？」

張陽急忙擺手。「能，當然能——不對，妳怎麼——」

「咳咳。」

林卉回神，忙看向那位輕咳的儒雅中年人。

「啊，這是我舅舅。」蕭晴玉歡快地跑到中年人身邊，朝林卉兩人介紹。「他要去峸阜，我就跟他一塊兒出來了。」

林卉很高興。「那待會兒咱們好好聊聊——」

「咳咳。」儒雅中年人往前一步，朝林卉拱了拱手。「熊夫人，打攪了。我姓方，是晴玉舅舅。」

林卉忙福身回禮。「方大人。」然後笑著道歉。「看到晴玉太開心了，失禮了。」

方大人擺擺手。「無妨無妨，夫人與晴玉感情好是好事。」他遲疑了下。「此番冒昧前來，實屬意外。我此次出行乃奉旨辦事，身上帶著公差，晴玉頑劣，私自跟著出來，待我發現的時候已經離京太遠……無奈之下，只能拜託夫人暫且照顧幾天，待我事了，必定來接她。」

「哎呀，舅舅，我在這兒您就放一百個心吧。」蕭晴玉朝他擺手。「您不是急著去峸阜嗎？趕緊走趕緊走！」

慘遭嫌棄的方大人。「……」

林卉聽說方大人要前往峸阜，遲疑片刻，還是多嘴問了句。「敢問方大人，您去峸阜是……」

方大人朝北邊拱了拱手，道：「不瞞夫人，我此次出行，乃是奉上諭，運送二十萬斛米糧前往缄阜賑災。」

蕭晴玉拍拍林卉。「大熊不是去收拾那些貪官跟賊匪嘛，這老百姓的事情，就交給我舅舅了！」

林卉看了眼張陽，可惜，後者心神全放在蕭晴玉身上，壓根沒察覺她的眼神。她暗自唾棄了下，但事情還是得說，她斟酌，笑著試探了句。「方大人是僉都御史，是否需要體察民情、監督吏治？」

方大人點頭。「那是自然。」

林卉收起笑容，嚴肅道：「既然如此，那我就直說了……」

蕭晴玉的舅舅連大門都沒進，聽林卉說完話便神情凝重地匆匆離開熊家。

送走自家舅舅，蕭晴玉登時跟出籠的雞仔似的，興奮地拉著林卉說話。

「……要不是得回去看望我外祖，那時我真想賴死不走，想說好歹等你倆冬月成親、喝完你們的喜酒再說，說不定拖一拖，就能在這邊過年了，這邊的風俗跟京城肯定不一樣……」

若不是她說話的時候眼神不停往張陽身上飄，林卉差點要懷疑她是不是跟張陽掰了——畢竟兩人原來那狀態絲毫沒有郎情妾意的模樣，還分開好幾個月……

林卉讓人把東廂林川旁邊的屋子收拾出來給晴玉——東廂連著正房都做了暖牆，住著舒服。然後她才領著人回到正房堂屋，好好聊聊這段時間的情況。

蕭晴玉性子急，還沒進屋呢，就嘰嘰喳喳地把這幾個月的情況掏了出來，比如，一回到京城，她娘就帶著她到處去參加各種宴會，就差沒把相親的意圖掛在臉上。

張陽聽得臉都黑了，忍不住道：「不是說好給我一年時間的嗎？」

蕭晴玉啐他一口。「你是傻子嗎？那就是緩兵之計，她肯定是覺得你掙不了一萬兩，特地找個理由哄我回去的！」

張陽沈著臉。

「再說，你管她幹麼？」蕭晴玉一擺手。「吃頓飯還能把我吃上花轎不成？她就是瞎折騰，我就是煩她才偷偷跑出來的！」

張陽皺眉想了想。「妳爹什麼態度？」

蕭晴玉做了個鬼臉。「搞定我娘，我爹就不是問題。」

問題是，她娘不容易搞定。張陽跟林卉心裡暗忖道。

「不過！」蕭晴玉瞇起眼睛逼近張陽。「你怎麼敢應下一萬兩？萬一掙不到，你打算怎麼辦？」

張陽看著湊到面前的嬌俏姑娘，眼底閃過抹笑意。「妳擔心我娶不了妳？」

蕭晴玉下巴一揚。「哼，你要是不來娶，我找人把你搶回去！生米煮成熟飯，看誰敢說話！」

張陽臉上不自覺漾起笑容。「想到一塊兒了。」

蕭晴玉立即反應過來，驚叫道：「你打算去京城搶……」指了指自己鼻子，她震驚了。

「你知道我爹是誰嗎？知道我哥哥都幹什麼的嗎？」

張陽伸指，彈了下她額頭，笑道：「妳忘了我以前幹什麼的嗎？」

以前幹什麼？劫匪出身啊，還劫了朝廷的——蕭晴玉恍然大悟，繼而愣愣然看著他，眼底帶著不敢置信，他竟真為了她想過這事。

張陽彈完了又覺得不捨，伸指輕輕撫了撫她挨彈的地方，道：「而且，妳怎麼知道我掙不到一萬兩？」

蕭晴玉瞇眼。「那你這幾個月掙了多少？」

張陽卡住。

林卉站在旁邊觀察了半天，聽見她這句問話，登時噴笑出聲，打趣補了句。「沒掙到，甚至倒負債一百兩。」收紅薯的時候還跟她借了一百兩呢。

蕭晴玉瞪大眼睛，看看她，又看看尷尬的張陽，大叫道：「張陽你是不是欠揍出去花天酒地了？我一個月都花不到五十兩，你這就負債一百兩了？我走的時候你不是還掙了幾十兩的嗎？」

張陽尷尬。「不算吧……那一百兩我是跟卉丫頭借的，都是拿來收貨的。」

「收什麼貨？」蕭晴玉狐疑。「這村子就那麼幾口人，幾天才能收一批肥皂，用得著一百兩嗎？」

張陽便把自己跟林卉夫婦合夥做生意的事解釋一遍，完了看著她笑。「就等妳這掌櫃到位幫忙管帳了。」

蕭晴玉被看得紅了臉，佯怒般啐他一口。「誰要給你管帳了，你給錢了嗎？」

張陽嘿嘿笑。「我的錢以後都是妳的，還要給什麼錢？」

蕭晴玉小小地「呸」了聲。「等你掙到一萬兩再說。」

「沒掙到不——」

「咳咳。」電燈泡林卉無奈地打斷他們。「要不，咱們進屋說話？」

張陽跟蕭晴玉對視一眼，皆有些不好意思。

三人這才移步小廳，細細地聊起這段時間的經歷。

他們這邊相聚歡，卻不知道聽了林卉的話離開後的方大人卻將馬車放慢了速度，繞著路前往跟運送賑災糧的糧隊會合。

馬車速度不快，沿途能看到零星流民，對方聽到馬車軲轆聲都紛紛驚懼躲避，或是鑽進野地，或是反向逃跑——只是，動作再快，那瘦骨嶙峋的模樣依然盡收眼底。

除卻流民，偶爾還能看見路邊有些皮包骨般的屍體。

方大人越看越心驚，越看臉色越嚴肅。

他默默放下車簾，沈吟片刻，揚聲道：「阿久，加快速度，立即去跟大隊會合。」

「是！」

隔天——

這一日是跟錢掌櫃約好交貨的日期，張陽拉著一批紅薯粉、速食麵去縣城送貨，半下午才回來，一回來，就嚴肅地找到林卉兩人，低聲道：「出大事了。」

林卉正帶著蕭晴玉逛工廠，順便介紹一下現在的情況和未來的發展方向，聽到他這話，兩人對視一眼。

林卉看了看埋頭幹活的人們，朝外頭示意。「走，回家說去。」

張陽點頭。

快步回到宅子裡，還沒坐下，張陽就急匆匆道：「朝廷押送賑災糧的隊伍昨天下午抵達城北——」

「這算什麼大事？」蕭晴玉無語。「我舅舅不就是押送災糧的官員嗎？」

張陽擺擺手。「重點不是這個。」他神色凝重。「重點是，咱縣城那個羅縣令，被抓了。」

「哎？抓他幹麼——」

「真的抓了？」林卉驚訝。

張陽點頭。「看來咱們昨天跟他說的話，奏效了。」

林卉卻皺起眉頭問蕭晴玉。「晴玉，妳舅舅有這麼大權力？」

蕭晴玉撓頭。「平日大概是沒有的，不過聽說這次他拿了密令，算是欽差，大概是可以先斬後奏的吧？」

張陽跟林卉對視一眼。

林卉吁了口氣。「不管如何，這縣令不作為還草菅人命，抓了也好……就是不知道朝廷有沒有後續措施，否則縣城事兒這麼多，沒人管著也是麻煩……」

「我猜是有後續。」張陽解釋道：「賑災大隊昨天已經離開，但是，有一批人留下來了。」他聲音帶了幾分歡喜。「聽說那位羅縣令私自囤了許多糧，名下糧鋪還提高價賣糧，現在全被朝廷的人給扣了下來，今天上午我過去，已經看到城門大開，等我出城的時候，四處城門口都設了粥棚，正在給流民施粥。」

林卉提著的心登時放了下來，她輕舒了口氣。「這些災民有救了。」看向蕭晴玉。「看來妳舅舅這批官員清明得很。」

既然是來賑災的，不管鹹阜災民在哪兒，都是他們賑災的對象，知道該留人在此安置流民，有這樣的官員，朝廷壞不了。

「哎。」張陽跟著嘆氣。「朝廷是好的，就是下面的人……」他看著面前兩位小姑娘，咽下後半句罵人的粗話。

蕭晴玉看著他們，有些無語道：「有什麼好擔心的，太子都身先士卒了，還有大熊都請出來了，說明朝廷對南邊的亂象心裡有數，這什麼、什麼羅縣令，身為縣令對災民坐視不管，還草菅人命、囤糧哄抬價格，換了我爹的性子肯定當場格殺了，只是抓起來，算他走運！」

張陽笑看著她。「看來妳的性子像妳爹？」反正不像她那位冷靜自持的娘。

蕭晴玉下巴一抬。「當然！」

知道朝廷接管了潞陽，林卉的心理壓力便小了很多——她手裡有糧，許多的糧。外頭如此多的災民流離失所、饑寒交迫，她一直在猶豫要不要繼續騰出糧食去幫忙……可她手裡餘錢不多，這些糧食是要保證全家上下幾十口人吃一段時間的，甚至還不知道要吃多久，她便不敢輕舉妄動，只是心裡總梗著一根刺——外頭是活生生的人命，她做不到無動於衷。

如今事情算是開始有了起色，朝廷接管了這些災民，日後總歸會越來越好了。

接下來，一切果真朝好的方向發展。

有朝廷插手，哄抬物價的幾家糧鋪都被封了，鋪子裡的糧食直接被拉走，加上縣令手裡收繳而來的糧錢，縣城足足施了三天粥。

第一天便罷了，從第二天開始，施粥的時候還按照人口送上一袋米並十文錢，讓他們返回家鄉，並告訴他們朝廷已經下令，今年田稅全免。

眼見情況轉好，加上前兩天運送米糧的車隊經過，災民看到希望和信心，自然願意回家。

然後，張陽工廠裡的那批鹹阜災民，也遲疑地向他提出返鄉的要求。

張陽這段日子對他們也算仁至義盡，他們做了一個多月，也攢下了些米糧，就算不領朝廷的救濟糧也能回家，又聽說今年各種田稅全免，自然更想回家。

張陽本就是為了接濟他們才安排他們進廠工作，如今他們要回鄉，當然不會不樂意，甚至還送了他們幾斤速食麵，讓老人小孩路上可以吃得舒服些——天兒還冷，他們這群人有老有小的，一路餐風露宿回去，能喝碗熱湯也是好的。

但工廠不能沒人幹活呀，張陽便按照原來計劃，從村子裡聘請了十多名婦人，按照商定的月銀，讓她們來廠裡上班。

除此之外，蕭晴玉清楚工廠的情況後，更索利地掏出一百兩注資，成為工廠的第三位股東！

剛開始張陽是不肯的——這工廠是他弄來賺錢娶媳婦的，讓未來媳婦注資算什麼啊？但蕭晴玉什麼性子啊？接連兩天追著他叨叨，什麼加快進度掙錢才能娶媳婦、什麼這小破工廠這麼些人，何年何月才能掙到一萬兩、什麼她的錢以後要還她等云云。

張陽拗不過她，加上她說的也沒錯，想了想，便厚著臉皮接下了。

有了這筆銀子，他又請了一批村民，趁春耕之前趕緊擴建廠房。

這小倆口的事情，林卉只是笑咪咪地旁觀，等他們談好，幫他們擬了個合同，讓蕭晴玉正式成為股東——做事有規有矩，以後才不怕出問題。

然後她便沒再插手工廠的事，反正紅薯粉跟速食麵的做法都是有章可循，帳本又有蕭晴玉這個算數大佬掌著，她便安心地當甩手掌櫃去了。

她還得帶林川唸書呢——前些日子瑣事太多顧不上，林川都有些玩野了。

一個是教、兩個也是教，她索性把家裡的孩子都叫過來一起學習。

教書畢竟是嚴肅的，林卉不敢輕忽，怕把人教歪了，每天都得抽出時間備課。講解的時候是一塊兒講，等到林川背書習字時，她再給其他孩子補補基礎，比如識字。

除此之外，她還得開始給大熊幾個做春衫。

都是費神的工夫，一天忙下來，即便中午歇了晌，晚上也是累得早早睡覺——好處是，忙起來，思念彷彿就少了許多。

忙忙叨叨的，時間過得飛快，踏入二月份後，外頭已看不到災民的影子了。

冷清了一個正月，各村彷彿被壓抑了許久，紛紛開始出門走親戚。

別的村不好說，梨山村陡然熱鬧了起來，每家每戶彷彿突然多出許多外村親戚，天天人來人往，熱鬧得跟市集似的。

沒幾天，林卉便陸續收到好幾張喜帖，全是別村的適齡姑娘嫁進他們村。

立春過後，好日子便多了，林卉接連吃了幾場喜酒就覺出不對。他們家的兵哥哥這麼多，一個個相貌端正、體格倍棒，在將軍府工作，又體面又有穩定月薪，怎麼沒有姑娘看上他們？

想不明白，她乾脆跑去問劉嬸。

一聽問題，劉嬸登時樂了。「大夥還以為你們家那些小夥子看不上村裡姑娘，不打算找呢！」

林卉大吃一驚。「怎麼會這樣想？我家那些兄弟年紀都不小了，一個個恨不得馬上娶媳婦，哪裡會看不上？」她已經盤查統計過了，最小的翻過年都二十歲了！

大熊出門之前可說了，這些兄弟都是家人死絕、無家可歸的可憐人，要她得空幫忙留意，給他們找個媳婦安頓下來。林卉心裡也惦記著呢，這群半大小夥，最大的不過二十六歲，在現代也不過是剛畢業的小夥，卻已經歷過喪親、戰亂這些不幸的事，每個都很堅強可靠。

再者，這段日子她也觀察了不少，熊浩初帶的這些兵確實很不錯，身手如何她是感受不大，人品卻是能見微知著，不說別的，他們對村裡人都客客氣氣的，看到什麼事兒還都樂意搭把手，就有好幾回村裡婦人乘機跟她打探了名字、年齡，怎麼轉頭還有這樣的誤會？

劉嬸笑看她。「好些人家不都跟妳打聽過嗎？妳怎麼說的？」

難不成她說錯話了？林卉仔細回憶了下，確認道：「我確定我啥也沒多說，都是據實回答來著。」

劉嬸樂得不行。「壞就壞在這啥也沒多說了。」她提醒道：「人家特地打聽妳家那些兵哥的名諱、年齡，不就是為了結親來的嗎？妳只回答問題，啥也沒多說，人家以為妳不樂意嘛。」

竟是這樣？她摸摸鼻子。「那我現在該怎麼辦？」

劉嬸笑著給她指點。「哪些人家有問妳的，妳去看看他們家的姑娘唄，合適的就去問問人家的名字年齡啥的，再把妳的意思透露幾分，就說妳家那些兵哥都沒了長輩，只能妳來操心婚姻大事什麼的……這前後一連起來，意思不就到了嘛！」

林卉受教了。「成，我這就去找她們。」

辭了劉嬸，林卉立刻回家，拿了點銀錢才再次出門。

陪同的曾嫂不解，她解釋道：「貿貿然跑去問話忒奇怪了，拿點銅板，假裝買點菜啊蛋啊什麼的，就自然多了。」

曾嫂莞爾。「夫人想得周到。」

「走走，趕緊去問問！」他們村的姑娘多好啊，可別被別村的漢子搶了去。

打鐵要趁熱，林卉接連幾天都以買菜買蛋的名義，一家家串門聊天，結果甚是喜人。

將各戶人家的情況整理好，她便把宋林、辛遠叫過來，然後把這些情況告訴他們，讓他們安排後續事宜。比如，被看中的兵哥哥也得去看看對方姑娘家吧？也得知道對方家裡什麼情況吧？若是看中了，就趕緊來回她，把人定下來……

尤其是宋林，他這個隊長，也有不少人家盯著呢。

辛遠還好，宋林那個激動呀，撲通一聲跪了下來，林卉被嚇了一大跳，急忙讓辛遠把人攙扶起來。

「夫人大恩！」宋林激動得眼睛都紅了，他有些語無倫次。「咱們這些弟兄都沒長輩，連討媳婦都不知道怎麼做好……若是成了、若是成了……」說著他又要下跪了。

好在這回辛遠有準備，直接把人拽住了。

林卉哭笑不得。「你們叫我一聲夫人，我自然得幫你們打算好啊。再說，你們家將軍走的時候也交代過，我要是沒幹活，回來你們將軍指不定怎麼罰我呢！」

誰都知道這是玩笑話，可扛不住兩位主子惦記啊。宋林依舊激動不已。

辛遠笑著插了句。「你現在謝啥？趕緊去把這些事安排清楚，快快成親，到時請夫人喝杯新人茶，不是更好嗎？」

林卉笑了。「就是這個理！」

宋林連連點頭。「必須的必須的！」

「好了，趕緊去找這幾人安排下去。」林卉頓了頓，忙又補充。「還沒消息的兄弟也別擔心，我這邊會繼續幫忙留意。」

「是。」

宋林這群人都是軍伍出身，別的不說，那執行能力、那偵查能力、那尾隨跟蹤——咳咳，反正呢，他們在軍營裡學來的各種手段，都被應用在這場相看大業上。沒幾天工夫，那些姑娘家的情況便被掏摸得清清楚楚。

宋林回來彙報的時候，林卉都被這詳細資料嚇了一跳。

她有些哭笑不得，心裡忍不住嘀咕，她跟熊浩初訂親之前，這廝是不是也這樣查過她的底子？旁的不說，她的性格跟原主差這麼多，她還知道這麼多原主不可能接觸的東西，熊浩初不可能沒有發現，那他……為何從來不問？

種種思緒亂亂紛紛，想不明白，林卉索性按下不管。

宋林等人既然已經查得清楚明白了，加上他們本來就是跟人家姑娘有所接觸才會被認識……郎有情妹有意，這親事也就差不離了。

接下來，林卉便開始跟各家談下一步了。

因為她這番舉措，村裡人嗅到味道，紛紛帶著自家姑娘出來，沒有姑娘的，也把別村的親戚叫過來，今兒在工廠偶遇林卉，明兒在東家偶遇，於是，二月還沒過完呢，熊家這群兵哥哥就有一半多定了下來，只等熊浩初回來，這親事便能辦了。

折騰完這些，林卉差點沒累趴下。

洗完澡，穿著柔軟秋衣的林卉爬上床攤平，舒服地長嘆一聲。

當一條躺平的鹹魚真舒服啊……

曾嫂收拾完浴間進來，就看到她在床上滾來滾去。她遲疑了下，快步走過去，低聲喚了句。「夫人。」

「嗯？怎麼了？」林卉轉回來，趴在床沿看她。

曾嫂嚇了一跳，扔下東西就去扶她。「咱還是坐著說話吧？」

林卉莫名其妙被攙起來。「啊？」她乾脆盤腿而坐。「要說什麼正事嗎？」

曾嫂仔細打量她，見她確實毫無所覺的模樣，才小心翼翼問道：「夫人，您這個月還沒來月事……」

「哦，妳說這個啊，」林卉一擺手。「沒事，月事不準而已，再等等就好。」

曾嫂皺眉。「夫人！您有沒有想過，您或許是……」

林卉眨眨眼。「是什麼？」

曾嫂視線下移，定在她小腹位置。

林卉跟著她的視線看向自己肚子，愣了片刻，反應過來後，登時哭笑不得。「妳想什麼呢？我上月不是來了月事嗎？」

曾嫂搖頭。「夫人您沒有經歷過不知道，有些人懷孕後第一個月，還會來一次月事，不過通常量少、色淡、天數少……」她認真地看著林卉。「奴婢天天跟著您，清楚記得，您上月只來了三天，比前兩月都短。」

林卉怔住。她確實沒生過孩子不是很清楚……但是，懷孕後還會來月事？

曾嫂接著又道：「而且您這段日子睡得早，早上卻起得晚了，中午還要歇晌，就連三餐也比往常多……要不，奴婢先給您把把脈？」

林卉微訝。「妳會把脈？」她以為曾嫂只是懂點藥理，跟她差不多那種，只是她擅長的是日常調理，曾嫂似乎擅婦科。

曾嫂微笑。「奴婢出身醫家，開始走路就學把脈了，雖然未到能治病救人的地步，把把脈還是可以的。」她被買過來，不就是為了這個嗎？

林卉張了張口，下意識撫了撫腹部。

「夫人，是不是咱們都先把個脈吧？這個月奴婢一直提著心，眼看著這二月都要過去了，怎麼著也得先確定再說。」

林卉咬了咬牙，伸出手。「來。」是死是活，都得先看看結果！

曾嫂鬆了口氣，忙不迭過來，半跪在床邊，托住她手臂，另一手輕輕搭上腕部。

林卉屏息凝神，屋裡靜可聞落針。

曾嫂神情嚴肅地聽脈。片刻後，她眉頭動了動，收手，將林卉的胳膊放回床上，然後一磕頭——

「恭喜夫人！」

林卉眼睛大睜，完了！

這下怎麼辦？

林卉悶在家裡三天了。

大熊一直很小心，從來沒有真正弄進去……就這樣還懷孕……果然還是太頻繁了嗎？沒有避孕套，就是不靠譜啊！林卉長嘆了口氣。

現在怎麼辦？她還沒滿十六歲！雖然這年代的人十五、六歲成親生娃很正常，可是死在產床上的人不少，她對這時代的醫療沒有信心。

她還沒活夠，她喜歡這裡，喜歡這裡的人，喜歡這裡的生活。她捨不得林川，捨不得……熊浩初。

所以……她要放棄嗎？

要不要等熊浩初回來商量商量？

不，不行，若是從熊浩初離開的日子算起，就快要滿三個月了……這傢伙還不知道什麼時候能回來，再等下去，她就是不想要都得要了……

所以，真的不要？

可這是她的孩子，她跟熊浩初的第一個孩子……

林卉盯著院子裡移植過來的桂花發愁，怎麼搞的，這桂樹光禿禿的，沒有一點葉子，看得她想吐口唾沫過去，讓其快點長滿葉子——

等等！

林卉腦中陡然閃過一個可能。

她現在的體質詭異非常，隨便的唾沫、血液都對各種植物有催生作用，如果她沒猜錯的話，似乎對人體也有影響——剛成親那會兒，熊浩初天天都跟打了雞血似的，要說跟她一點關係都沒有，她才不信。

所以，有沒有可能，她現在的體質比一般小姑娘強健許多，提早生孩子也不會有太大影響？

她陷入沈思，一會兒是怕死不想生孩子，一會兒是不捨得孩子又帶著僥倖心理，林卉搖擺不定，整個人愁得不行。

蕭晴玉抱著帳本進來的時候，就看到她坐在台階上長吁短嘆，天天跟在她身邊的曾嫂卻不見人影。

「妳這兩天幹麼了？」她快步過來，湊到林卉面前，仔細打量她。「真的生病了？」

林卉按住她腦袋往後推。「別過來，妳口臭！」

蕭晴玉大驚失色，立刻後退兩步，伸掌擋在嘴巴前，試探般呵了口氣，聞了聞，又呵了口，確認沒有異味，才大叫。「妳誆我？哪裡有口臭！」

林卉被她逗得笑了笑。「那妳怎麼被我說一句就嚇著了？」

蕭晴玉白了她一眼，挨著她一屁股坐下來。「那不是中午跟著妳吃了頓蒜泥白肉嘛。」

她意猶未盡地舔舔嘴唇。「真好吃，就是味兒太衝了。」

「妳不是吃了好多花生還喝了好多茶嗎？擔心什麼？」

蕭晴玉撇了撇嘴。「總覺得還是有點……」話鋒一轉。「妳這兩天怎麼回事？啥事也不管，還唉聲嘆氣的。」

林卉瞅了她一眼，伸手托腮。「說了妳也不懂。」

「妳不說我怎麼懂？」

「那妳懂醫？」

「……還真不懂。」

「那不就得了？」

「妳說出來說不定我就懂了呢？」

……

跟蕭晴玉瞎扯了一下午，晚飯後又泡了個熱水澡，林卉紛亂的腦子好歹是放鬆了些，在床上翻滾了會兒就睡著了。

睡得正熟，一陣涼風襲來，她被吹得瑟縮了下，迷迷糊糊將身上被子緊了緊，卻摸到一隻帶著涼意的手。

她一個激靈，瞬間醒來。

透過窗外映進來的薄光，能清楚看到床邊多了道黑影。

她還沒來得及驚懼，那名黑影便低笑道：「別怕，是我。」低沈的嗓音熟悉又溫柔。是熊浩初。

狂喜湧上心頭，林卉摸索著抓住他的手，激動道：「你、你回來啦！」

「嗯。」熊浩初俯身靠過來，堵住她柔軟的唇瓣狠狠蹂躪，未刮的鬍茬刺得林卉拚命躲避，男人乾脆大手托按住她後腦勺，讓她避無可避。

半晌，他才終於鬆開她，啞著聲音問：「想我嗎？」

微微喘息的林卉圈住他脖頸，低低應了聲。「嗯。」然後抱怨。「你怎麼不刮一下鬍子？」

熊浩初低笑一聲。「太心急見妳了。」輕輕拉下她胳膊，坐直，站起來。

林卉微愕。

黑暗中，挨著架子床的男人開始慢條斯理地脫衣服。

林卉。「……」心裡則暗啐了聲，還真不能對這頭熊有什麼期待。然而想是這麼想，臉上、身上卻忍不住滾燙起來，久別勝新婚，何況他們本來就是在新婚期分開……

熊浩初動作很快，不過眨眼工夫，被子一涼，下一瞬，炙熱的氣息便貼了上來。

呼吸交融，薄薄的睡衣很快褪去，帶著繭子的粗糙大掌四處游移，刺刺的鬍茬也到處搗亂。

林卉的氣息開始亂了，炙熱的氣息一路往下，所過之處留下一串濕濡痕跡，還有鬍茬帶來的麻癢觸感……直到遇到阻礙。男人勾住她的褻褲往下拽，同時急不可耐地在她腰腹上啃咬吸吮——

腰腹？

一盆涼水兜頭潑下來，林卉瞬間清醒，扶在他肩膀上的手急忙推拒。「別，大熊，」她喘息道：「不能繼續！」

她那點力量如何能推動熊浩初，後者紋絲不動，甚至還越發激動。

林卉聽到一聲裂帛聲，自己的褻褲——她驚怒，立馬抬腳直接當胸踹過去，怒斥道：「讓你別動！」

可惜，沒踹著。腳踝被男人一手握住，還順勢拉到唇邊親了口。

「怎麼了？」男人聲音低啞。「不是想我嗎？」

這傢伙……腦子裡除了這事就沒別的了嗎？林卉滿腹的不安和委屈湧了上來，她乾脆卸下力道躺平，忿忿道：「你繼續，你繼續……不過就是一屍兩命嘛！」

男人怔住，下一瞬，狂喜淹沒了他。

林卉還沒反應過來便被挪移上前的男人一把摟起來，疾風驟雨般的親吻落下來。

「我要有孩子了？我要當爹了？哈哈哈哈哈！」

林卉。「……」用力把這顆熊腦袋推開半尺。「你是不是傻了?!」

熊浩初興奮不已。「卉卉，我很高興——」

「你不怕我難產死掉？」

「……」

逐漸清晰的視線，讓林卉看到他愣怔的神情。

好一會兒，熊浩初終於冷靜下來。

「……因為妳年紀太小了？」

「嗯。」林卉心裡難受，雙手環抱過去。「大熊，我也……咱們要不要拚一把？」

熊浩初用力摟住她。

半晌，他沈聲道：「別急，我明天找些大夫來看看。」

「好。」看什麼林卉也不問。

她自己實在狠不下心，既然熊浩初回來了，就交給他吧。

熊浩初撫了撫她披散下來的長髮，柔聲道：「這段日子辛苦妳了。」

埋在他懷裡的林卉搖了搖頭，悶悶道：「你平安回來就好。」

「嗯。」熊浩初憐惜地親親她髮頂，貼著她躺下來。「睡吧，有什麼事明天再說。」

某物還精神奕奕地戳著她呢，林卉不自在地往後挪。「要不要——」

「不用！」熊浩初將她往懷裡按了按。「妳先休息，妳現在身體要緊。」不管這孩子要不要，有身孕了就該好好休息。

林卉聽出他的意思，乖乖地「哦」了聲。

她這幾日為了這事愁得天天失眠，熊浩初一回來，她登時有了主心骨，趴在熟悉的寬厚胸膛裡，沒多會兒就陷入沈眠。

等到懷裡氣息變得平穩後，熊浩初才將視線放在她秀麗的五官上，緊皺的眉心顯示了他不平靜的內心……

第二十九章

第二天，林卉直睡到日上三竿才起來，還是曾嫂進來喊她，她才醒來的。

她打了個哈欠，慢悠悠穿衣服。「什麼時辰了？」

屏風另一邊，推開窗戶的曾嫂答了句。「夫人，巳時了。」她笑著轉進來。「老爺回來了就是不一樣，夫人都安心多了。」

前幾天林卉夜裡睡不著，白天又早早起來，整個人焦躁得不行，她自然是看在眼裡。

林卉皺了皺鼻子，不理會她的調侃，邊繫腰帶邊問道：「大熊呢？」

「老爺剛回來，正在洗手擦臉呢。」

林卉停下動作，抬頭。「他一大早去哪兒了？」

「老爺一大早帶著辛遠幾個進城去找大夫來著。」曾嫂忍俊。「足足十幾名，我看吶，老爺這是把城裡大夫都拉回來了。」

林卉簡直無語了，這是把人拉回來舉辦古代版會診嗎？不知道的還以為她不是懷孕，而是得了什麼絕症呢。

正無語呢，熊浩初走進來。「起來了？」臉上鬍子已經刮乾淨，厚實的棉衣裹在他身上，顯得他越發高壯。

就是前些日子被她養出來的一丟丟肉消下去了，臉上線條又恢復了剛相識時的硬朗，要不是他臉上神情柔和，走出去怕是又能嚇哭幾個孩子。

林卉看到他滿心都是喜意，只是……她快手把衣裳帶子繫好，頗有幾分不好意思地解釋道：「我往日沒有這麼晚起來的。」

熊浩初大步走到她身邊，順手將曾嫂手裡的襖子拿過來，幫她穿上，輕「嗯」了聲。「我知道。」待她穿好衣裳，又跟著她去浴間。

林卉趕他。「你先去忙，我梳洗完了再去找你。」

「沒事。」熊浩初拿起她用的竹筒杯，拿水沖了沖，裝了水遞給她。

「……」她又沒殘，這是要幹麼？

可惜，某熊臉皮厚，怎麼趕都不走，林卉沒法，只得在他的灼灼視線下刷牙洗臉——好在這傢伙沒有跟著進洗手間，不然今天她肯定要家暴了。

一通忙活出來，已經接近巳時末。

林卉以為這人是急著帶她去看大夫，擦完自製的霜乳便要推他出去，誰知這廝竟把她帶到餐桌邊，讓她吃早飯——這個點還吃什麼早飯啊摔！

她想到待會兒還得吃午飯，胡亂塞了幾口粥便打算作罷，這頭熊竟然端起碗打算餵她——好好好，不就是吃嗎?!林卉沒轍，只得搶回碗勺接著吃。

一小碗粥、一個雞蛋再加一小塊蛋餅，她吃完忍不住打了個飽嗝，瞪向某熊。「行了吧？」

熊浩初眼底帶笑。「吃飽了才能長身體。」

林卉翻了個白眼。「中午我就吃不下了。」
「沒事，今天中午晚點開飯，我已經跟曾嫂說了。」
「……」
兩人邊說話邊走向前院待客的堂屋。
甫一進門，林卉便被滿屋子的人嚇一跳。全是一襲長衫的老頭子，有幾個年輕些的，看著也有四、五十歲，每人身邊還擺著個藥箱。
屋裡人也看到他們了，忙不迭起身，跪下行禮。
熊浩初擺擺手。「起來吧。」然後扶著林卉走進去。
在裡屋給諸位大夫倒茶的辛遠快步過來，把他倆迎到主位。
熊浩初先扶著林卉坐下，然後站在她手邊沈聲開口。「早上我已向你們說了情況。現在我夫人就在此處，你們來看看，這胎，是保還是不保。」
林卉傻眼，這麼直接的嗎？
眾大夫面面相覷，皆有些遲疑。
林卉忙打圓場。「辛苦諸位大夫跑一趟了，我身體並無大恙，請各位來，只是討個主意而已。」她撫了撫腹部。「我就是年紀小，怕身子不好不宜生子，現在這孩子，我若是想留下，不知有幾分把握？」
左列第一位大夫遲疑片刻，看了眼熊浩初，謹慎道：「老朽不才，希望能探探夫人脈象。」

林卉微笑。「這個自然。」將窄袖略微往下拉了拉，露出白皙手腕，然後將胳膊放在茶几上。「請。」

熊浩初眉頭一皺，朝辛遠道：「去弄塊墊子來。」

「不用——」

「是！」辛遠已經麻溜地跑出去了。

林卉默然。

很快，辛遠便找來一塊軟墊子，還識趣地多拿了一個，讓林卉可以墊在後腰，收穫熊浩初滿意的點頭。然後是曾嫂送來枸杞紅棗茶，熊浩初還上手摸了下杯沿，確定不是涼的才作罷。

林卉暗地翻了個白眼。她以前怎麼不知道這傢伙這麼雞婆。

然後才是正式把脈問診。

適才問話的老大夫第一個，把完脈，斟酌片刻，道：「夫人身體康健，這胎象也是穩妥的，並無大礙。」

熊浩初皺眉。「生的時候能順利嗎？」

老大夫啞然。「這個……這個……俗話有云，生孩子就是闖鬼門關，這個怎能說得準呢？」

熊浩初追問：「她現在年紀還小，若是過兩年再生，是不是會穩妥點？」

老大夫皺了皺眉，再次打量林卉，然後謹慎道：「若是能再等兩年，自然更穩妥，只是——」

熊浩初皺眉。「只是如何？」

老大夫看了看他，小心翼翼道：「只是這生孩子之事，誰也說不準，不管哪個年紀生，都是……」對上男人沈肅的神情，他一激靈，急忙咽下後半截話。

熊浩初擺擺手。「行了，下一個。」

老大夫忙不迭起身退後，辛遠已經請了另一名大夫，他一走開，下一名立即補上。

如是反復，林卉彷彿只是一名被諸大夫拿來問診練手的工具人。

好不容易所有大夫都診過脈了，曾嫂拿來溫熱的濕帕子給她擦手。

林卉剛擦完手把袖子拉下來，就聽熊浩初沈聲道：「你們行醫沒有十年也有八年了，一個個說話模稜兩可，治病救人，也能如此模稜兩可嗎？」

眾人低著頭，大氣不敢喘一聲。

「來個能說準話的，我夫人這胎，比之常人，是不是要更危險些？」

靜默片刻。

林卉正想說話，第一個診脈的老者站出來。「回大人，應當還是有些危險。」

「大人，老朽覺得並無不妥。」有人站出來反駁。「不管誰生孩子都有危險，夫人身體康健，只要好好看護——」

「你敢保證嗎？夫人身子骨還未長開——」

「胡扯，十五、六歲正是成親生娃的年紀，何來長開不長開之說。」

「十五、六歲還能再往上長高，如何——」

……

都是行醫多年的老大夫，吵起來登時忘了地點，一個個吹鬍子瞪眼的。若不是關乎自己的孩子，林卉肯定看得津津有味，如今只覺得他們吵得不行。

許是看見她捏眉心，熊浩初捏捏她柔荑，低聲問她。「這屋裡吵，妳要不要出去轉轉？」

林卉看看眾人，想了想，點頭道：「有結果再告訴我吧。」她實在是不想聽了。

「好。」熊浩初柔聲應道，然後示意曾嫂陪她出去。

接下來他們說了什麼，林卉便不得而知。

陪她走出堂屋的曾嫂欲言又止，她都自顧不暇，更沒心情給她好好解釋。

她打算去看看林川。

今天上午她睡過頭了，沒有提前跟林川打招呼，但她每天都會布置第二天的作業，不知道這小子有沒有乖乖做。

林川住在東廂房第一間。

為了方便做暖牆，東西廂跟正房的牆是連在一起的，林川住的套間最靠近正房，自然是東廂房裡最暖和的——若不是熊浩初覺得林川長大了該自己睡，林卉原本打算把他安排在正房，好在有了暖牆，這冬天一點也不難過，她這才作罷。

西廂第一間則被林卉弄成書房——前後兩排大開窗，光線通透明亮。暖氣從地板過，屋子裡甚至能光腳行走，不管是讀書習字，冬日裡也不會凍手凍腳了。

兩邊窗戶各擺上一張書桌，一大一小，小的那張還配了小椅子，正是林川讀書習字的地方。屋子中間鋪了塊地毯，上面擺了矮几墊子，功課做累了就能坐到這兒好好歇歇，喝喝茶吃吃點心，拿來看書也是可以的。

書房另兩面牆還打了整面帶櫃門的書架牆，裡面擺了還不到一半的書籍冊子，大部分還都是韓老送來的。

林卉要找林川，自然要到書房找。

早上似乎下了點小雪，地上有些濕漉漉的，為了不讓書房的暖氣跑了，書房門是半掩著的，林卉領著曾嫂走上前，敲了敲。「川川？我進來嘍？」

雖然林川年紀小，可她覺得既然林川已經開始讀書習字，也開始懂得思考，那就該當成年人來對待。不光她自己是這麼做的，她也這麼吩咐張陽幾個以及下人們。

林川的童音從裡頭傳來。「姐姐嗎？進來吧！」

林卉笑著推門進去。「我還以為你——」

對上一雙清冷眸子。

手肘搭在書案上，坐出幾分寫意的眸子主人掃了她和曾嬸兩人一眼，微微點了點頭。「夫人日安。」

這是隨著大熊回來的？既然知道她是夫人還不站起來，那這人的身分……必然比大熊的還高。

電光石火間，林卉想到一個可能。她忙收斂心神，恭敬福身。「太子殿下萬福金安。妾身不知道太子在此，失禮了。」

清冷男子挑了挑眉，漫不經心的姿態微微收起。「夫人免禮。」頓了頓，他隨口問道：「浩初跟妳提起我了？」

這名清冷男子竟真是當朝太子，楚璟。

林卉直起身，微笑道：「並沒有，只是妾身推測出來的。」

楚璟面露欣賞。「浩初眼光不錯。」

才說兩句話，突然變成讚美態浩初……林卉微哂，視線掃過他手裡的冊子，福了福身。「太子您自便，妾身先看看弟弟的功課。」

楚璟看看跳下椅子跑到林卉身邊的林川，再看看她，詫異道：「妳識字？」

在他們說話的工夫，林川便跳下桌子，緊張地跑過來拉著林卉衣襬。林卉身後的曾嫂更不必說，已經驚駭得說不出話，哆嗦著站在後頭，大氣都不敢喘一下。

林卉倒是神色不變，聽見問話，只是點了點頭。「略識幾個。」

林川驕傲道：「姐姐的字是我教的！」

林卉莞爾，摸摸他腦袋。「對，川川教得特別好。」

楚璟「哦」了聲。「不錯，浩初身分畢竟不一樣，妳若是識字讀書，倒是能更好些。」

林卉微笑，福了福身。「是。」

楚璟擺了擺手。「你們忙吧，無須管我。」

「是。」

楚璟再次倚回靠墊上，捧起手裡冊子繼續往下看。

林卉收回視線，牽起林川走向對面小書桌，邊低聲問：「今天的習題做了嗎？」

「早就做完啦。」林川跟著放低音量，抱怨道：「我都開始練書法了，妳怎麼這麼晚啊？」

「抱歉啊，早上起晚了。」林卉賠笑。「我現在幫你看看。」

林川爬上小椅子，將擱在桌子左上角的冊子拉過來，翻到今天做的地方。

林卉坐在他旁邊的小椅子上，接過本子，抓了根炭筆開始批改，林川緊張地盯著。

林卉將習題改完，點頭。「今天不錯哦，算術題都對了，不過，論述題有點歪了。」她指向其中一道，開始講解。「慎終追遠，民德歸厚。前者是指對先祖的追思哀悼，後者是對古人高風亮節、嘉言懿行的學習……通過這些借鑒對比，人的品德才能有所提升，再普及開來，民風才能淳厚。對吧？」

林川點頭。

「你再看問題——倘若你是一城縣令，如何讓民眾『慎終追遠，民德歸厚』？你的做法是開學堂，教導大家學史。你這個做法也是可行，只是，你考慮過當地實情嗎？」

林川撓了撓頭。「什麼實情？」

「你看，你若要教百姓學史，是不是該先學字？」

林川辯解。「只是讓他們明辨是非，無須識字也是可以的。」

林卉莞爾。「那也行。那我們來算算一個縣會有多少人？咱村一共二百三十七戶人家，若是一戶五口人，那就有一千一百多人，若是一個縣有二十個村，起碼有兩萬兩千人，我假設縣城裡的人口約莫有三到五千，那一整個縣至少有兩萬五千人。這兩萬五千人，排除老少，大約算一萬人，而這一萬人可能每天需要下地幹活或開店做生意……你怎麼讓他們過來聽你唸書？」

林川皺了皺鼻子。「那、那我給錢？」

林卉挑眉。「昨兒那道經濟題不是才說你了嗎？你哪來這麼多錢給人？請先生的錢我還沒給你算呢。」

林川苦著臉。「那怎麼辦？」

林卉笑笑，引導他。「你每年什麼時候追憶先祖最多？」

林川眼睛一亮。「清明掃墓、過年祭祖！」

「你看，這不就是個法子了嗎？」林卉點了點他鼻子。「利用節日去宣傳，不管是敬愛父母長輩，還是追思先祖，這些節日都是好時機。」

林川撓頭。「那怎麼宣傳？大夥本來就是要掃墓祭祖，還能怎麼宣傳？那不又繞回教導這一塊嗎？」

「那個太慢了。我問你，你每天花這麼多時間背書，枯燥嗎？」

林川老實點頭。

「別人也枯燥，還要幹活的人更不想學了。」林卉又問他。「可是，要是不背書，只讓你唱歌呢？」

林川眨眼。

「誰都能哼哼幾句對吧？把你想要推廣宣傳的東西編成童謠戲曲，好聽點的，讓人傳唱出去啊！不止追思，還能把各種歷史小故事編進去——」

「好！」清朗的嗓音陡然響起。

林卉一頓，急忙站起來，回身福禮。「太子殿下……？」她說入神了，把人給忘了。

林川也跟著起身。

楚璟擺擺手，將手裡的冊子晃了晃，看向她的視線已經多了幾分欣賞。「原來這些題兒是妳出的？」

林卉尷尬。「咳，讓太子殿下見笑了。」

「不，很好，非常好！」楚璟讚完，看了眼緊張的林川，想了想，問她。「都是教孩子，不如妳把我家孩子也捎上吧？」

林卉。「……」

「不好。」

高大身影推門進來，低沈的嗓音帶著不贊同，兩大一小循聲望去。

正是熊浩初。

「姐夫。」

「熊大哥。」

熊浩初點點頭，朝楚璟行了個禮，然後站到林卉兩人面前，道：「殿下，內人不過略識幾個字，如何能教導未來天子？殿下三思。」

「教導皇孫是何等榮耀，你家夫人若是教上幾天，日後去了京城，再無人敢輕視。這樣你也不願意嗎？」

熊浩初傲然。「我夫人的好，何須這些名頭來點綴。」

林卉扶額。

楚璟也很嫌棄。「既然如此，你就把人帶回去顯擺啊！」

熊浩初。「……」乾咳一聲。「做人低調為好。」

楚璟輕哼。「你夫人不管是學識還是眼見，都不比京裡婦人們弱。」他諄諄善誘。「你們若是回京，那些個繁雜的事務便能交給她打理，你只需專心朝堂，夫妻聯手，不也是美事嗎？」

熊浩初搖頭。「堂堂男兒，豈能將煩惱扔給女人，自己躲在一邊？」

楚璟說不過他，將冊子往桌上一扔，微怒道：「你還年輕，難道就這樣縮在這種鄉下地方？」

熊浩初微笑。「有何不可？臣下本就出身草莽，現在回歸鄉里，不也挺好的嗎？臣下生性淡薄，不喜那些個爾虞我詐，日出而作、日落而息，才是臣下往後的生活。」

「日出而作、日落而息……」楚璟低頭沈吟了兩句，皺眉問他。「你當真捨得京中繁華？」

熊浩初看著他。「臣下知道殿下心中擔憂。我朝人才濟濟，多我一個不多，少我一個不少，殿下自不必太過憂慮。不過，臣下可以答應殿下，不管何時，只要朝廷需要，臣下必定赴湯蹈火在所不惜！」

楚璟嘆了口氣。「你就算自己不喜，也得為子孫後代考慮吧？難道你的孩子也要一輩子留在這種地方嗎？」

林卉撇嘴。什麼叫這種地方，他們這兒好著呢。

熊浩初似有同感。「這裡很好。」接著，他又冷酷無情地補了句。「子孫自有子孫路，我們如何操心得過來？」

楚璟無語，半晌，擺擺手。「罷了罷了，說不過你，反正你就是打定主意不回京城了！」看看拘謹低頭的林卉姐弟兩人，他招呼熊浩初。「走，坐一上午了，帶我出去轉轉，讓我看看你這地兒有什麼好的！」

「是！」

待楚璟出了門，熊浩初才轉回來，對上林卉擔憂的目光，他微微笑，摸摸她臉頰，低聲道：「別緊張，我跟殿下私交不錯。」

那就好。林卉微微鬆了口氣。剛才他倆說話的時候真是嚇死人——那可是太子啊，一個不好，他們是不是會掉腦袋？

熊浩初看向懵懂的林川。「別鬧你姐姐，乖乖的。」

林川抗議。「我哪裡不乖了？」

熊浩初莞爾，拍拍他腦袋出門去了。

熊浩初兩人走在富陽村人鋪的水泥路上，幾名勁裝漢子不遠不近地跟在後頭。

楚璟踩著平坦的水泥路，驚奇不已，忍不住好奇地蹦了蹦，完了蹲下來摸了摸，驚嘆。「這路真結實。」

熊浩初看著一副土包子模樣的太子，淡定道：「這叫水泥路，我們村子特有的。最重要的是，這路不會受到雨雪天氣影響，平坦如一，還不需要年年維護。」頓了頓，意有所指地補充一句。「行車也更為平穩快速。」

楚璟神情一肅，站起來，緩緩道：「若是運送軍隊輜重……」

熊浩初點頭。「保守估計，能快一倍。」

「成本如何？」

「刨去人工，這樣寬的路面，一丈約莫成本不到十五文錢。」

楚璟震驚了。「這麼低？」

熊浩初點了點路面。「這裡頭大部分是砂石，水泥只需要用一點。」他看向楚璟。「若是用囚犯鋪路造水泥，也就只需要管個飯錢。」

楚璟盯著水泥地思忖片刻，看向熊浩初。「這方子誰弄出來的？」

熊浩初才不告訴他。「不管誰弄出來的。您若是感興趣，這方子可以便宜些賣給您。」

楚璟。「……」他就說這廝怎麼突然如此多話，還好心給他介紹這結實馬路……合著在這等著呢。關鍵是，他還心動了。

「說吧，多少錢？」他沒好氣問道。

熊浩初飛快答道：「八百兩。」

楚璟。「……」

熊浩初看看他無語的神情，輕咳一聲。「這八百兩不虧，不說西北各路，若是能將京城往蘇杭各地的路打通，貨物、米糧運送更為便捷，必將帶動各地商人積極來去，有了大量商人行商，稅收上漲，國庫充盈，豈不是好事？」許是第一回跟人講價，他有點尷尬。

楚璟斜睨他。「你什麼時候開始研究這些經濟事了？」頓了頓，又問：「你那位夫人指點的？」他上午翻了遍書房裡的冊子，雖是用於兒童啟蒙，言語直白粗俗，卻盡是各種經政民生之道，令人拍案。

熊浩初避而不談。「婦道人家如何懂得這些，臣下年前剛蓋房成親，手頭有些緊罷了。」

「哼！讓你乞休！」楚璟嗤道，然後鄙視他。「你現在不是官復原職了嗎？這次平寇有功，按理是要加官進爵。你既然不願意回去京城蹚渾水，回頭我讓父皇給你賞個虛銜，好歹不讓你餓死！」

熊浩初毫不客氣地拱了拱手。「謝殿下。」完了直起身。「那這水泥買賣……？」

楚璟。「……」他沒好氣。「少不了你的！」

那就是妥了。「謝殿下！」

楚璟懶得看他，背手往前走。「前頭那排房子是做什麼的，怎麼突然出來這麼多人？」

熊浩初順勢望過去，正好是他家投資的、張陽設定的工廠位置。

他離開前，那兒才開始整地，如今都已經蓋起了一排敞亮的大房子了。

看到一群婦人在門口排隊按指印，然後離開，他想起林卉說的，遂解釋道：「那是我內人舅舅開的工廠。那些村民是他招聘的員工，這個點，應該是上午班次結束，他們在打卡下班。」

「哦？」楚璟再次被這些新奇說法吸引。「走，去看看。」然後回家。

……

午飯是林卉跟林川單獨吃的，張陽跟熊浩初在前院陪著太子。

她原以為這些人要吃上許久，跟林川吃罷飯，便打算回房歇個晌，然後就看到熊浩初端著碗進來。

她心裡一咯噔，下意識後退兩步，看向熊浩初。「這是……」

熊浩初神情嚴肅，將碗擱在桌子上，看著她，眸中帶著掩飾不住的遺憾。「綜合大部分大夫的意見，咱們這個孩子……」對上她戒備的目光，他放柔聲音。「咱們以後還有許多機會，這個孩子，讓他晚些來吧！」

林卉早有所料，明明這個決定是對她最好的，可此時她卻心裡一緊，立即辯解。「打掉也會傷身的！」

熊浩初盯著她。「大夫們都在外頭等著了，藥也備好了，只要妳喝了藥……」他們立刻就能過來。

難怪上午沒動靜，合著是去備藥了。

林卉不捨又猶豫，看著對面男人嚴肅的神情，陡然想起這人昨夜裡的欣喜和激動，彷彿抓到一個理由，她急忙道：「你這個年紀還沒個孩子，別人在你這歲數都已經兒女成群了，要不，咱們就……留下吧？」

「不，我不急！」熊浩初搖頭，認真道：「咱們再等兩年，孩子什麼的，我們以後還會有，妳的平安最重要。」

林卉心裡酸澀。這傢伙其實古板得很，他昨晚那欣喜的模樣猶在眼前，如今卻親自端了這藥過來……

「是我不好，我不知道妳這麼容易……」熊浩初頓了頓，柔聲安撫她。「好幾位大夫都說妳年紀小了些，骨頭沒長開，孩子不好生……這藥是我讓他們熬的，與妳無關，孩子若是有靈，也定然不會怪妳的。」

林卉又感動又無語。這孩子最多也就三個月，還只是個胚胎呢——唔，她都能穿越過來了，或許真有靈魂之說？

見她不說話，熊浩初摸摸她腦袋。「就當是為了讓我安心？好不好？」

林卉抬眼看他。男人眉心緊皺，幽深眸子裡滿滿的都是自己。

「乖？咱們喝了這藥，好好休息幾天，這事兒就過去了……」

男人還在低聲勸慰，林卉一咬牙，道：「好，我喝！」這孩子本來就是意外，她猶豫，不過是不捨得，既然熊浩初已經做了決定……

生怕自己反悔，林卉大步走到桌邊，摸了摸碗邊，確定不燙，端起碗，仰頭直接灌——

熊浩初緊張地跟過來，目不轉睛地看著她。

就那麼一小碗的藥汁，眨眼工夫便喝完了，空碗落在桌上，「嗒」地一聲輕響，彷彿打開了什麼開關，林卉眼眶一下便紅了。

她看著還有些許褐色湯汁的碗底，輕聲道：「以後我們還會有孩子吧？」不會因為墮胎一次就再也無法生育吧？

熊浩初伸臂環住她，沈聲道：「當然，我們會有很多孩子的。等過兩年，妳的身體好了，咱們一年生一個——」

「呸。」林卉轉回來，佯怒地捶了他一下。「你當我是母豬呢？」

熊浩初見她情緒好多了，緊皺的眉心微微鬆開。「確實太多了，妳若是懷孕，便是我難受，還是少生幾個好。」

林卉又捶了他一下。「你滿腦子都在想些什麼？」

熊浩初俯身，在她耳邊說了句話。

林卉瞬間脹紅了臉，啐了他一口。「流氓！」

比剛才的臉色好看多了，熊浩初暗自鬆了口氣，然後把話題扯遠。「對了，我剛跟太子做成了一筆生意。」

「啊？」

「我把水泥方子賣給他了，咳，換了八百兩。」說著，他抽出銀票，遞給她。這是他特地留到此刻才說的，就是為了分散她的注意力。

果不其然，林卉大喜，接過銀票逐一驗看——是符三家的錢莊銀票，靠譜！

「太好了！」她登時眉開眼笑。「看來咱家最近都不愁吃喝了！對了，我一直忘了問你，你那俸祿什麼時候能發下來？」

熊浩初想了想。「通常都是開春的時候一起發，我這職位按理是京城發下來……估計得等一段日子了。」

「好吧。」林卉撇了撇嘴，再看手裡的銀票，便覺得越發喜人。「反正咱們有錢了！我跟你說啊，過年那段日子，咱家差點連幾隻雞都買不起……」

熊浩初寵溺地看著她嘮叨。

彷彿不過說了一會兒，又彷彿過了許久，正喋喋不休的林卉突然停下說話。

熊浩初圈著她後腰的手下意識收緊。

「大熊，」林卉遲疑地撫了撫腹部。「我、我好像肚子疼……」

熊浩初神情一凜，二話不說俯下身，直接把她橫抱起來。

「等等、等等——」林卉急忙攬住他脖頸，同時低呼。「不是，不是那種疼……你先放我下來。」

準備將她送到床上的熊浩初停住，皺眉看她。「什麼意思？」

林卉尷尬。「那個，我就是、我就是……」對上他緊盯不放的目光，她索性閉上眼睛，半放棄般道：「我只是想上大號。」

熊浩初。「……」他皺眉。「或許是妳感覺錯了，還是讓大夫進來看看比較好。」

既然已經說開，林卉破罐子破摔。「是不是想大號我還不知道嗎？趕緊放我下來！」

熊浩初沒法，只得將她放下來。

林卉立馬飛奔向房間另一頭的洗手間，熊浩初急忙跟過去。

林卉顧不上管他，鑽進洗手間就急忙解褲帶，蹲下便是一通狂瀉，熏得她差點沒背過氣去。

瀉完立馬清爽又舒服，她屏氣凝神，快速清理乾淨，穿好衣服，洗了手便趕緊往外衝，差點沒撞到熊浩初身上。

後者緊張地扶住她。「如何？要不要找大夫？」

「……你怎麼在這？」林卉震驚，下意識放開呼吸，登時被臭氣襲了個正著。

熊浩初上下打量她，眉心緊皺。「妳沒事？」

林卉窘得不行，完全沒反應過來，拽著他疾步往外走。「你噁不噁心啊，哪有守著別人大號的——」她腳步一頓，驚疑不定地看向熊浩初。「我、我沒事？」她咽了口口水。「是不是藥效還沒發作？」

熊浩初擰眉。「不可能，那幫大夫說半個時辰便見分曉。」他倆聊了這麼久，早就過了半個時辰了。

「可是我沒有——不是，我剛才——真的只是大號了——」林卉有些語無倫次，頓了頓，她遲疑道：「他們開的藥，是不是過期了？」

熊浩初。「……」

在外頭候著的辛遠、曾嫂兩人等了大半個時辰都不見絲毫動靜，兩人嘀咕了會兒，曾嫂走上前，欲要敲門——

房門從裡頭打開，露出熊浩初那張嚴肅的冷臉。

曾嫂急忙問：「老爺，夫人——」

「讓他們都進來，看看卉卉什麼情況。」擰著眉的熊浩初扔下這一句便轉身進去。

曾嫂、辛遠面面相覷。

「愣著幹什麼？還不快點！」裡頭傳來一聲冷喝。

辛遠打了個激靈，忙轉身招呼院子裡候著的大夫。

一行人魚貫入內。林卉正端坐在桌旁，手腕下已經墊了墊子，就等他們把脈了。熊浩初就站在旁邊，一手虛搭在她肩上，彷彿怕她突然摔著似的。

眾人忍不住仔細打量林卉。林卉也由得他們打量。

領頭的大夫看了半天，將視線移向熊浩初，遲疑片刻，小心翼翼問道：「大人，那藥……」

熊浩初冷眼一掃。「一個多時辰前便喝下了。」

眾人驚疑不定。這位夫人怎麼看怎麼也不像喝下墮胎藥的模樣啊……難不成沒有懷孕？

不，不可能，他們都把過脈，那脈象假不了。

熊浩初見他們猶自磨磨唧唧，不耐煩道：「還不趕緊看看什麼情況——」

林卉拍拍他的手，示意他別急，然後才溫聲道：「我一個多時辰前確實喝了熊大哥送進來的湯藥，不過，」她輕咳了聲。「剛才我上了趟茅房，似乎全解出去了。你們幫我看看，我這身體……有何問題。」

她懷疑是跟自己體質有關。如果猜測沒錯的話，那墮胎藥很有可能被她的身體當毒素給排出去了……

但是她不確定，也無法跟熊浩初解釋，只得麻煩這些大夫們再診斷一次了。

諸位大夫輪流診脈，然後聚在一起嘀嘀咕咕。

熊浩初微怒。「有話就說，診個脈還不敢說結果的嗎？」

一名大夫被推了出來，他苦笑。「稟大人，夫人的身體好得很，一點問題都沒有，胎象……亦是穩得很。」他戰戰兢兢。「敢問大人，那碗藥……」

熊浩初惱怒，抓起旁邊的瓷碗往他面前一擲。「看看，這就是你們弄來的藥！」

瓷碗「啪」地一聲碎成幾片！幾名大夫急忙搶上來，各捏了塊碎片，拿手指沾了點上頭剩餘的湯汁舔了舔，均皺起眉頭。

「奇怪……」

「沒有問題啊！」

「不可能！」

眼見這幾名大夫皆已經陷入混亂，林卉瞅了眼渾身寒霜的熊浩初，想了想，道：「想必上天注定了這孩子是要平安出生……既然我身體沒問題，這事兒就算了，你們都回去吧。」

她看向曾嫂。「曾嫂，給每位大夫封個三兩的紅封，勞他們辛苦跑一趟了。」

三兩啊，她的心都要滴血了。要不是剛得了八百兩，她真捨不得這錢……

熊浩初還想說話，林卉忙抓住他的手晃了晃，哀求地看著他。

他登時心軟了，擰著眉不說話。

曾嫂偷覷了他一眼，福了福身，進了屋裡。

辛遠也鬆了口氣，急忙讓那些大夫都退出去。

待曾嫂也出去，熊浩初便壓著怒意問她。「妳為什麼讓他們離開？應當讓他們再加重藥量。」

林卉莞爾，捏捏他掌心，笑道：「不會的，我現在反而放心了。這孩子，我們留下吧！」

「不行！」熊浩初一口否定。「這幫庸醫不靠譜，我再去找——」

「不用。」林卉打斷他。「我不會有事，我們可以留下他了。」

熊浩初擰眉。「卉卉，不要任性！這孩子連打胎藥都打不下去，如此命硬，說不定……」就是會剋她！

林卉搖頭。「不會的，與孩子無關……」她咬了咬牙。「是我的問題。」

「？」

「我……」

林卉索性將自己體質有異於常人的事半遮半掩地說了出來。

熊浩初自然不信，她一咬牙，從屋裡翻出根繡花針戳破手指——

當天發生了什麼，除了熊浩初無人得知，只是，孩子終歸是留了下來。

熊浩初是喜憂參半，林卉則彷彿徹底鬆了口氣。

原本家裡只有辛遠跟曾嫂知道，既然林卉決定要留下孩子，熊浩初索性便公佈了這事，還讓辛遠去買肉，今天全府加菜，讓大夥都樂呵樂呵。

恰好楚璟也在，聽聞好消息便送了她一塊隨身玉珮，當是給孩子的禮，說是身邊沒帶別的好東西，只能摘了身上物件，希望她不要介意云云。

林卉當然不介意。皇太子的隨身玉珮啊！比別的什麼金銀財寶都值錢了……轉頭熊浩初又告訴她，那塊玉珮的價值足夠買下整個潞陽的田地，她才真的大吃一驚，趕緊將玉珮壓箱底藏起來。

不過，此乃題外話。

另一頭，貴為太子的楚璟正在書房外面聽牆根——聽林川幫幾名娃娃上課。

沒錯，是林川帶娃娃上課。

熊浩初請了一大堆大夫過來，林卉想到萬一決定流掉寶寶，那接下來她就得坐小月子，林川等人的課業便是個大問題。

為防萬一，午飯前她就跟林川說好了，往後她會每天準備學習任務，林川上午做完這些功課並交予她修改，下午則由他給其他小朋友上課——這些小朋友都是他們家的下人，這段日子多了幾名村娃娃。

也不知道村民是怎麼聽說的，知道林卉在教家裡孩子們識字唸書，家裡有年紀相當的，便央著林卉，把孩子送過來學習。

林卉起初是不肯收的，她這種教法，帶出來的學生除了能識字算數，讓人出去不至於被騙，別的都做不了，她若是忙起來，甚至會讓林川去當小老師，而且只教一個時辰……種種件件都說得清楚明白，村民們若是不嫌棄，就把孩子送過來吧。

她覺得這般說清楚，大夥就不會過來了，誰知道第二天好幾家人興高采烈地把小孩送過來，還都帶了束脩——因著林卉說了不收錢，他們提了雞鴨糖果什麼的，權當束脩了。

總歸呢，林卉沒空的時候，林川便負責帶著這群小朋友上課。

這會兒也是如此，一群孩子，最大的有十二、三歲，最小的就是當老師的林川。

此時林川踩在一張小板凳上，立在旁邊的木板上夾著紙張，上面是稚嫩的毛筆字，他抓著根竹板，老氣橫秋地講課。「慎終追遠，民德歸厚。慎，是注意、小心、謹慎的意思。終是終結、結束，在這裡可以引申為人的生命結束。所以合起來，就是要謹慎對待逝去的生命……從字面意思來看，慎終追遠，明德歸厚，就是指……」

面對一群比他個頭都高的孩子，說話奶聲奶氣的林川絲毫不懼，拿著竹板煞有介事地給他們講解，然後領著他們誦讀幾遍，最後還跳下來指點他們書寫。

孩子們手裡也沒有筆墨紙張，習字都是用沙盤演練。他們每人手裡均有一個裝了細沙的方框木盤，要習字，直接拿木棍子劃拉。

林川挨個指點了一遍，確定他們寫得差不多了，再爬回凳子上，接著往下講解。

「殿下。」

站在窗外聽了好一會兒的楚璟驀然回神。

熊浩初拱了拱手，正待說話，楚璟忙擺擺手，壓低聲音道：「出去說。」

兩人一前一後出了院子。

「事情解決了？」楚璟背著手走在前面。

「是。」熊浩初神情帶著可見的愉悅。

楚璟斜了他一眼。「這麼高興？是有什麼喜事嗎？」

熊浩初也不隱瞞。「再過幾個月，臣下就要當爹了。」

楚璟愣了愣，笑了。「對你來說倒是件大喜事！」到了這年紀還沒成親沒有孩子的，還真的不多。「來，待孩子生了，記得通知我一聲，我讓人給你送一份賀禮。」

熊浩初雙手抱拳。「謝太子。」

楚璟擺擺手。「客套了。」

兩人繼續往外走，楚璟又想起剛才所見所聞，笑嘆了句。「你們家真是，竟然放心讓一小娃娃當先生，小娃娃也是膽大，竟然也真教……」

熊浩初不以為意。「又不是要考進士，讓林川教，一個能溫故知新，一個能習文識字，皆有助益。」

楚璟怔了怔，半晌，笑道：「這還真是。」不過。「我怎麼瞅著還有幾名下人的孩子？尊卑不分，將來如何是好？」

熊浩初不以為意。「下人只是下人，若是尊卑不分，發賣出去便是了。教他們學文識字，別的不說，起碼知書明禮，也不會輕易給主家招禍，再教得好了，日後還能成為孩子的助力。一舉多得。」他微笑。「我內人還準備弄點刑律相關的書籍來教他們，若是殿下方便，可否給我們弄一套？」

楚璟斜眼。「你倒是不客氣。」

熊浩初但笑不語。

楚璟輕哼了聲，轉回去，嘆了口氣。「你這媳婦真不錯，學識見地都有，拿來教這些孩子，」他搖頭。「真是暴殄天物。」

熊浩初拱了拱手。「殿下謬讚。」

說話間，兩人出了大門，一行侍衛跟了上來。

楚璟擺了擺手。「我跟浩初走走，你們不用跟過來了。」

侍衛遲疑。

「浩初在這兒，你們還有什麼不放心的。」楚璟皺眉。「你們跟過來，老百姓見了都要繞道走，沒得嚇著人家。」

他已經說到這份上，侍衛們只得停下腳步。

楚璟也不管他們，繼續往前走。「走，我還想去工廠裡看看。昨兒有些地方我沒弄明白。」

熊浩初自然沒意見。

兩人信步走在熊宅前邊的水泥路上。

「對了，昨天我就想問了，張陽那工廠怎麼大多都請婦人？男人不是更方便嗎？」

「男人還得下地幹活。」

楚璟若有所思，然後問：「種地收成與進廠做工，哪個收入更好些？」

「自然是進廠。兩畝地一年到頭也就掙到一家子的米糧，想買點什麼都買不起。而進廠幹活，一年下來，賺的是種地的好幾倍。」

楚璟詫異。「差別竟如此之大？」

「嗯。」熊浩初看向他。「農為本，商也不容輕忽。若是能把商業扶起來，朝廷稅收必定可觀。朝廷富起來了，便能給百姓降低農田賦稅，讓百姓也富裕起來。」

楚璟驚疑不定地看著他，半晌，他問了句。「也是你那媳婦教的？」

熊浩初輕咳。「是臣下自己瞎琢磨的。」

楚璟輕哼一聲。「得了吧，你有幾斤幾兩我還不清楚嗎？要是你真能想到這麼多，何至於辭官回鄉。」

熊浩初摸了摸鼻子。

楚璟背過手繼續往前走。「你從哪兒找到這麼厲害的媳婦？」

熊浩初隨口道：「朝廷給臣下發的。」

楚璟以為自己聽錯了，轉頭看他。

「朝廷給臣下發的媳婦兒。」熊浩初微笑地重複了句。「臣下年紀到了，管轄梨山村的主簿按照朝廷律例，給臣下推薦了臣下內人。」

楚璟。「……」這是什麼狗屎運！一甩袖，他跳下水泥路，快步往前邊的工廠走去，嫌棄不已道：「瞧你這德行──」

破空聲響，同時眼角掠過一道黑影，熊浩初臉色一變，箭步上前──

林卉卸下滿心糾結，跟曾嫂說說笑笑地聊了會後面的安排，正想去看看林川那邊的狀況，就聽門外傳來一陣騷亂。

林卉心裡一突，朝說話的曾嫂擺了擺手，起身走到門口處，往前院張望。

「……慢點慢點！」

「快！快去請大夫！」

「咱家請的大夫剛走，趕緊去追！」

……

大夫？林卉聽出不妥，急忙往外走。

剛走到前院堂屋，就見一群人跑進跑出……亂糟糟的都不知道在忙些什麼。還有兩個看到她進來，嚇得一哆嗦，都不敢動了。

林卉的心神卻已然落到人群中的熊浩初身上。

高大的男人端坐在椅子上，左肩上插著一支明晃晃的箭，她給他新做的竹青襖子已經被血洇濕了一大片，成了暗沈沈的墨青色……

林卉腳一軟，差點摔下去。

「夫人！」

跟在她身後的曾嫂嚇得心都快跳出來，驚險地衝上來扶住她。

正與楚璟說話的熊浩初急忙回頭，看到她，眉心皺起。「妳怎麼跑出來了？」然後吩咐曾嫂。「帶夫人回去歇息。」

林卉。「……？」

這傢伙離家幾個月，就不知道家裡究竟誰做主了是吧？

林卉氣勢洶洶走過去，掃過那支羽箭，立馬開始指揮。「你、你，去廚房取水來，不要生水，要煮開放涼的水。你去取把剪子來，你去取點乾淨的布過來……大夫呢？有人去追了嗎？」

宋林看了眼無奈的熊浩初，小心翼翼回答。「已經去請了。」

林卉點頭，接著吩咐。「曾嫂妳去拿藥，就在正房左邊的櫃子裡。」

「好。」曾嫂跑了出去。

熊浩初皺眉。「我會安排，妳先回去，妳現在——」

「閉嘴！」林卉扭頭怒瞪他。

熊浩初。「……」媳婦兒眼眶都紅了，他還是閉嘴吧。

林卉也沒再搭理他，接過下人遞上來的剪子，深吸口氣，低下頭，忍著嗆人的血腥味開始剪箭枝周圍的衣料。

眾人大氣都不敢喘一聲，水、布料、藥物陸續拿了過來，剪開衣服，看到那足有兩指粗的箭，林卉眼淚終於掉了下來。

長長的箭枝刺進肩胛骨下方，只差一點、只差一點就……

熊浩初嘆了口氣。「乖啊，妳先回去。」

「夫人，您先回去吧。」宋林、曾嫂也跟著勸。

林卉搖頭，隨手抹掉眼淚，湊到他傷口處仔細察看，然後道：「箭頭尖銳，大都有大倒刺，不能直接抽出來，剪掉可能會卡在裡頭……」她咬了咬牙。「待會兒得挖出來，曾嫂，去我屋裡拿匕首，再去廚房燒根柴——」

「不用。」熊浩初捏了捏她的手。「妳轉過頭去。」

林卉眨掉眼裡的淚，心裡有些預感，咬了咬唇，依言而動。

轉開視線的一瞬間，周圍所有人彷彿同時倒抽了口氣，同時響起的，還有一股利刃入肉聲。

林卉倏地轉回來。

那根插在骨肉中的箭被熊浩初用力按了下去，徹底穿透骨肉，沾血帶肉的箭頭從另一邊露了出來，同時出來的，還有汩汩血液。

動手的熊浩初下頷緊繃，脖頸處青筋虬結，額上更是痛出一身冷汗。林卉哆嗦著手，想去止血，又不敢碰他。

熊浩初很快便緩過來，還安撫般朝她笑笑，然後朝宋林道：「砍掉尾羽，從後頭拔出箭頭。」

林卉急忙讓開地方。

「是！」早就拿著剪刀的宋林叫來一名兄弟，一人抓著箭枝兩端，他抓著剪刀索利一剪，咔嚓一下，箭枝斷裂。接著他繞到後邊。「大人忍一下。」抓住箭頭用力一拔。

林卉早在他剪箭枝的時候就轉過去拿藥粉布料，這邊箭頭一拔，鮮血還未來得及湧出，她立馬將止血藥粉撒到傷口上。

血流得太狠了，林卉拚命灑藥粉，幾乎倒了大半瓶下去，血流才堪堪慢了下來。

「布！」

旁人立馬將布遞過來，林卉快速將傷口包紮好，熊浩初任由她處置。

她把男人的肩胛骨整個包紮妥當，去請大夫的人回來了。

幾名大夫聞過林卉的藥粉，再仔細詢問了傷口情況，又商量著給開了些收斂止血、促進傷口癒合的藥方，包括外敷和內服。要用的藥，林卉手裡有一些，但是不夠，村裡更是沒有，楚璟立即讓人快馬加鞭進城買藥。

敲定藥方，取藥的人出門後，屋裡陡然陷入沈默。

林卉咬了咬牙，問了句。「他會不會有危險？」

這幾名大夫也跟林卉打過兩回交道，對她性子也算是有幾分瞭解。其中一名看看其他人，站出來，拱了拱手，直接道：「傷口太大，這兩日必定發燒，若是撐過去便好了，若是沒有……」他終究是沒敢說下去。

是，這麼大的傷口，必定會引起炎症，發燒是一定的。這時代沒有消炎藥沒有抗生素……若是引起破傷風……

林卉臉色煞白，渾身顫動，竟有些站不住的感覺。

熊浩初忙伸手握住她。「別擔心，我向來身體康健，這點傷很快便好了。」同時示意宋林，讓他將大夫們帶下去。

林卉回握他的大手，用力得指節發白。「你──」對上他蒼白的臉色，她咽下到嘴的話，低聲道：「你別說話了，好好休息。」

熊浩初搖搖頭。「待會兒再說。」看向旁邊的楚環。「殿下，人抓到了嗎？」

楚環沒好氣。「你還有心思管這個，好好養傷吧。」說完他轉過來，朝林卉鄭重一拱手。「夫人切勿責怪浩初，一切皆因我疏忽而起。」他頓了頓。「今日得浩初救命之恩，他日若有什麼要求，我能做到的，必不推諉。」

林卉咬牙。「現在說這些有什麼用？能讓他好起──」

熊浩初忙拽住她，朝楚環致歉。「殿下莫怪，內人只是太過擔心。」

林卉扭過頭去，眼淚終於忍不住奪眶而出。

楚環苦笑。「怪我也是應當的。君子不立危牆之下，若不是我讓侍衛別跟著，今日或許就……」不會發生這樣的事。

熊浩初搖頭。「都是意外。」

楚環看了眼背過臉去無聲流淚的林卉，嘆了口氣。「我已經讓人快馬加鞭去州府請名醫，約莫兩、三天就能到了……你、你且穩住。」

熊浩初朝他點點頭，遲疑片刻，扶著扶手站起來，林卉、宋林急忙扶住他。

熊浩初沒管，只是鄭重地看著楚環，道：「倘若臣下有什麼意外……臣下的妻兒有勞殿下多多關照——」

「大熊！」林卉不想聽他這彷彿交代遺言般的話。

熊浩初不為所動，只看著楚環。

楚環端正神色。「你放心，不管……只要我楚環還活著，定不讓旁人欺了他們。」

熊浩初微微鬆了口氣。「謝殿下。」

楚環苦笑。「謝我作啥……」

正說話，外頭有人來報，那名放箭之人找到了——雖然人已經死了，從穿著打扮來看，應當是從南邊過來。再想到楚環剛處理完喊阜之事，這人的身分便呼之欲——楚環這回南下，當場斬殺的官員便多不勝數，有那麼一、兩家想要報仇，也是尋常。

楚環陰沈著臉聽完彙報，讓人細查，勢要找到指示者。

他這邊安排事情，熊浩初則轉向不停抹眼淚的林卉，低聲勸道：「別想太多，妳現在不是一個人，當心太過激動。」

林卉抽了抽鼻子，帶著鼻音道：「你讓我如何不要想太多？」

熊浩初握住她的手。「我正值壯年，不礙事。」

「不礙事?! 這麼大的傷口，那箭頭還是金屬的，萬一破傷風，我去哪裡給你弄來消炎——」

「卉卉，」熊浩初微揚音量打斷她。「那幾名大夫行醫多年，且都經過戰亂，外傷自有一套辦法，他們人老成精，當然不會說我這個傷如何如何好治，說出最壞的結果，我若是好了，他們便立下大功，若是救不了，他們也能推卸責任。妳無須太過在意他們說的話。」

「正是這個道理。」楚璟說完話轉回來，點頭接上這話。「這些我最有經驗，宮裡御醫基本都是這個德行，沒事總愛說得嚴重幾分，浩初身體好，大可放心。」

林卉低頭不語。

熊浩初朝楚璟點點頭。「煩勞殿下掛念了。」

楚璟看看他倆，嘆了口氣，識趣道：「那你好好休息，等你好了，咱們再痛飲一場！」

「承殿下貴言。」

楚璟離開後，林川、張陽、蕭晴玉幾人便衝進來，你一句我一句的，又是好一通忙亂。過了開始時的激動，林卉終於冷靜了不少，然後便發現說話的熊浩初不停地揑眉心，恰好湯藥終於熬製好送了過來，林卉趕緊讓熊浩初把藥喝了，再讓蕭晴玉、林川他們先回去，然後帶著張陽、宋林一起，幫熊浩初換了大夫開的外敷藥物。

好不容易處理完，熊浩初已經出了一身冷汗。

林卉擔心他現在身體弱會著涼，便拿溫水給他擦身體，還沒擦完，抬頭一看，他已經陷入沈眠，她的心不由得往下沈。

當天晚上，熊浩初果然發起了高燒。

沒有退燒藥，沒有消炎藥，心焦不已的林卉只能不停地拿溫水給他擦拭降溫。

陪著守夜的曾嫂、張陽幾人憂心不已，又要擔心床上的熊浩初，又擔心她熬夜操勞，會傷了身體——她肚子裡的孩子還沒滿三個月呢！

再次聽到他們勸說，林卉搖頭，勉強笑道：「不礙事，我身體很好，偶爾熬熬夜，不會有問題的。」

她在這裡早睡早起，身體素質不知道比現代好了多少，更何況她還有特殊體質……她在現代天天熬夜都沒事，現在熬一天又怎會出什麼問題？

林卉轉回頭，看向床上不省人事的熊浩初。「再說，就算讓我去歇息，眼下這情況，我又如何睡得著……」

往常的熊浩初最是淺眠，稍有風吹草動，他便能立刻醒來，如今他們幾個在這兒說話，還不停地給他擦拭，他都沒醒。

「放心，若是有不舒服的地方，我一定會歇下的。」林卉苦笑。「我不顧念自己，還得顧念肚子裡的孩子呢。」萬一……若是有個萬一，孩子便是她唯一的念想了。

幾人順著她的目光看看熊浩初，再看她雙眼紅腫的模樣，便不忍心再勸。

如此，這一夜終歸是熬了過去。

第三十章

天亮後，熊浩初依然沒有清醒的跡象，到了後半夜，整個人都燒迷糊了，嘴裡甚至開始說胡話，好在大夫還被留在前院，林卉趕緊讓人去把他們請來。

大夫們一一診脈過後，面色凝重，商量著又給改了副方子，讓人趕緊熬了給他灌下去。

許是湯藥見效，沒多會兒，熊浩初便出了一身痛汗，睡得也安穩了許多。

林卉微微鬆了口氣，正想去問大夫是不是情況好轉了，卻見幾名大夫的面色似乎更凝重了，她心裡一咯噔——

「……卉卉？」熟悉的聲音從床鋪方向傳來。

林卉回頭一看，皺著眉頭的熊浩初正伸手在床邊摸索。

她一喜，急忙俯身湊過去。「在！我在！大熊，你醒了嗎？大熊？」同時雙手握住他游移的大掌，激動得力道都有些控制不住。

熊浩初的眉頭鬆開了些，似乎緩了兩口氣，慢慢睜開眼，定定地看著她。

林卉雙眼含淚，臉頰挨著他的大掌，低聲道：「大熊，你睡得好沈，嚇死我了……」

熊浩初深深地看著她，輕輕摩挲著她柔嫩的臉頰。「讓妳受驚了。」

林卉忙搖頭。「你趕緊好起來就好。」

「嗯。」熊浩初看了她片刻，移開視線，看向外頭。「天亮了？」

「嗯，剛亮起來呢。」

「是嗎？」熊浩初繼續移動視線，看向她身後緊張的眾人，頓了頓，他輕聲道：「拿紙筆來。」

林卉愕然。「怎麼突然要紙筆？」

熊浩初的目光卻看著張陽。

張陽愣怔片刻，似乎想起什麼，臉色凝重地點了點頭。「等著。」立馬轉身跑出去。

房裡，林卉還在勸。「你別起來啊，你都這樣了，好好歇著！」

「不礙事。」熊浩初已經在宋林的攙扶下坐了起來。「我感覺精神好多了。」

「紙筆來了。」

張陽適時將紙筆拿進來，辛遠忙不迭將條几拉過來，兩人合力將紙筆鋪好，磨好墨。

熊浩初朝林卉道：「為防萬一，我得先做好準備。」

「……什麼準備？」林卉心裡陡然浮現幾分不祥預感。

熊浩初卻不再多說，略緩了緩，便在宋林的攙扶下，側過身體，接過毛筆，顫巍巍地開始書寫——

「蓋說夫妻之緣，伉儷情深，恩深義重。論談共被之因，幽懷合卺之歡……」

林卉震驚。

熊浩初這廝，竟然在寫……放妻書?!

「熊浩初你是不是瘋了?!」看清楚他在寫什麼後，林卉驚怒交加。

熊浩初一聲不吭，屏氣凝神繼續寫。

林卉氣惱，探身去搶熊浩初手上毛筆。「趕緊給我糊了，什麼玩意——」

張陽制止她，神色嚴肅道：「讓他寫完。」

林卉哭了。「我不要，他都好多了，寫這些幹麼！」

張陽看看臉色蒼白的熊浩初，嘆了口氣。「讓他寫完。」

林卉掩面。熊浩初這哪裡是在寫放妻書，他分明是在寫遺書啊……

往日最看重她的熊浩初對她此刻的哭泣似乎不為所動，一鼓作氣把放妻書寫完，還示意辛遠。「拿到旁邊晾乾。」

辛遠頭也不敢抬。「……是。」恭敬地接過放妻書，小心翼翼地放到牆邊的妝檯上，還拿器物壓著。

曾嫂，以及天沒亮就被熬藥的動靜擾了跑過來的蕭晴玉都忍不住抹起了眼淚，熊浩初寫完一張似乎累極了，閉著眼睛休息了好一會兒，才接著往下寫。

一時間，屋裡除了低低的啜泣聲，便只能聽見熊浩初越發沈重的喘息聲和沙沙落筆聲，氣氛壓抑至極。

熊浩初一共寫了三張紙，一張放妻書、一張是替她請誥命的請封書、一張家裡恆產並下人的安排。

寫完這幾張紙，他已經有些脫力，半身倚在宋林身上，臉色煞白地看著林卉，慢慢道：「妳還小，以後日子長得很，那封放妻書妳收著，若是哪天遇到……便拿了放妻書自去……」終歸是說不出口，他喘了兩口氣，接著道：「若是妳想留著，那封請封書便給太子，拿了誥命，在這潞陽想必無人敢欺妳——」

「孩子呢？」林卉啞著聲音質問他。「你說了這麼多，你還記得你的孩子嗎？」

熊浩初一頓，扯了扯嘴角，冷酷道：「趁他未滿三個月，打了便是了。」

「……」

眾人倒抽了口涼氣，齊齊看向林卉，幾名還留在屋裡的大夫則壓低腦袋。

林卉反倒冷靜了下來。她擦掉眼淚，深吸了口氣，先問大夫們。「待會兒是不是還要再服一次湯藥？」

「是。」其中一名大夫戰戰兢兢道。

「行，湯藥好了端進來。」林卉吩咐完，轉回來開始趕張陽等人。「你們出去吧。」

張陽皺眉。「這裡交給其他人，妳該去休息了。」

林卉冷哼。「這裡就是我的房間，我要休息，你們不得出去嗎？」

眾人怔住，下意識看向床上的熊浩初，熊浩初則皺著眉看她。

「怎麼？」林卉氣極反笑，指著桌上壓著的幾張紙。「不是要把這屋子、下人都給我了嗎？是不是人沒死我就使喚不動了？」

張陽還待說話，熊浩初擺擺手。「你們下去吧，我跟卉卉說會兒話。」

眾人偷覷了眼臉色難看的林卉，慢慢往外退。蕭晴玉還想說什麼，張陽一把拽住她，搖了搖頭，蕭晴玉跺了跺腳，忿忿出去了。

張陽看看熊浩初，嘆了口氣，跟著出門。

猶自扶著熊浩初的宋林則有些遲疑。「大人……」

「把我扶到旁邊。」

「是。」

宋林忙依言行事，小心翼翼將他扶靠到床邊，完了還細心地往他背後塞兩個軟枕。

熊浩初神色微微放鬆些。「你倒是細心。」

宋林苦笑。「大人莫要笑話我了。」

熊浩初擺擺手。「出去歇著吧。」

「是。」

屋子裡很快便剩下夫妻倆，林卉慢慢走過來，挨著床邊坐下，雙眸緊緊盯著他。

「怎麼了？」熊浩初聲音溫柔，眸底的柔光幾欲讓人溺死其中。

「你是不是巴不得趕緊甩掉我？」林卉拿紅腫的眼睛瞪他。

熊浩初莞爾，抬手將她掉落鬢邊的碎髮繞到耳後，順便捏捏她耳尖，彷彿就跟他們往日相處一般。「怎麼會？我怎麼捨得？」

指尖碰到她皮膚，燙得她心裡越發焦灼。「那你寫什麼放妻書?!」他的手指怎麼……還是這麼燙？

熊浩初似有所覺，收回手，溫聲道：「我比妳年長八歲，怎麼著也是比妳早走，先備著罷了。」

林卉眼眶又紅了，忍不住握住他的手，滾燙的熱浪彷彿從他麥色肌膚上狂湧而出，燙得她心裡直發顫，她登時顧不上指責他，低呼道：「你、你還在發高燒！」他的精神看起來好多了，她還以為已經退燒了……

「沒事。」熊浩初不以為然。「受傷了發發高燒才能好，妳看我現在不是精神多了嗎？」

嘴唇發白，臉上卻泛著紅暈，混在他小麥色的肌膚上，顯出幾分病態的詭異。

下一瞬便看不清楚了。

林卉迅速抹掉眼淚，鬆開手。「我去弄濕帕——」

「別急，先陪我說說話。」熊浩初反手握住她。

他用了些力氣，林卉不敢掙開，怕一掙就把他帶得摔下來。

熊浩初開始自顧自說起話來。「以後妳不要養花草了，咱家的下水做得好，污水都是匯進溪流，旁人也看不出什麼。妳若是養花草，這花草長勢太盛，恐怕會被眼尖的人注意到……」音量壓得低低的，彷彿沒有力氣，又彷彿是怕隔牆有耳。

林卉咬唇。這是在說她的體質嗎？

「往後，妳行事也要小心些，想到什麼新點子，寧願費事些多繞點圈子、或是多花點錢，等過了明路再拿出來使用。」熊浩初喘了口氣。「若是不缺錢……那些個新點子，能不拿出來便不要拿出來了。」

林卉怔住。

「清明、重陽，記得帶林川去掃墓；年節也別忘了跟親戚走禮……林偉光家再不堪，也是林卉的血親，別斷得太明顯。」

他說的是「林卉的血親」，而不是「妳的血親」……

林卉臉刷地一下變白了。

熊浩初看她花容失色的模樣心疼不已，輕輕摩挲著她的手指，安撫般低聲道：「既然話已經說開……夫人是何方神聖，可否告知一聲？若是我……將來到了黃泉路鬼門關，我也好知道如何尋妳。」

林卉嘴唇哆嗦。「你……你不怕嗎？」

「怕什麼？」熊浩初莞爾。「怕妳把我勾得精盡人亡嗎？」

「……」

熊浩初收斂笑容，幽深的眸子定定地看著她。「我是死過一回的人，還有什麼可怕的？」

林卉震驚。什麼意思？他這是什麼意思？他、他……死過一回？

她張了張口。「你、你是誰？你……之前是誰？」含糊不清的那個字，兩人皆是心照。

熊浩初停了停，似乎有些恍神，然後才笑道：「我只是……醒來回到五年前。」

林卉巴巴地看著他。

熊浩初意會，嘆了口氣，低聲把重生的經歷告訴她。

上輩子，他沒有解甲歸田，甚至直接涉入了奪嫡風波，仗著自己開國大將的身分，幫著太子牽橋搭線、結黨營私。

可他忘了，仗打完了。

皇帝不說殺馬卸磨，也絕對容忍不了別人對皇位的覬覦——即便熊浩初幫的是太子。

故而，沒兩年，他便被安了個莫須有的罪名，抄家下獄……

重來一遭，他幡然醒悟，索性辭官回鄉，打算娶個溫柔賢慧的媳婦過安穩日子——咳咳，雖然他家媳婦兒跟溫柔賢慧有點不太搭邊，不過，他很滿意。

說完自己的經歷，熊浩初緊緊盯著林卉。

「夫人現在願意告訴我名字嗎？」

「我、我……」林卉一咬牙，低聲道：「我就叫林卉，同名同姓。」至於來歷。「我也不知道我算是哪裡來的……大衍朝我以往從未聽過，但是看風俗習慣，很像我學過的歷史，那段歷史，起碼比我所在的年代早個五百年……」

熊浩初怔怔。「五百年？」

「嗯。」林卉有些忐忑。

熊浩初很快回神，捏了捏她的柔荑，苦笑。「這可如何是好，教我日後該如何去尋妳……」

林卉心裡大慟，好不容易止住的眼淚再次湧了出來。「大熊，你別這樣，你會好起來的……」

熊浩初頓了頓，慢慢道：「卉卉，我或許……」對上她跟兔子似的紅眼睛，他咽下到嘴的話，柔聲道：「我有些累了，妳可以扶我躺下嗎？」

林卉如夢初醒，急忙探身過來。「你還發燒呢，趕緊躺下歇息，我去洗個帕子給你擦擦。」一繞過他受傷的肩背，摟住他另一邊胳膊，將他身後軟枕抽出去，打算將他扶抱著放到床上。

這一抱可不得了，差點沒墜得她摔下去給熊浩初墊背。

熊浩初一聲不吭，由得她擺佈。

待林卉將人扶躺下來，再看他，已經閉上眼睛了。

「……大熊？」

「嗯？」熊浩初睜開眼，帶著幾分笑意看她。「弄疼我了想跟我道歉嗎？」

林卉。「……」摸摸他額頭。「我去弄帕子。」迅速起身離開。

她穿過外間客廳去浴間，擰開連接燒水房的熱水管，取了小盆熱水，再接上旁邊竹管的冷水，試了水溫差不多了，便端著水匆匆回到裡屋。

將水盆擱在床邊凳子上，林卉將用了一晚上的濕帕子按進去，揉搓兩下，擰乾水，轉回來——

熊浩初不知何時已經睡著了，安靜得彷彿……

林卉心裡一跳，衝過去。「大熊！」

熊浩初皺了皺眉。

林卉微鬆了口氣，小心翼翼將手指放到他鼻端——炙熱的氣息輕輕拂到她指上。

虛驚一場。

林卉趕緊將手裡的帕子展開，覆到他脖子上，順著動脈方向輕輕擦拭，不過擦了兩下，薄薄的棉布帕子似乎便變得滾燙，林卉心驚。

「夫人！」外間突然傳來動靜。「藥來了。」

林卉回神。「趕緊拿進來！」

宋林跟辛遠一塊兒將藥送進來——熊浩初那身板，若是要灌藥，一個人可扛不住。

「大熊。」林卉輕拍熊浩初臉頰。「起來喝藥了！」

熊浩初眉心依舊緊皺，卻毫無動靜。

「大熊！」林卉聲音發顫。

「夫人，我們來吧。」

林卉趕緊讓開，宋林跟辛遠合力將熊浩初半抱起來，一個掐著下頷，一個拿調羹一勺一勺往其舌下灌。

往日裡冷酷威嚴的熊浩初任由擺佈，連嘴角淌下幾絲藥液都沒給他們一個冷眼。林卉捂住嘴，眼淚止不住地流。

朝陽升起，陽光慢慢灑了進來，裹著空氣中的灰塵開始旋舞。

林卉擦掉眼淚，正欲上前幫忙，亮光一閃，她的眼睛陡然被刺了一下。

她忙避開光線，順著望過去——是熊浩初送她的那把匕首反射的陽光。

「送到這裡就得了。」一走出大門，楚璟便朝後頭擺手。「你還沒好，可別再折騰，回頭你夫人又要怪我了。」

緊跟其後的熊浩初微笑。「不過一介婦人，殿下何須理會。」

楚璟沒好氣。「那你怎麼被她管得死死的？連口酒都不敢喝？」

熊浩初輕咳了聲。「臣下的傷還未好，大夫說了得忌口。」

楚璟斜他一眼。「真不是怕你那媳婦兒的眼淚？」

熊浩初面不改色。「殿下多想了。」

「行了行了。」楚璟擺手。「看在你夫人送了這麼多速食麵的分上，不與你計較了。」

「謝殿下！」

「哦對了，」楚璟彷彿突然想起什麼。「回頭我將煜昊送過來，你幫我帶兩年。」楚煜昊是他的嫡長子。

熊浩初。「……」他扯了扯嘴角，無奈道：「殿下，三思。」

「我意已決，你就別廢話了。」楚璟走到馬車旁邊，翻身而上，轉眼進了車裡，下一刻又從車窗探出頭來。「讓你夫人別攆著他光身子滿地跑就成了。」好歹是皇子皇孫，這點面子還是要的。

熊浩初。「……」

楚璟說的是昨天傍晚的事情。林川帶著小夥伴們在房裡鬧騰什麼實驗，差點沒把自己給燒了，所幸他那套間的浴室也是儲水多多，除了一身衣服毀了，身上燙了幾塊皮，別的倒是還好。

林卉聽見動靜過來，一聽原因，抄起棍子就把他打得滿地亂跑，也不管他當時是不是全身光溜溜的。

楚璟有幸旁觀了全場，才有此一說。

不管如何，這位尊貴的太子爺終於走了。

熊浩初慢悠悠晃回正院，林卉正在廳裡算著帳本，聽見動靜抬起頭來。「人走了？」

「走了。」熊浩初挨著她坐下，摸了摸臉，問她。「妳們女人家平日這般抹粉，不難受嗎？」

林卉無語。「我怎麼知道，我又不抹粉。」她這身皮膚，天天下地曬太陽都不見得黑兩分，哪裡需要抹粉？完了她才反應過來，問他。「要洗掉嗎？」

熊浩初搖頭。「不急，殿下一行尚未走遠，萬一漏了什麼倒回來，撞上了就不好了。」

沒錯，他臉上脖子上都抹了妝粉，甚至連嘴唇都被林卉不知道用什麼法子塗得發白，讓他看起來羸弱不堪，彷彿大病未癒般。

「行吧。」林卉更沒意見，低下頭繼續幹活。

熊浩初見她忙活也不走開，看看左右，乾脆將自己的杯子拉過來，打算倒杯茶解解渴。

剛提起茶壺，他猛地想起什麼，忙停下來，揭開茶壺蓋子看了眼。

果真是枸杞紅棗茶。

他面無表情放下壺。

「幹麼不喝？」林卉彷彿腦袋長了眼睛似的，頭也不抬道：「這茶就是給我們倆喝的。」她是拿來養血安胎，熊浩初則是要補血。

熊浩初皺眉。「這是女人——」

林卉立馬抬頭瞪他。「你流了這麼多血，不用補一補嗎？都是補血的玩意，還分什麼男人女人的？我看你就是矯情。」

想到什麼，她瞇了瞇眼。「還是說，你想喝點別的補補血？」

熊浩初。「……」二話不說，一手提壺一手端杯，給自己倒上滿滿一杯枸杞紅棗茶，然後一仰而盡，完全沒有了上一刻的嫌棄，動作也靈活得看不出曾經受過傷。

沒錯，是曾經。他的傷確實已經好了，敷粉抹脂也只是為了掩人耳目，不讓自己異於常人的恢復速度暴露出去。

思及他的恢復過程，熊浩初的思緒便忍不住回到那一天……

那一天，他跟林卉說完話後便陷入昏迷，再度睜眼，不光燒退了，連傷口也開始有了些許麻癢之感——那是傷口正在結痂。

看向床邊雙眼紅腫、淚水漣漣的林卉，熊浩初下意識地安撫她。「別哭，我已經好多——」聲音倏地頓住。

嘴裡殘餘的血腥味雖淡，在他這種常常見血的人身上，自然是清晰異常。

他皺起眉頭。「換了大夫嗎？」是不是大夫用了什麼偏方？

林卉正在擦眼淚，聞言頓了頓，搖頭道：「沒有。」抬手探了探他額頭，確定沒有高燒了，才鬆了口氣。「退燒了。」

熊浩初皺眉看著她動作，在她收回手之際，伸手握住。「卉卉。」

林卉眼底閃過一抹慌亂，很快又冷靜下來，強笑道：「怎麼了？是不是餓了？廚房一直溫著粥，我這就去給你端來。」

熊浩初心裡狐疑更重。「不著急，先陪我說說話。」

林卉支吾了下。「說什麼？」

熊浩初頓了頓。「扶我起來。」躺著說話，都沒法好好看她。

「啊？」林卉卻掙開他的手。「那、那我去叫元平過來幫你。」說著便打算轉身出去。

熊浩初腦中閃過抹什麼，倏地伸手握住她，沈聲說道：「左手讓我看看。」他終於知道哪裡不妥了，打他醒來，她一直側著身體跟他說話，左手也一直背在後頭。

林卉強笑。「有什麼好看的，我還得——」

熊浩初乾脆鬆開她，自己扶著床沿起身。

林卉大驚，急忙轉回來扶他。「你幹什麼?!你還傷著呢！」

熊浩初順勢抓住她左手——

「嘶！」林卉彷彿痛極，整個人哆嗦了下。

熊浩初臉色大變，就著前傾的姿勢飛快地拉開她的袖子。

兩道深深的血痕赫然其上，甚至因為他的抓握，血痕再次滲出幾絲鮮紅。

熊浩初怔住。

林卉乘機掙脫他的手，飛快將袖子拉下來，乾笑。「早上不小心……」不小心什麼，她卻不說了。

熊浩初臉色凝重。「妳──」他看了眼外頭，壓低聲音。「妳開的方子？」至於什麼方子，他不說，相信林卉也是心知肚明。

熊浩初深深地看著她。「妳不怕我以後把妳賣了？」

林卉卻裝糊塗。「什麼？」

林卉登時大怒。「你敢？」

熊浩初。「……」他嘆了口氣，先處理當下。「什麼時候弄的？」

事到臨頭，也沒必要瞞著了。林卉撇嘴。「辰時左右。」

「還有誰知道？」

「你。」

熊浩初無奈。「我是說真的，這段時間，還有誰進來？」

「沒有。」林卉輕哼。「就算有人進來了，你還能怎麼著？」

熊浩初眸底閃過冷光，沈聲道：「只有死人才能永遠保守秘密。」

林卉登時汗毛倒豎。她可沒忘記富陽村那些人的下場……她咽了口口水，道：「真沒人進來。卯時末的時候，宋林、辛遠才給你餵了藥，我讓他們回去歇息，換元平他們在外頭候著……我熬了一宿還沒歇息。」反正就是沒人進來過。

熊浩初這才放鬆些，他皺眉沈吟片刻，然後伸出未受傷的右掌，試探般握了握拳——醒來不過幾句話工夫，他已經能明顯感覺力氣的恢復。

太快了。

凌晨的時候他提筆尚且困難……

他收斂心神，嚴肅地看向林卉。「以後不許再開這個方子了。」

林卉瞪他。「你當我樂意嗎？」

熊浩初啞然，伸手握住她的柔荑，沈聲道：「也罷，以後有我看著。」

一整杯枸杞茶下腹，熊浩初忍不住打了聲輕嗝。

林卉特地訂做的陶杯比尋常茶杯大了不知多少倍，再加上枸杞紅棗茶甜絲絲的，一杯下肚，熊浩初被膩得不行，小心翼翼瞅了林卉一眼，悄無聲息摸到旁邊，給自己倒了杯白開水，然後捧著杯子慢慢啜飲。

盯著他灌完枸杞茶的林卉這才作罷，輕哼了聲，繼續低頭翻帳本。

林卉沒再管他，埋頭算算算。

熊浩初陪著坐了會兒，隨口道：「妳一大早就開始算了，歇會兒吧，這帳本又不會跑了。」

林卉沒聽他的。「這幾天花銷太狠了，不算一下我心裡沒底。」

熊浩初不以為意。「太子一行在此，花銷狠一點是正常。他們走了便——」

「那是狠一點嗎？」提起這個林卉就來氣了。「不說別的，光是他一個人，每天就得八菜一湯的……他一個人吃得完嗎？」要不是他自己帶了廚子，光是菜色都得愁死她了。

熊浩初輕咳。「畢竟是太子，有條件自然是講究些。」

「且不說他，他那些下人呢？哪個是能怠慢的？咱家才剛脫貧呢，都沒法頓頓吃肉，好傢伙，他們一來，咱們還得先供著他們，頓頓有肉有蛋不說，每日還得有點心，夜裡餓了還得備著宵夜！」林卉越說越氣憤，乾脆把筆一擱。「家裡有礦都會被吃光！」

熊浩初忙安撫她。「我前幾天不是才拿了八百兩回來嗎？應該還能再用一段日子吧？」

「撐個屁！」林卉呸了聲。「你忘了你請了多少大夫嗎？這都多少天了？昨天讓大夫們離開，直接就沒了幾十兩了，加上這幾天的花銷……我要是不算帳，咱家剩下多少家底都不知道呢！」

熊浩初不敢說話了。人說孕婦脾氣大，現下看來，果真沒說錯。

林卉衝著他撒了一通邪火，心裡頓時舒服多了。「好在這幫傢伙總算走了，要不然我指不定哪天忍不住要找他們收費了。」

熊浩初莞爾。「殿下送的玉珮，都能買下整個潞陽的田地了，妳還跟他算這吃飯的幾個錢。」

「那能一樣嗎？」林卉白他一眼。「這玉珮我總不能拿出去當了換錢吧？錢才是最實在的。」

也不是不行……熊浩初摸摸鼻子，不敢跟她說這話，回頭要是真當了，他可沒法跟楚璟交代了。

林卉卻想起什麼，瞇起眼睛看他。「你跟這太子殿下什麼關係？」這幾天看著，這兩人怎麼彷彿有點基情似的？要不是熊浩初得裝虛弱，這兩人怕是能從早聊到晚。

熊浩初沒有意會到她的話外音，隨口道：「一起抗敵殺敵混出來的交情罷了，也不過就比旁人多幾分熟稔而已。」

「是嗎？」林卉狐疑。「那你為什麼要為他擋箭？」

熊浩初啞然，見她盯著自己，只能無奈道：「我要是不擋這一箭，咱家都得賠進去了。」擋了，頂多就是賠他一條命。

林卉怔了怔，然後陡然驚出一身冷汗。是了，她怎麼忘了，這是皇權社會，楚璟作為太子，他若是在他們這兒出事，他們家上下，甚至梨山村上下，指不定要多少人陪葬……

彷彿是猜到她在想什麼，熊浩初握住她按著帳冊的柔荑，輕聲道：「別擔心，這事已經過去了。」

林卉回神，看著他，輕聲問：「以後你真的不回去了嗎？」

「回。」熊浩初勾唇。「有機會帶妳跟孩子去玩玩。」

「……」

對上她無語的神情，熊浩初伸指刮了刮她鼻尖，笑道：「原本便不打算，現在更不可能。」原本以為林卉的體質只是對花花草草有些幫助，他已經有些忌憚，此刻……無論如何他都得遠著京城那灘渾水。

好吧。林卉更不樂意去京城對著一堆達官貴人卑躬屈膝的。

「那你這官職？」

「端看陛下如何安排。」熊浩初摸摸下巴。「以我對他的瞭解，只要我不進京、不結幫營私，賞個掛名閒差還是沒問題的。」

「別的呢？」林卉不滿。「難道你這一箭白挨了？」

熊浩初登時失笑，忍不住刮了刮她鼻尖。「放心，少不了妳的，就算陛下不賞，太子也會賞。」掃了眼帳冊。「到時，妳就不用這麼辛苦算帳了。」言外之意，銀錢肯定會賞。

這還差不多。林卉心裡舒服多了，然後瞪他。「錢再多也得理帳。」完了再次提筆算帳。

熊浩初無奈，捧著杯子安靜地坐在旁邊陪她忙活。

三月朝陽和熙明媚，帶暖牆的屋子暖意融融，把身著妃色長襖的林卉烘得面如桃花。

雖然沒人說話，甚至靜得連書頁翻動的聲音都清晰可聞，氣氛卻是閒適安逸的。

記憶中的爾虞我詐、勾心鬥角，遠得就像是上輩子的事一般。

熊浩初唇角微微勾起。可不就是上輩子……

林卉被這古代的記帳法整得頭暈，停下來想喝口水，恰好將他那清淺笑意收入眼底，忍不住跟著笑起來，順口問了句。「你笑什麼？」

熊浩初回神，放下杯子，握住她的手，輕聲道：「我少年失怙，少不更事便開始殺人染血，除了幾名知交好友，旁人對我只有惶恐驚懼，只會退避三舍——」

林卉不樂意聽了。「那不都是以前嘛。」

熊浩初頓住，笑道：「嗯，不一樣了。」

林卉反過來握住他，將他的手拉到自己尚未凸顯的腹部上，輕聲道：「過去了就讓它過去，以後的日子肯定不一樣。」

「嗯。」

日子果真是不一樣了。

如果熊浩初早知道日子會變成這樣，幾年前一定會再堅持一點，乾脆俐落地把某個隱患給除了！

讓人把客人送走，熊浩初捏了捏眉心，忍怒道：「熊睿那小子呢？是不是在書房？」

臉色詭異的辛遠低下頭，聲音顫抖。「回老爺，少爺剛跑後頭去了。」不能笑，老爺正在氣頭上，萬一一怒之下讓他去跑幾圈村子，他這條老命可頂不住——他們村子現在可不是幾年前的小村子了。

熊浩初深吸了口氣，起身。「夫人在哪裡？」這小子，難道以為跑去找林卉他就不敢揍了嗎？

「夫人這會兒應該在書房。」辛遠解釋。「上午興盛進城辦事，順路拿回來了咱家的快遞，夫人這會兒應該正在拆快遞呢。」

熊浩初點頭，面帶慍色直奔後院。

說起這快遞，卻不是林卉折騰出來的，是林川跟楚煜昊的事業——正確的說，是楚煜昊的事業，林川入股。

七年前，回到京城的楚璟很快就將年僅七歲的嫡長子楚煜昊打包送過來，一起過來的，還有他的先生們。

林川的先生問題也就隨之解決了。

每天上午他們跟著先生們學習，到了下午，先生們便不得再插手，楚煜昊兩人不管是習題課，還是給村裡小孩上課，皆由林卉安排。

沒幾天，楚煜昊便玩瘋了，跟著林川滿村子撒野，有先生看不過眼，寫了信件回京告狀。楚璟倒還好，倒是太子妃發來一封言辭嚴厲的訓斥信件，讓他悶悶不樂了好幾天。

林川很喜歡這個新來的小夥伴，見狀，便偷偷找林卉想辦法。

林卉隨口道：「他每天不是都有做功課嗎？讓他定期把功課送回去就好啦，多彙報，京裡就不會擔心了。」

林川撓頭。「可這信件一送就要大半個月，有啥用啊？」

「這麼久嗎？」林卉摸摸下巴。「這是缺個快遞公司啊……」

林川茫然。公司他現在知道是什麼，快遞公司又是啥？

林卉便順嘴給他解釋了一通，然後道：「這快遞公司也不需要什麼太專業的技術，一是要人馬，一是要路況。要是全都修了水泥路，搞個什麼自行車一騎，到京城起碼能縮短一半時間。」

林川又問：「自行車是什麼車？」

「啊，我給你畫出來，你要是有空可以琢磨琢磨，看看能不能做出來。」

「好！」

自行車的框架製作，對這時代的工匠而言，並不算什麼難事，難是難在塑膠輪胎而已。林卉本意是在科普，但小孩卻是鄭重以待。

兩人湊在一起嘀咕商量，塑膠輪胎沒有，那就用木頭輪胎，大不了顛簸一些、磨損得快一些，總是能用的。

這一嘀咕，大衍朝第一輛自行車就出來了。

兩小孩只是拿來鬧騰，張陽卻一眼看到了商機——此時的他，在楚璟的牽線遊說下，已經跟蕭晴玉成親，他名下食品廠的規模已經擴大了幾倍，賺錢對他來說已經不是什麼難事。

再拉上林卉兩人，大衍朝第一家自行車廠很快便出來了——第一筆單子，還是潞陽新縣令下的。他直接給縣衙門配上了自行車，來往各村辦事騎上自行車，那效率真不是蓋的。

自行車一出來，立即風靡潞陽，誰家裡沒部自行車，都不好意思說自己家底殷實。

再又大半年後，潞陽通往京城的水泥路打好了，同時，大衍第一家快遞公司成立，大股東是楚璟，二股東是楚煜昊，三股東是熊浩初夫婦，還有小股東林川——他給小朋友們上課，林卉會按課時給他算工錢，再加上這個點子是他跟楚煜昊完善的，怎麼著也能占個半成的分紅。

而這個快遞公司，請的人全是軍伍退下來的兵丁，沿途設立驛站，信件、貨物，甚至還有朝廷旨意，都能承接發放，不光價格美麗、時效快，還安全，這快遞業務甫一出世，便受到各地外派官員和商販好評，訂單業務與日俱增，各大股東掙得盆滿缽滿，連林川都闊綽了不少。

各地驛站還開設了特產代購店，從京城到潞陽，各地特產都能買到，既方便沿途眾人，又能多上不少收入。加上兵丁出身的快遞人員來往，沿途商路安全了不少，商販流通越發繁榮。

這個快遞公司，不光給朝廷解決了不少退伍兵丁的問題，還增加了許多稅收和商機，楚璟因此在皇帝面前狠狠露了一臉，贏得了不少讚譽。

除此之外，被楚璟推薦過來的潞陽新縣令甫一上任，立馬大刀闊斧做了好些事情，其中一件，就是聯繫富陽村人，採買他們的水泥造橋鋪路，其中一條，直達鹹阜。

雖然，這個修路錢，是他一家一家地找縣裡各大富商、官紳捐的，出來的效果卻是驚人的。修完路不到半年，不光縣裡商販多了一倍，跟鹹阜那邊的來往也多了許多，以往需要三五日來往的貨物，一天就能抵達。

林卉、熊浩初原本計劃的果脯、果醬工廠便順應光景開了起來，不光在本村招人，相鄰幾個村子都招了不少人，

如今他們村，早已不是當年那個小村子。食品廠、自行車廠、果脯果醬廠、快遞分公司……還有由快遞因運而生的造紙廠、紙箱廠。

因務工人員太多，不光宿舍樓蓋了不少，還多了許許多多的商鋪飯館，儼然一個城鎮，

光是每天進出梨山村的商販就不知幾何。

但不管如何，七年前被晉封為忠勇侯的熊浩初，在這兒就是說一不二的主兒，連潞陽縣令偶爾都需要來徵詢他意見，可見其地位之高。

這樣的背景下，六歲的熊睿搗蛋起來，破壞力是不容小覷的。打架那都是小事——遺傳了熊浩初的神力，熊睿打小就被他爹鐵拳教育著長大，打人是不敢打的，就是得經常到處去給別人家賠償，不是把人家的家具弄壞了就是毀了別人的房子。

除此之外，就是各種……闖禍。

林卉的教育方式很開明，喜歡啟發小孩子去思考，教林川、楚煜昊的時候沒有問題，擱在這熊小子身上，結果卻大相徑庭。

也不知道熊睿吃什麼大的，膽兒賊肥，又特別有執行力。今天跟林卉學了什麼，明兒就馬上去嘗試，什麼春遊秋遊，什麼運動會賽車，什麼科學實驗……各種各樣，結果，不是跟小夥伴們舉辦自行車大賽不小心把人給撞了，就是折騰什麼秋遊，把人家的地方給燒了，還有辦所謂運動會，弄傷好幾個小孩……

今天，哼，今天……思及這臭小子做的壞事，黑著臉的熊浩初腳步更快了。

林卉正在拆快遞。

楚煜昊三年前便回了京城，隔三差五還會給他們寄東西，一是跟林川討論學問，還給他寄各種資料，另一，則是給他們寄送各種好吃的。

都不是什麼貴重玩意，林卉便由得他了，逢年過節也會記著給他送點東西。

再然後，今年滿了十四歲的林川也在年初出發去了京城。他打算去考童生，楚瑻直接把他弄進了京城那邊的學院，今年就在那邊考了。

有林川、楚煜昊在京裡，她是隔三差五收快遞，今兒也是見怪不怪。

今天這箱快遞是林川寄回來的，裝的是一些北地的藥材，不多，但貴重。

算了算林川那小土豪每月能拿到的分紅，林卉笑罵了句「敗家」便將東西放到一邊，撿起箱子裡的信件，拆封，慢慢看了起來——

「娘——」一道小身影炮彈般衝了進來，一把抱住她雙腿，嚎叫道：「救命啊！爹要打我了！」

林卉淡定地將視線從信件上移開，瞟了這小胖墩一眼。「你又幹了什麼？」

小胖墩，也就是她兒子熊睿理直氣壯。「我啥也沒幹，我就是跟張清他們捉迷藏來著。」

「然後呢？」林卉非常上道。

熊睿縮了縮脖子，小聲道：「我真沒幹什麼，誰知道那道牆這麼不禁扶……」

林卉瞇眼。「牆倒了？」

熊睿心虛地應了聲。

好傢伙，這小子才六歲！這力氣都比大人大了！林卉嘆了口氣。「說吧，是哪家的牆？傷著人了沒有？」

見她沒生氣，熊睿微微鬆了一口氣，然後聲音更小了。「就街口那家茶館，傷了兩人——」

林卉柳眉倒豎。

「我請大夫了，」熊睿立馬抱頭嚷道：「我當時就讓張清他們去請大夫了，我沒有不負責任啊！」

林卉一拍桌子。「請大夫就夠了嗎？人傷得怎——」

「臭小子！」熊浩初大步進來。

熊睿尖叫一聲，撒腿繞到林卉椅背。「娘，救命啊——」

下一瞬便被熊浩初提溜起來，按在桌子上開始打屁股。

「地兒這麼大，你跑去鬧市裡捉迷藏？捉迷藏就算了，還敢推牆？傷人了還敢跑？」罵一句，打一巴掌，罵一句，再打一巴掌。

「疼啊疼啊——我不是故意的——嗚嗚，那兩人就擦破點皮啊——」

「破點皮就不是傷人了？要不是別人閃得快……」熊浩初越想越氣，手下忍不住加了幾分力道：「不知道你力氣大嗎？哈？」

熊睿鬼哭狼嚎。「爹我錯了——嗚嗚嗚疼啊——」

林卉見熊浩初進來，便知道是有人來告狀了，事情應該也已經解決得差不多了，便安穩地坐在旁邊看著他揍娃，偶爾輕飄飄勸上一句。

「孩子還小呢，好好說話，別動不動揍他。」

「別太大力了，你那力道也不小，打壞了要心疼的。」

「得了啊，有什麼話不能好好說的？」

也別怪她冷酷無情，任誰隔三差五來上一遭，也鐵定會習慣的。再者，不知道是不是受她影響，熊睿的體質賊好，恢復能力賊快，狠揍一頓，搽點藥，第二天就能活蹦亂跳，惹得他爹熊浩初更為上火。

好一通鬧騰，哭哭啼啼的熊睿才被放了下來，林卉裝模作樣抱著哄了一會兒，又跟他說了一輪道理，才讓曾嫂帶他下去搽藥。

熊浩初揍出一身痛汗，坐在椅子上直灌茶水，半晌，憋出一句。「這臭小子……當初就該直接打掉。」

林卉斜了他一眼，輕哼。「你就裝吧，既然嫌棄他，怎麼還天天帶他習武練箭的？」

熊浩初。「……」

林卉吐槽完，端起桌上杯子輕啜了口，狀似隨意般。「哦，對了，我好像又有了。」

熊浩初茫然。有了啥？

林卉放下杯子，笑咪咪看著他。「又有了一頭熊崽子啊。」時隔六年才懷上第二胎，也是不容易啊。

熊浩初轉過彎來，登時又驚又喜，跳起來，緊張兮兮地看著她腹部。「有、有了？真有了？」這幾年一直沒動靜，他還以為這輩子就熊睿一個獨苗苗呢！

林卉點點頭。「上午剛讓曾嫂幫著診過脈，回頭讓人去請個大夫看看。」

熊浩初大喜過望，抱住她就是一頓狂親。「卉卉，卉卉，我太高興——」

林卉捂住他的嘴，推著他腦袋看向房門外，然後指了指熊睿屋子方向，問：「要不要直接打掉？」

熊浩初。「……」

——全書完

2020年7月出版

小黃豆大發家

文創風 861～863

爺爺找人算過的，說她命裡帶福，還旺家，
這話確實不假，她自小聰慧，連私塾先生都是見一次誇一次，
如果不是身為女娃兒，她覺得他們黃家說不定都能出個狀元了，
不過她懶，志不在此，且眼前她可是有更重要的事要做——
有了一筆意外之財當本錢，她準備帶著一家人發家致富啦！

風煙綠水青山國　籬落紫茄黃豆家／雲也

她黃豆是個有大福氣的，就連跟著一群孩子去河灘上撿東西都能撿到寶，
一個比臉盆還大、臭得沒人肯靠近的死河蚌裡，被她挖出了五顆珍珠！
靠著賣珍珠的錢，她讓爺爺買地，率先試行插秧種植法，提高稻產量，
府衙命黃家不得出售，除留部分做為日後種糧外，餘均收購留作良種，
眼見機不可失，爺爺慷慨地把這能救活無數百姓的插秧法上呈官府推廣，
自此後，黃家再不是單純的泥腿子了，他們有錢有地有名聲，還有官護著，
也因此，她心中計劃已久的建碼頭一事終於能提上日程了！
日夜期盼下，建好的黃家碼頭真的來船隻了，且日益繁榮，聲勢漸起，
然而，她擔心的問題也來了——碼頭生意原是一手獨攬的錢家出手了！
有官府護著，錢家不至於來硬的，走的是說親一途，說的正是她黃豆，
可她不願意啊，因為她心中有人了，便是小時候救她一命的恩人趙大山！
那會兒她年紀小，當然沒啥以身相許的想法，只把他當哥哥看，
但他出海跑船經商五年歸來後，卻不把她當妹妹看了，還跟她告白，
於是她不淡定了，心頭小鹿撞得快內傷，連終身大事都私下跟他訂好，
豈料，她對錢家的拒婚，卻害得至親喪命，甚至她自己都因此而毀容……

874

大熊要娶妻 3 完

國家圖書館出版品預行編目資料

大熊要娶妻 / 清棠著. --
初版. -- 臺北市 : 狗屋, 2020.08
冊 ; 公分. --（文創風）
ISBN 978-986-509-131-6（第3冊 : 平裝）. --

857.7　　109009845

著作者　清棠
編輯　黃淑珍　李佩倫
校對　周貝桂
發行所　狗屋出版社有限公司
地址　台北市104中山區龍江路71巷15號1樓
電話　02-2776-5889～0
發行字號　局版台業字845號
法律顧問　蕭雄淋律師
總經銷　知遠文化事業有限公司
電話　02-2664-8800
初版　2020年08月
國際書碼　ISBN-13　978-986-509-131-6

定價260元
狗屋劃撥帳號：19001626
網址：love.doghouse.com.tw　E-mail：love@doghouse.com.tw